有爱的青春陪伴者

图书在版编目（CIP）数据

宫·影 / 芸芸著. -- 南京：江苏凤凰文艺出版社，
2025.3. -- ISBN 978-7-5594-9255-5
Ⅰ. I247.5
中国国家版本馆CIP数据核字第2025Q6C920号

宫·影

芸芸 著

责任编辑	王昕宁
特约编辑	周丽萍
出版发行	江苏凤凰文艺出版社
	南京市中央路165号，邮编：210009
网　　址	http://www.jswenyi.com
印　　刷	长沙鸿发印务实业有限公司
开　　本	880mm×1230mm 1/32
印　　张	9
字　　数	258千字
版　　次	2025年3月第1版
印　　次	2025年3月第1次印刷
书　　号	ISBN 978-7-5594-9255-5
定　　价	42.80元

江苏凤凰文艺版图书凡印刷、装订错误，可向出版社调换，联系电话025-83280257

目录 /contents

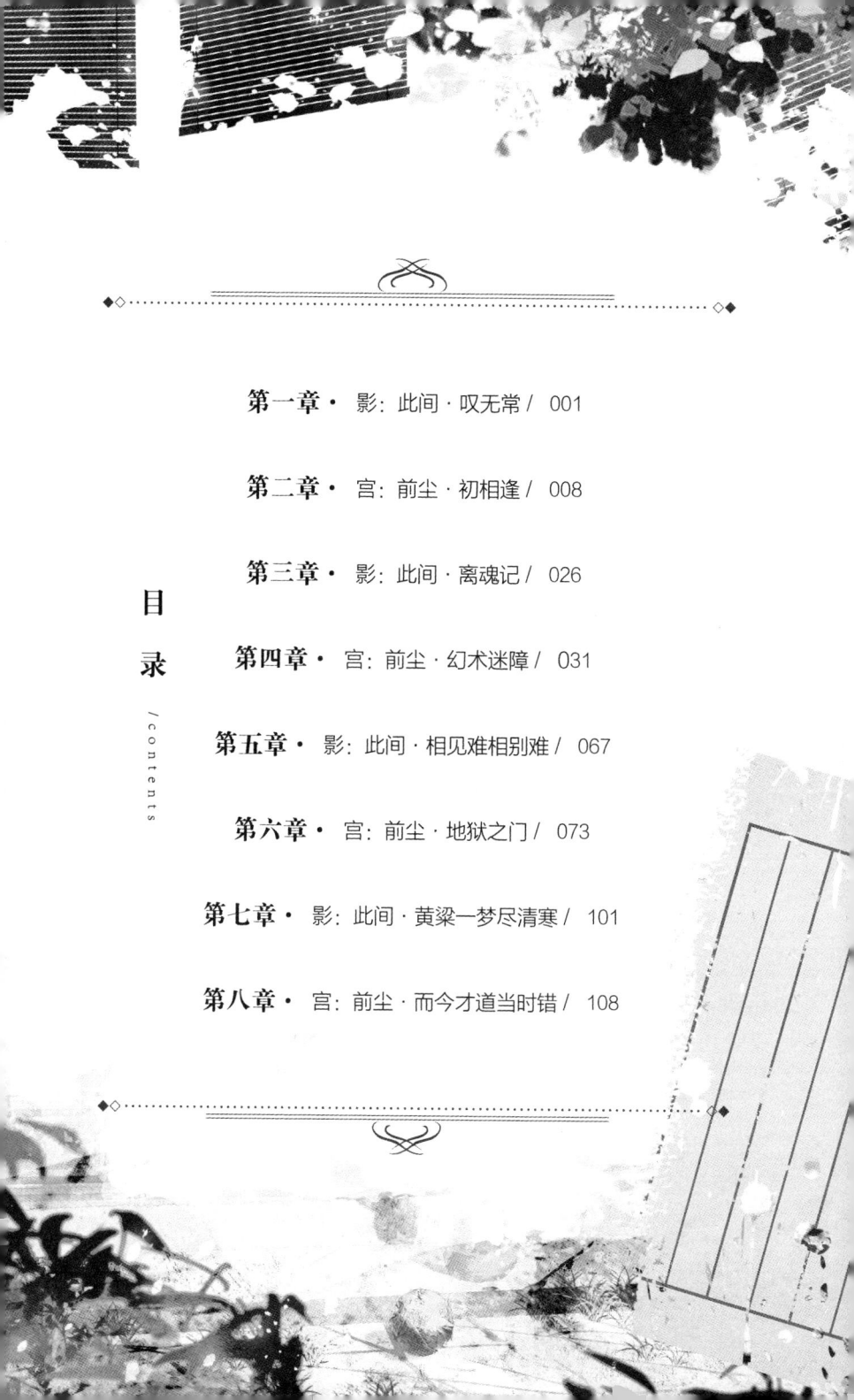

第一章 · 影：此间·叹无常 / 001

第二章 · 宫：前尘·初相逢 / 008

第三章 · 影：此间·离魂记 / 026

第四章 · 宫：前尘·幻术迷障 / 031

第五章 · 影：此间·相见难相别难 / 067

第六章 · 宫：前尘·地狱之门 / 073

第七章 · 影：此间·黄粱一梦尽清寒 / 101

第八章 · 宫：前尘·而今才道当时错 / 108

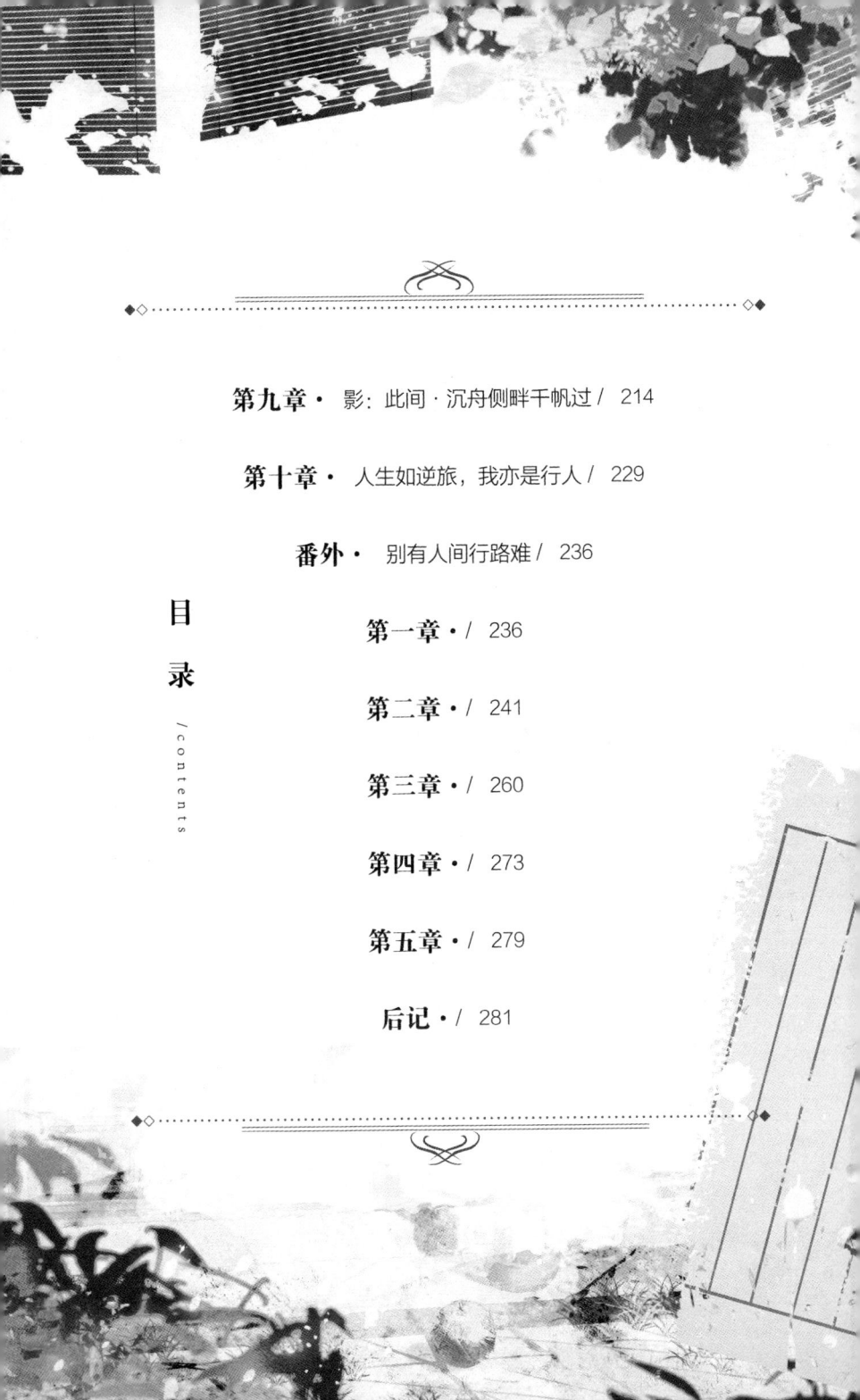

目录 /contents

第九章· 影：此间·沉舟侧畔千帆过 / 214

第十章· 人生如逆旅，我亦是行人 / 229

番外· 别有人间行路难 / 236

第一章· / 236

第二章· / 241

第三章· / 260

第四章· / 273

第五章· / 279

后记· / 281

第一章
影：此间·叹无常

两年了。

那个曾经差点把后宫闹得天翻地覆的女人终于回来了。

枫祈站在天阙楼上，今夜月色晴好，视野极佳。

一眼便可以望见那宫道里长长的、如红绸缎一般的仪仗。

而这两年来枫祈一直都是那个人的替代品。

人们都说她是用来慰藉皇帝的相思之苦的。

很多人都说她跟春禾相像，可从来没有一个人说得出来她们到底哪里相像。

是啊，怎么会相像呢？从长相到性情都是极端相反的两个人，又怎么会相像呢？

或许唯一的相像之处，便是皇帝对她的沉溺，似乎不亚于林春禾。

只是这世上之事，很多都不是人们所看到、所听到的那般，不过因为种种原因，便找出一个说得过去的托词罢了。

毕竟古往今来，这"红颜祸主"是最便捷、最省力、最省事的借口了。

所以，这"替代品"之中藏着多少秘密与隐事，却是难为外人道的。

只是想来也可笑，这两年来她"享尽恩宠"，却是活得生不如死。

毕竟一只遨游天地的雄鹰被折断双翅落入笼中，又岂会好过呢？

她也在"享尽恩宠"的这两年，在日复一日的磨心中恨上了皇帝，有的时候甚至恨上自己。

而唯一支撑她这么走下去的大概就是七万族人的生死前途了。

两年前，临渊部的人勾结洛和残部，在边境屡挑事端，冒充贼匪抢夺财物，还企图重新脱离国朝的管束。

事情败露后，其首领纯瑜，也就是枫祈的阿姐杀害国朝的鎏云长公主，企图灭口。可事情还是走漏风声，临渊部自知难逃惩治，便率部反叛，最终还是被镇压下去。

此事在国朝上下引起巨大的震动。北境之乱，自太祖皇帝起，便一直被视为国之心头隐患。自太宗皇帝起，频频对北境用兵，直到先帝在位，靖王晔舒平定了北境，各部归顺，国朝设立了北靖府，又派鎏云长公主与靖王前去镇守治理，换来北境安稳不过几年的光景。

可是竟然出了这么一桩事情，挑战的是国朝的威严，祸乱的是北境的安危。

可北境各部向来联姻，连成一线，内部关系又矛盾重重。

若国朝想要明正典刑，恐怕牵连甚广，一是人人自危，二是有人借机生事，借公事以报私怨，稍有不慎，怕是会引起更大的动乱。

若是轻拿轻放，又恐失了国朝威仪，放任宵小之徒，一而再再而三地挑战底线，日后恐有大患。

而且作为临渊部二公主的枫祈却咬定其中另有隐情，希望皇帝彻查此事。

这也让此事陷入了更大的迷局。

大渝靖王晔舒也力陈此事并未明朗，需要调查清楚。

后来加上枫祈的进宫，皇帝才勉强同意调查此事，这才暂时有了转圜之机。

最后的结果是枫祈进宫，靖王晔舒前往北境，一来重新调查，二来安定北境，莫要让北境生乱。

说起枫祈的进宫，向来有一个传闻。常言道，项庄舞剑意在沛公，皇帝让枫祈进宫，实则意在靖王。

这流言散出，其说法更是层出不穷，相互矛盾，又是怪异离奇。

这一晃眼，时间过得真快，那个被太后逼出宫去的女人林春禾都已经回来了。但是，边境依旧没有消息传来。

仪仗队已经进了后宫，春禾被宫人们簇拥着走了进来。

走得近了，枫祈才稍稍看清楚了眼前的人。

多年未见，枫祈还是能够从众多模糊的人影之中一眼就认出她来。

春禾步履款款，穿得极为素雅，一袭白衫，发间绾着青簪，怀里抱着一把琴。似乎还是如枫祈初见她时那般，清丽多姿。

当春禾路过天阙楼下的时候，抬头望了一眼楼上，正好对上了枫祈的目光。不过冷冷一瞥之后，春禾便不再看她了，而是扬长而去。

"她没有娘娘生得美。"枫祈身边的大宫女缥儿说道。缥儿对她的亲近，早已超越一般主仆的忠诚。缥儿似乎有些不服气，毕竟她八岁的时候就进了宫，这位女子的事迹她早就知晓了，在后宫里的时候行为古怪，也不是一个安分的人。

而且刚进宫的时候春禾脾气不好，喜怒无常，总是对着宫人发怒。可皇帝却不在意，对她千般包容万般好，几乎是有求必应。

这让所有的人都无法理解，为什么皇帝会喜欢这样一个人。

就像是受了什么妖法的蛊惑一般。

直到后来皇帝要立后，前朝的大臣们才开始真正反对。前朝不太平，后宫也是不安宁。之后后宫出现了一起猫鬼案，豢养猫鬼本来就是宫中的大忌，更何况还冲撞了太后，事件种种，都指向了住在青鸾殿的春禾。

为了平息此事，维护他的心上人，皇帝不惜处死了三位大臣。

最后，春禾顶不住朝野内外的压力，便自请出宫。

皇帝才决定将她送出宫外清修。

如今那个女人回来了，她唯一的利用价值，似乎也没有了。

枫祈裹了裹身上的披风，幽幽地叹了一口气。她身旁的宫女还在抱怨，不过她却像是什么都没有听见一般，她的目光遥遥地望向远处，那里是皇宫的御药房。那里彻夜烛火通明，是皇宫里最为明亮的一处地界，近些日子以来，更是如此。

这皇宫里最大的秘密和最重要的关节其实都在那里。

她的嘴角勾起一抹古怪的笑意，什么话都没有说，转身回了内殿。

春禾回宫后，皇帝就直接去了青鸾殿，一连三日都待在那里，直到第四日清晨才去上朝。

不过奇怪的是，这时青鸾殿却过来传话了，说春禾请枫祈过去说话。

枫祈犹豫了一下，她与春禾虽然见过几面，但素来算不上有什么交情，春禾为何突然请自己？再三思考之后，枫祈还是决定过去看看。

如果枫祈能够提前预知这个女人不过回宫三日，便会惨死在皇帝为她修建的青鸾殿中，那么枫祈一定不会这般贸然去看她。

可惜这个世界上并没有如果，发生了的事情也永远不能挽回。

枫祈只记得自己走进了青鸾殿里，春禾让所有的侍女都退了出去，说是有话要同她单独说。

现在的春禾已经不像是刚进宫时那般素净，她原本就是国色天香，如今一经打扮，更是艳冠群芳。

枫祈站在大殿里，她俩就这样互相对视着。

现在两个人站在一处，两人的气质、面貌却是完全不相同，任何一个人都不会将她俩弄混了。

春禾拉过她的手走到了一旁坐了下来。春禾脸上虽然洋溢着笑容，但手指却是极冷的。春禾还跟她说了很多话，不过这些话，枫祈都记不太清楚了。

不但这些话枫祈记不清楚，之后发生了什么，她也完全没有了印象。她只记得这大殿的香薰浓得让人头脑昏沉，她像是沉到了一片无边无际的沼泽里，她不知道自己在干什么，也不知道别人在干什么，那段记忆像是被凭空抹去了一样。

等她猛然清醒过来的时候，却发现自己手中握着一把剑。

剑锋上的血迹未干，黏稠的血顺着冰冷的剑锋，滴滴答答地落到脚下的桃花地毯上。血花混着桃花，形成了一种极为妖娆艳丽又触目惊心的美。

而春禾却已经面容扭曲地倒在她身前。春禾瞪大眼睛看着枫祈，此时从她的胸口处渗出汩汩鲜血。

枫祈惊骇不已,她低头看着自己,发现身上也被溅得到处是血。

为什么会这样?

刚才发生什么事情了?

她猛地将长剑丢在地上。

大殿的门,就在这个时候打开了。

日光像是金河一样从外面一倾而入,晃得人睁不开眼。

皇帝就站在日光里,一身华贵的黑色锦袍,高大威严。阳光落在他的身上,却见不到半丝暖意,仿佛都结上霜,只剩下蚀骨的寒凉,一点点地将人的五脏六腑冻住。

枫祈看不到他的表情,但她猜得出此刻他的眼眸之中燃烧着如熊熊烈火一般的愤怒,随之而来的便是各种疯狂的报复。

因为这些年来,对于这些她早就习以为常,见怪不怪了。

那是她在每日夜深人静时,于无人知道的角落里,她所面对的他。

所以事到如今,她的心情反而平静下来了。

"她不是我杀的。可是,为什么好像死在了我的手上呢?"枫祈望着沾满血的双手,前一句话她还是对皇帝说的,可后一句话,她却是有些木然地自言自语道。

她可以肯定这期间一定发生了什么。

但最荒唐的是,她这个当事人竟然完全不记得了。

皇帝没有走过来,冷冷地站在阳光里。他的拳头却是越攥越紧,连身体都开始微微发颤。

枫祈知道,眼前的人,已经认定是她杀的人了。

是啊,事实摆在面前,她要如何说?她的剑、她身上沾着的血,不都证明了这一点吗?

她快要陷入如两年前一样的绝境了,历史重演,所有人都说是阿姐杀了鎏云长公主。

如今,好像再一次证据确凿了,再一次容不得半点分说。

所有的一切,似乎早就给她们安排好了。

她们明明没有杀人,可是为什么别人会死在她们的剑下?

枫祈的眼中是无尽悲戚,她惨然一笑。

他会怎么对付她呢?

这些年她领教过太多次了,她的脑海里闪过一丝恐惧。

这一次,她竟然真的有些害怕了。

她不想再经历那样的折磨了,日复一日,在那样没有尽头的轮回中。

所以,该怎么办啊?

她不知道啊。

这时,皇帝终于朝她一步步地逼近。他寒声道:"来人,把这个女人给朕拿下。"

枫祈叹息一声,闭上了眼睛,看来只剩下这一条路可走了。

她从发髻间拔下一根玉簪,掰成两段,朝着手心划去。

这根玉簪是靖王在她进宫的当天,也是他远赴边塞的当晚交到她手里的,告诉她这根玉簪里装着一种奇毒。

这奇毒是她最后的救命稻草。

恍惚之间,她仿佛又听到了靖王站在宫门前对她说的话——

"你等着我回来,我一定会想到办法的。在那之前,你不要放弃自己。如果在皇宫里遇到绝境,就弄断玉簪,划破皮肤,里面的毒会让你成为一个活死人,此药可保三日。等我回来救你。"

其实靖王的言下之意,就是若到了无路可退的时候,不要让其他人用严酷的刑罚折磨她。

哪怕暂时变成了一个活死人。

如今,她算是已经到了绝境。

可是她不觉得把自己变成一个活死人会有什么用处,这药只有三天的时间啊,就算是晔舒此刻插上翅膀,恐怕也飞不回来吧。

她看着自己的手被划破的瞬间,惨然一笑。

有那么一刻,她什么都不想在乎了,觉得这样也挺好的。

皇帝面色一变,已经顾不得帝王威仪,夺步冲上前来,死死地扣住了她的手腕,好像这样毒素就不会蔓延到她的体内。

他惊诧地看着她手心里渗出来的黑血,喊道:"传御医,快传御医!"

不过,现在她已经再也站不住了,倒下去的时候,皇帝抱住了她。

她的身体在颤抖,不过她有些分不清楚,究竟是自己在颤抖还是皇帝在颤抖。

枫祈努力睁开眼睛,望着眼前的人。

她依稀想起来,很多年之前,那个午后,花树下,还是少年的皇帝也是这么抱住她的。那个时候,他的眉眼里还是纯净,还满是少年的赤诚,藏着春日的风、夏日的星、秋天的月、冬天的雪。

让人一看,便心生欢喜。

让人一看,便心生眷恋。

让人一看,便心生哀伤。

枫祈抬起手摸着那双眼睛,那双已经许久许久没有见过的眼睛。

真好啊,她还能再见到那双眼睛。

那个时候,她好像喜欢过他,只是那个梦在两年前就碎裂了,而这两年的宫廷生活也早就把之前的爱意磨成了齑粉。

好在,这一切很快就要结束了。

就在枫祈昏过去的时候,门外,一个内侍急匆匆地走到皇帝面前。

"皇上,靖王殿下回京了。"

第二章
宫：前尘·初相逢

枫祈第一次来到大渝天晟城的时候，像是春日里刚出生跑到草原上的小兽，对一切都充满着强烈的好奇心。

一年前，大渝派兵在平野大战中大获全胜，推翻了残暴的洛和大王的统治，从此之后，北境与西境大部分部族便归顺了大渝。

而枫祈所在的临渊部便是其一，从今往后就是大渝的子民了，而族人们不用再当已故的洛和大王的奴隶了，也不用活在死亡的阴霾里。

临渊部被迁到了富足的地方住下来，族人的生活也比以前好了许多。

而枫祈这一次便是随着阿姐进京来参拜皇帝的。

原本阿爹作为首领应该亲自来，可是阿爹在经历了平野大战之后，身体已经不像以前那般健壮了。大祭司说他需要好好地休养，就把族里的一切事务交给了阿姐。虽然阿姐还没有举行新首领继任的仪式，但实际上阿姐已经跟新首领没有任何区别了。

所以这一次阿姐便代表着临渊部而来，她也有机会跟着阿姐来大渝见识见识。

一进天晟城，枫祈就感觉自己的眼睛不够用了。

她的眼眸亮晶晶的。她从没有见过这么多稀奇古怪的东西、这般漂亮的房子、这么宽阔的街道，街上的人比部族里庆典的时候还要多，还有街道上有许多穿着华贵衣衫的人。那些衣衫的材质枫祈知道，叫作丝绸，又软又滑，还很轻薄。

以前有商客把这个东西带到王城，进献给阿爹，就是用这个东西做的两套衣衫。

那个时候她还太小了,看到那衣衫的时候,眼睛都直了。那水蓝色的软裙,就像是从蓝天上、天湖里剪下来的一样。

但是临渊部所在的地方实在是太冷了,天气太恶劣了,而且那衣衫又娇贵得紧,好像很容易就被撕碎了一般,所以他们根本穿不了。

那个时候她就在想,大渝该是一个多么美妙的地方啊,那里的天气该有多舒适啊,才能让所有的人都穿上这样的衣衫。

从那个时候起,她就对大渝产生了极为强烈的好奇心。后来部族里来了一位来自大渝的学者,阿爹便想办法将他留了下来。那人极为博学,给她和阿姐讲了许多关于大渝的历史,还教她识大渝的字,让阿爹派人从大渝购置了许多书籍。

如今她来到大渝,才知道原来这里除了有像是从天上裁剪下来的衣衫,还有许许多多更有意思的事情,而且比书上说的还要好。

枫祈趴在马车的窗口,阿姐坐在枫祈的身后,含着笑意,抬手摸了摸她的脑袋:"阿祁,不必着急,我们会在这里待很长的一段时间,足够你去见识。"

阿姐这话自然是不错的,因为这次除了参拜皇帝,她还会留下来,进到太学,学习大渝的文化,的确需要好几年的工夫。

不过枫祈还是失望了,因为她们来到京城之后,就住在了皇帝给她们安排的驿馆里等候皇帝的传召,这期间一直没有出去。

这里什么都好,有专人伺候,还有许许多多枫祈没有见过的可口菜肴,但就是太闷了一些。

枫祈曾不止一次爬到院子里的大树上,想看看外面的世界。那围墙对于她来说实在是不算什么,她轻而易举就可以翻过去了,可每一次她都忍住了。

因为她知道,她们不是来这里游山玩水的,是有使命的,她不能给阿姐招惹麻烦,还是谨慎一些为好。

十天之后，大渝的皇帝设宴，她跟阿姐要去赴宴。

为了表示临渊部的归顺臣服之意，枫祈作为临渊部的小公主特意换上了大渝的衣衫。

快到傍晚的时候，来接她们进宫的马车到了，枫祈便跟着阿姐坐着马车进宫去了。

原本枫祈已经做好了心理准备，可还是被庄严肃穆、富丽堂皇、气派异常的皇城震惊住了。

诗中有云："天上白玉京，十二楼五城。"

想来也不过如此。

此时宴会尚未开始，众人被安排在一处御花园内。

阿姐算是临渊部的首领，此时正在与大渝的官员还有其他部族的首领应酬。

枫祈便趁机溜了出来，在御花园里闲逛。

这里的守卫不像外头那样严，气氛还是很轻松的。

只是这御花园假山叠叠，花木繁茂，九曲回廊，枫祈七转八转，便开始有些晕头转向，走到好几处人少的地方竟然被围墙拦住。她找不到路，性子又急，翻了几道墙，就更不知道自己身在何方。而且再往前走，她隐约可以看到不远处有侍卫把守，已经不能再冒冒失失往前走了，她只好靠着记忆往后退。

最后无奈之下，她见庭院里长着一棵大树，心里高兴。这大渝有一个特点，就是树长得高大。她整了整衣裙，从腰间拿出了软鞭，折好绕着树，双手拉着鞭子的两头，便往树上爬去。

她从小习武，不一会儿已经坐在树上。坐得高看得远，她想着该怎么回到宴会的地方去。

不过没有找到路，倒是看到一些让人意想不到的事情。

远处走来了一群身穿锦衣华服的少年，他们身旁还牵着一只小豹子，把两个小公子团团围住了，还往那两个小公子的脚边扔着肉块。小豹子想要吃肉块，就一直往那两个小公子的身边凑，似乎还有扑倒那两个小公子的意思。

那群人看到这一幕,笑得更欢乐了。而那两个小公子则是满脸惧色,一路往后退,直到被逼到了枫祈所在的大树下。

这时,从人群里走出来一个紫衣少年,他就是牵着小豹子的人。他冷笑着看着靠着树干的青衣小公子:"你怕什么,胆子这么小。你在夫子跟前告我状的时候,可是威风得紧。怎么现在不说话了?"

那个青衣小公子脸色苍白,紧咬着牙关,站在那里一言不发。他脸上未见妥协之色,但是整个人已经抖成筛糠。

紫衣少年又往前走了几步,戏弄道:"要不这样,你跪下来,好好给我磕个响头,认个错,小爷说不定今天心情好就饶你这一次。"

青衣小公子只是瞪了紫衣少年一眼,并不说话。

紫衣少年见青衣小公子不说话、不行动,只是往后退了几步,松了松手上牵着小豹子的链子。

眼看着小豹子要逼过来了,那靠着树的两个少年抖得更厉害了。那个青衣小公子还是忍着,另一个几乎快要吓哭了。

这时,不知道从哪里飞出两颗石子,打在了小豹子的身上。

小豹子吃痛,又受了惊,猛地向后窜去。紫衣少年因为手上缠着链子,被小豹子这么一扯,一时间没有站稳,生生地往后跌了一个大跟头,还很狼狈地滚了一圈。

枫祈从树上跳了下来,拍了拍衣服上的灰尘。

"你是什么人?"紫衣少年爬起来后,上上下下打量了她一番。这衣着打扮,宫女不像宫女,而且是从树上跳下来的,又不像是哪家的大小姐。

枫祈还没有回答,紫衣少年身边的一个少年便对着他说道:"她是从北境来的,我在宫门口见过她,跟着她姐姐来赴宴的。"

"哦,难怪她穿上我大渝的衣衫也依旧没个人样。"这紫衣少年显然因为刚才枫祈出手打退了小豹子,让他心有不满,便趁机骂道,而且听说枫祈不过是小小的部族之女,更是不把她放在眼里。

枫祈也不是任人拿捏的软柿子,在北境,只有一个道理,没有獠牙的

/ 011

动物只会成为别人的猎物。"

"你倒是像个人样，可是偏偏干不出人事来。"

紫衣少年登时愣住，他怎么也没有想到这个小姑娘敢这么跟他回嘴，于是气恼之下，便直接指挥着小豹子冲上来。

小豹子发出了低低的呜咽声。

那两个少年已经吓呆了，下一秒，那个青衣小公子便缓过神来，他不知哪里来的勇气，一个箭步冲到了枫祈身前，对紫衣少年说道："此事跟她何干，把气撒在旁人身上算什么本事？你放他们两个走，有什么话，咱们单独说，要报什么仇，我奉陪到底。"

可是那紫衣少年哪里会听他说话。

枫祈摇了摇头，将青衣小公子往后一拉，随后从腰间抽出一条软鞭，一挥鞭，便发出了一声巨响，将一旁的花盆都击碎了，碎瓦片和泥土向四周飞溅而去。

不光是站在那里的皇室子弟不敢上前来，就连那只小豹子也往后缩了缩，不敢上前了。

"怎么，你敢伤我？"紫衣少年明明有些害怕了，却还是梗着脖子呵斥道。

枫祈的目光扫过紫衣少年，最后落在那只缩在一边的小豹子身上，淡然道："我不会伤人，只会教训想要伤人的畜生。"

"你，好啊！"紫衣少年气得涨红了脸。

枫祈这话说得阴阳怪气的，紫衣少年倒不知道该如何应答。

他气急了，对着身边的人喊道："上……上去教训教训这个不知天高地厚的人。"

眼看着那七八个人簇拥上来。

"我看你们谁敢上前！"

紫衣少年身后突然传来一声冷冷的喝止。

众人循声望去，只见不远处的假山旁站着身着一黄一白锦袍的两个人。

月光清亮，倒是看得明晰。

身着黄色锦袍、头戴白玉冠的是一个十七八岁的少年；而身着素净白衣的要年长稳重一些，看上去二十多岁。

那两人站在月下，风姿朗朗，如玉山巍巍。

枫祈不认识这两人，所以只是愣在那里。而这里的其他少年却是慌忙整衣跪了下去："见过太子殿下、靖王殿下。"

这黄衣少年正是当今太子殿下昀泽，而白衣人是靖王晔舒。

太子的目光一一扫过众人，最后落到紫衣少年身上："如今各部归顺，便是大渝的子民，父皇都说今后俱是一家，亲如兄弟，哪分什么贵贱。邵小公子好威风啊，随意欺负人，你是觉得我父皇的话有什么不妥之处吗？"

太子虽然年少，可是举手投足之间已经俨然带着几分慑人的威严。

紫衣少年忽然结巴起来，哪里还有半分方才的气势，他只是慌忙解释道："太子殿下，我……我只是一时气急，才莽撞行事。"

太子不理会他，转眼望着一旁的小豹子，更生气了，冷声道："邵子琪，那天夫子交代的课业，你没有完成，便抢了知鞍的课业填了名字交上去。他不过实话实说，你有错在先，现在倒是不依不饶起来了。你还敢把豹子牵来，你想要干什么啊？"

邵子琪又拜了下去，皱着眉道："太子殿下，这小豹子是前段时间猎回来养在宫里的，从小就有专人养着。您看，都还没有长成呢，哪里伤得了人，不过是唬唬人罢了。"

邵子琪一边说着，一边抱着好汉不吃眼前亏的态度，没有等太子再继续问罪，只是一咬牙，对着身旁刚才被他欺负的少年说道："知鞍，我们本为同窗好友，先前是同你开玩笑的，还望你莫怪。我在这里给你赔罪了。"

那个叫知鞍的少年并没有立刻接受邵子琪的道歉，他连看都没有看邵子琪一眼，只是一脸严肃地说道："你我之间的事情，本就不该迁怒旁人。如今，你更应该向这位姑娘道歉。"

枫祈在一旁，听他们说着。如今见话题扯到了自己的身上，她正想着该如何作答，没想到一直在一旁沉默不语的靖王开了口："如今各部首领来京面圣，你们身为宗室子弟，不以身作则，反而不顾体面、不识大体，闹出这样的事情。应该道歉，但也不得不罚，不过念在没有酿成大祸，姑且小惩大诫。邵子琪先去领二十板子，回去闭门思过。其余人，各领十板子。"

邵子琪的脸色又是一阵青白。他的祖母是谢氏公主，他承袭了祖荫，平日里便嚣张惯了，今日已经够忍气吞声的，一来已经丢尽了脸，二来他又哪里敢得罪太子和靖王，他便转身向枫祈道了歉。

枫祈也接受了他的道歉。

此时时辰已经不早，靖王和太子在这里耽误了不少工夫，便让他们立刻离开这里。

不过邵子琪正准备走时，却被太子叫住了。太子走过去，将他手里拴着小豹子的链子接了过来，说道："对了，前些日子陈太傅专门写了一篇文章，告诫太学学子要修身养德。我想你一定还没有读过吧，那篇文章写得极好。正好，趁着闭门思过这段日子，你好好读读，对你有好处。好了，你们可以走了。"

邵子琪听到太子这么说，越发垂头丧气了，但也不敢违抗，只好应下了。

看着他们走远了，枫祈才松了一口气。

其实如果可以，她也想好好教训一下这个欺人太甚的邵子琪，但是她不会也不能揪着这件事情不放。

听锣听声，太子方才教训那个叫邵子琪的，只不过是想告诉她朝廷对待各部族的态度。如今边境局势刚稳，正是安抚各族人心的时候，不能够节外生枝。他是太子殿下，这些话从他的嘴里说出来，自然是有分量的。

而靖王又做了处置，她也不是个认死理的人，她是王室中人，知进退是她从小就需要明白的事情。

况且，真计较起来，今天她也乱跑了，一个部族公主在皇宫里乱窜，成什么样子。

她不想把这件事闹大，若被有心人利用，难免生出什么事端来。

今晚本就是招待各族的宴会，闹大了也不是什么好事情。

所以枫祈也好，太子和靖王也罢，都是想着将此事早早揭过。不过她倒是觉得那个叫知鞍的少年虽是太过耿直了一些，但人还真是不错。

这时太子已经不像之前那样板着脸，倒是多了几分少年心性。他转头对着一旁的靖王笑道："皇叔，你让他闭门思过倒是提醒了我。他最怕背书了，每日背书就像是受刑一般，应该让他回去好好把陈太傅写的文章背诵下来，也省得他到处惹是生非。"

靖王笑而不语。

枫祈站在一旁听着他们说话。

此时，她倒是可以好好地看看眼前人。

这位靖王殿下的名号，她可是早有耳闻了。

靖王殿下虽然与皇上是兄弟，可是因为先皇子嗣不丰，膝下不过只有九子，活到成年的也不过三个儿子。而靖王殿下是先皇的遗腹子，他与皇上相差了二十岁之多，与太子不过相差四岁。

所以看上去他不像是当今太子的叔叔辈，倒像是太子的哥哥。

大渝谢氏向来出美人，这是枫祈知晓的。只是没有想到谢氏不仅出美人，还有这么好看的男人。

如今见到了靖王晔舒，他倒与枫祈想象中的不太一样。

指挥平野大战，打败洛和大王的将帅就是靖王晔舒。那场仗打得极为漂亮，阿爹跟族里的将军们坐在篝火边谈论的时候，总是兴致高昂、夸赞不停。

而部族之间一直在流传，靖王晔舒白衣白甲，是天人下凡，把洛和大王打得屁滚尿流，以至于后来洛和大王在逃跑的过程中，听到"靖王殿下来了"，便恐惧地钻到了羊圈里不敢出来。

枫祈没有见过靖王，可是她见过洛和大王。那是一个自视甚高又极为残暴凶戾的人，没有人敢直视他的眼睛，他又生得高大威猛，像只野兽，而且他曾经徒手跟熊打斗过，是第一勇士。

所以在枫祈的印象里，能够战胜那样有着强悍力量的人，应该比他更强悍、更有力量才是。

可是眼前的人似乎与强悍和力量都沾不上边,还跟月光一样温和。

"你这小姑娘,盯着我皇叔做什么?"太子牵着小豹子站在一旁好半天,只见眼前的人目不转睛地看着皇叔,他皱了皱眉头,觉得有些无奈、有些好笑,还有几分不耐烦。

枫祈这才反应过来,赶忙行礼道:"临渊部枫祈见过太子殿下、靖王殿下。"

"你是临渊部的,那怎么跑到这里来了?"太子有些疑惑。

"我找不到路了,这里实在是太大了。"枫祈实话实说道。

靖王晔舒听她如此说,便笑道:"无妨,你跟我们一同前去赴宴吧。"有人把她带回宴会上,自然极好。她慌忙道谢,又行了一礼。

不过三人还没有走出多远,便听见太子对着靖王说道:"皇叔,你们先过去吧,我把小豹子送回去。"

太子话刚说完,还没有等靖王回应,便牵着小豹子一溜烟跑掉了。

看着太子跑远了,枫祈却有些困惑:"太子殿下好像有很急的事情要去做呢。"

靖王看了一眼枫祈,心里暗自好笑。这小姑娘性子直爽,想到什么就说什么,若是换成了大渝的寻常闺秀,又怎么好议论太子的事情呢。

只是见她年纪小,人又生得灵秀可亲,所以靖王也没有避讳她,笑道:"我皇姐鎏云回来了,他啊,忙着去求皇姐给他说情呢。这不,还特意牵了一只小豹子去讨好她。"

哦,怪不得呢。枫祈不禁有些好笑。其实平日里她也是一样的,每次惹了祸,怕阿爹责罚,总是想办法跑到姐姐那里求情。

不过听靖王提到鎏云长公主,枫祈立刻来了兴趣。

"靖王殿下,您说的公主,是不是有着天下第一炼蛊师名头的那位公主?我听过她的名头,还知道她的事迹,那可真是了不起。"枫祈兴奋地说道。

传闻,鎏云长公主生得倾国倾城,但是她的天下第一炼蛊师的名头却更是响亮。

枫祈听过炼蛊师，却从未真正见过，还听说过傀儡蛊、迷心蛊之类的奇闻。

她总觉得那是一类很神奇的人。会某种术法，在她看来，像是在书中看到的茅山道士一类。

见晔舒半天不说话，神色微微变了，枫祈突然意识到自己是不是说了什么不该说的话。

她对靖王殿下的第一印象极好。这人温和，她便放下了大半的戒备。她平日里活泼外向，是个自来熟，所以就忘记了此时的身份和环境。

"对不起，我惹您不高兴了，我不该问的。"

听到她道歉，晔舒停下脚步，回身看着她。见她眼中的光亮都有些黯淡下去了，他只是说道："我并非责怪你，只是你初来乍到，有些事情不太明白。这里的人虽然对你彬彬有礼、满脸笑意，可绝对不是你想象中的那么好相处的。所以有的时候能不问的就不要问，能不说的就不要说，这是保护你自己。"

枫祈没有再问什么。

回到大殿，她再一次谢过了靖王。

靖王有其他的事情要做，她也不便再打扰，便悄悄地回到了阿姐的身边。

阿姐倒是没有问起她去了哪里，以为她只是跑到园子里闲逛。阿姐没有问起，她便没有说什么。

宴会开始的时候，帝后终于来到了大殿，原本还在喧闹的大殿立刻安静下来。

帝后的身后跟着太子，还有一位穿着极为华贵的美貌女子。

殿内的臣子和各部族的首领纷纷对皇帝跪拜行礼。枫祈跪在阿姐身边，但还是悄悄抬头望过去。她对这大渝的皇帝实在有些好奇，不过还没有看清楚，皇帝便已经从她身前走了过去，她只看见了一个明黄的背影。

不过这一抬头，便正好对上了太子的目光。太子的目光在她身上停留了片刻，便转了过去，笑容意味不明。

皇帝上座之后，太子和那锦衣华服的女子也坐到了仅次于皇帝的右下座，靖王则坐到了左下座。

这时，众人才纷纷落座。

枫祈看着那女子，这才明白过来，能坐在太子身边的，想必就是鎏云长公主了。

枫祈注意到鎏云长公主的脖子上有一种独特的纹饰。据说，那就是炼蛊师的标识。因为炼蛊师常年与各种蛊物打交道，所以每一代炼蛊师都会在体内种上一只特殊的、精心培育的蛊王，就是为了避免自己被其他蛊物所伤。而且有的蛊王有驻颜之力，以前她听那位游学的先生说过，有的炼蛊师尸身百年不腐，不但面目栩栩如生，而且依旧年轻。

先生说得神乎其神，枫祈半信半疑，可是如今看到了这位鎏云长公主，枫祈开始有些相信了。毕竟这位鎏云长公主是大渝的二公主，可是看上去却没有比靖王年长多少。

要是能够拜她为师就好了，枫祈在心里暗自想着。

不过，不同门下的炼蛊师脾性不同，也不知道她肯不肯？

也不知道这位公主有没有收徒弟。

枫祈想着自己的心事，一会儿高兴，一会儿失落。

这时，在宴会开始之前，皇帝让内侍先宣读了一份圣旨，枫祈才把思绪收回来。

皇帝说如今边境太平，各部安宁，朝廷打算在边境开设互市并设立北靖府，以稳定局势。各部不需要再像洛和大王那个时候那样上贡那么多东西了。

而北靖府则交给公主鎏云和靖王去管理。

这份圣旨对各部来说自然是大好的消息，一时间，大殿内响起了一阵又一阵"吾皇万岁"的高呼声，随后便向皇帝敬酒。

气氛一度热烈起来。

枫祈听到靖王和公主鎏云要去管理北靖府，是有些错愕的。靖王去管理她能够明白，不过为什么鎏云长公主也会去呢？

阿姐听到鎏云长公主也会接手管理北靖府，目光却亮了起来。几盏酒下去，阿姐的脸颊红润起来，眼中也蓄着盈盈的水光，她侧头对着枫祈低声笑道："这位公主殿下可是了不得。她之前有过一位夫婿，她曾随夫君到东境治灾，很得人称道。而且，那场大战之后，我听说公主也曾上书皇帝，安抚各部。公主殿下去北靖府，那可真是大好事。"

枫祈瞪大了双眼看着阿姐，没想到还有这样的事情。不过说起来，她不知道此事也是说得通的，她在部族里是最小的孩子，很多事情都有比她年长的哥哥姐姐担着，那些部族里的事情，总不需要她操太多的心。而且她的注意力也有些偏了，那个时候听说了鎏云长公主是炼蛊师，便去找了不少关于炼蛊师的书籍来，有一阵子，一心钻到那个里面去了。

今晚宴会上，气氛异常热烈，有的部族之人开始在宴会上献舞。

只是天公似乎不作美，外面刮起了大风，乌云笼罩住了月亮，看来是要下大雨了。

不过，这倒丝毫没有影响到里面的人。

枫祈年纪还小，阿姐不让她喝酒，于是她就喝了一些酱汤。中途她有些坐不住了，便离开了宴会，出来透透气。

她坐在长廊下。廊下风大，有些冷飕飕的，不过外面也没有什么好看的景致，没了月光，都是乌黑一片。

她正打算回大殿的时候，却看到了一个人，正准备转进花园的假山后面去。那人也不知道是不是喝醉了，一步没有站稳，便摔倒在地。

模模糊糊的，那个身形似乎是靖王殿下。

枫祈吃了一惊，提着灯笼便走过去。

靠近些的时候，她才发现，原来半跪在地上的人，竟然真的是靖王殿下。

她刚准备开口，可是只听见什么东西砸在了灯罩上，这时灯笼忽然一暗，周围黑了下来。这突如其来的黑暗让枫祈吓了一跳，她本能地想往后退，却听见前方传来一个虚弱的声音："别走。"

说完之后，那个声音犹豫了一下，似乎是鼓起了勇气，接着说道："帮

/ 019

帮我。"

枫祈停住了脚，定了定心神。

之前靖王殿下还帮过她，现在这么一走了之似乎有些不仗义。

她鼓起勇气走上前去，蹲下身，摸索了一下，先是摸到了他的衣服，后来又摸到了他有些冰凉的手，便立刻扶住了靖王："靖王殿下，您没事吧。我这就扶您回去。"

靖王却拒绝了。他反手扣住了枫祈的手腕，他似乎因为强忍着巨大的痛苦，整个身体都开始战栗起来，握着枫祈的手腕也越发用力，这让枫祈有些吃痛。

"我有些旧疾，现在突然发作了，回去来不及了。你能扶我到后面的假山那儿去吗？"靖王说道。

枫祈没有再犹豫，因为靖王现在的情况很糟糕。她不知道他怎么了，也不知道该怎么救他，所以只能按照他说的方法去做。

"可是我认不得路啊。"枫祈一边扶起靖王，一边说道。

莫说现在四处乌漆墨黑的，就算是天亮着，她都未必能够准确找到路啊。

靖王一手抓着她的肩膀，一手抓着她的手臂，半个身子压在她的身上，借着她的力量往前走。

这不像是枫祈扶着靖王，倒像是靖王把她当作一根拐杖撑着往前走去。

"我认得。"

身后的灯火被花园里的枝叶彻底掩藏住了，此时眼前真的只剩下了一片黑暗。

风越来越大，耳边尽是树叶"唰啦啦"的响动声，听起来有些骇人。

枫祈有些害怕，紧紧拉着靖王的衣角。

她不知道现在他们在什么地方、要去哪里，她只是随着靖王往前走，她也不太明白，为什么靖王能够在黑暗里找到路。

过了一会儿，他们似乎到了靖王所说的假山里面。

她能够感受到靖王此时终于有些放松了，但是他依旧没有松开她，一只手紧紧地抓着她。

随后,他坐了下来,靠在了石壁上。

这时,天边一道道闪电划过,将假山山洞里映照得一片雪亮。枫祈看到靖王从怀里摸出一颗药丸塞到了嘴里,他满脸虚汗,面色苍白。

可是下一刻,天又暗了下来,突然响起一阵雷鸣声,没过多久,豆大的雨点便落了下来。

枫祈这时才开始真正害怕起来。说起来,她对这位靖王并不熟悉,自己当时真的是有些昏头了才跟着他过来,正确保护自己和对他好的做法,应该是去寻求其他人的帮忙才对。况且靖王现在身体如此虚弱,若是有个三长两短,又该怎么办呢?她就是长了十张嘴也说不明白啊,这里头牵扯太大了。

不行。

枫祈站了起来,她伸手想去扒开靖王的手:"殿下,您现在这个样子不行啊,我去找人来给您医治。"

但是无论枫祈怎么做,都没有办法掰开靖王的手。

"你别走,如果你就这么走了,我怕是会死在这里。"靖王颤声说道,他浑身都在发抖,枫祈感觉到他好像很冷,可是他浑身又烫得厉害,"我吃了药,现在正是药性发作的时候,不要让他们发现我。"

说到后来,他有些前言不搭后语。

他一边说着,一边将枫祈一把扯进怀里。

他从后面紧紧地箍住她,她挣脱不得。她只要一挣扎,靖王便抱得更紧了。她的手臂生疼,也开始有些喘不上气来了。

现在看起来逃是逃不掉了。

她不敢再动了,只得任由他这么抱着。因为太过担忧,她的心一直狂跳个不停。

到后来,靖王的意识已经有些不清了,嘴里开始说起了胡话,什么不想回宫之类的话。不过,她也听不明白。

她只是轻轻抚着他的手背。过了许久,他才渐渐安静下来,似乎也没

/ 021

有方才那么痛苦了。

他的手臂没有方才那么用力了,但是依旧箍得她不得动弹。

她只是蜷缩起身体。

外面的雷雨声渐大,天地之间,一片混沌。

两个人便这么抱着。

又过了大概一刻钟,外面的雨声渐小,直到完全停止了,只偶尔听得见沾在树叶上的雨滴滑落下来,发出几声"滴滴答答"的轻响。月亮从云层间露了出来,清亮的银辉再一次洒向大地,周围开始变得明澈起来。

靖王也渐渐清醒了过来。

他慢慢松开了枫祈。

枫祈只觉得自己手臂都酸麻了,她坐直了身子,回头看着靖王,只见靖王神情有些复杂地看着她,那些东西她有些读不懂。

"殿下,您现在觉得好些了吗?"枫祈问道。

靖王抿了抿嘴角,抬手揉了揉额角,短暂地掩住了眸底的神色:"我……我还好。抱歉,让你受惊了。"

"殿下没事就好,方才我真的有些吓坏了。"枫祈舒了一口气,露出一个笑容。

"我这是旧疾一时间发作。"靖王放下手,他抬眼望了望外面的天色,又转眼望向了枫祈,"我发病这件事情,希望小公主你不要说出去。"

枫祈愣了愣:"殿下放心,我自有分寸,不会乱说话的。"

靖王看着她,神色有些紧张,只是幽幽叹了一口气:"我不是这个意思,只是我身份特殊,身体上的一些事情不宜对外宣扬。"

枫祈点了点头,这她完全能够理解。她想到了自己阿爹,那个时候部族之间发生几次争斗,阿爹受了重伤,对方还约阿爹去和谈,阿爹必须要强撑着身体,摆出一副威严不可冒犯的姿态。若是让对方知道了阿爹的身体情况,那么或许他们会趁着首领受重伤、可能无人统一指挥调度而入侵。

如果是那样,那么局势便会越发不可收拾。

枫祈神色严肃起来,她从胸口处掏出了一块玉骨牌,把手放在上面,单膝跪地:"殿下,我不会说出去的。我可以向沧坞女神起誓。"

临渊各部信奉沧坞女神,这样的誓言可想而知。

靖王在北境许久,自然明白其中的意思。他把枫祈扶了起来:"我相信你。"

他转眼看着洞外:"现在时辰不早了,或许再等一会儿,宴会便要散了,我们还是赶快回去为好。"

这倒也是,枫祈决定自己先走,靖王给她指了回去的路。

她出了假山。凉风袭来,她顿时打了一个寒战,这才发觉自己的后背早就被冷汗浸湿了一片。

枫祈离开之后,靖王才从假山后走出来。他呆呆地望着枫祈离开的方向,只是皱着眉头,若有所思。

出来后,他刚踏在石板上,就踩到一个硬硬的东西。他低头一看,才发现原来是枫祈腰间的一串坠饰掉在了地上。他把东西捡了起来,塞进了袖口。

刚一走出花园到了廊下,靖王就看见自己的近卫徐天走过来。

靖王蹙着眉头,声音有些冷:"方才你去哪里了?"刚才靖王找不到他,不然也不会冒险一个人上后花园里的假山背后去。

徐天见状,心下一惊,只是跟在靖王身后低声解释道:"鎏云长公主派身边的人过来,说是为殿下配制的药好了,要我过去取。还嘱咐我,今晚要让殿下服下。"

徐天说着,便从袖子里掏出了一个小瓷瓶。

靖王看着那个白瓷瓶,眼中闪过几丝厌恶。但他最终还是将瓷瓶接了下来,捏在掌心里。

徐天看他神色不快,也不敢说话。

过了一会儿,徐天犹豫了片刻,还是说出了自己刚才一直担忧的事情:"殿下,我看到方才临渊部的枫祈从后花园里出来,她是不是遇到殿下了?要不要属下……"

靖王沉吟了片刻。他放慢了脚步，瓷瓶在掌心里细细研磨着："不必。她不过是个什么都不知道的小丫头，现在动手了，倒是可能引起怀疑。况且，这小丫头聪敏，做事比一般人要稳妥得多，倒不像是个能生是非的。现在北境才是我们的重中之重，要多加部署才是。"

"是。"

在这里待的时间太久，怕引人注意，所以靖王便跟徐天一起匆匆离开了后花园。

而在宴会的那一边，枫祈赶回去的时候，倒是松了一口气。

因为气氛热烈，后来又因为下了雨，宴会比预想中的要推迟不少时间，所以也没有人注意到她离席太久了。

而阿姐因为高兴，喝了不少酒，到后面已经有些醉了，连走路都有些摇摆。

枫祈怕她酒后吹了风生病，给她披上了一件斗篷，把她扶回车里。

阿姐靠在马车上，眼中溢满了笑意。

枫祈已经很久没有见过阿姐这么开心地笑了。阿姐生得英气，可是醉后却满是小女儿的可爱，她一个劲地对着枫祈说："阿祈，我今天真的太高兴了。临渊部真的盼来了期盼已久的和平，沧坞女神庇佑。以后部族里的人就不用再去打仗了，阿妈们就不用失去她们的儿子和丈夫了，阿爹也可以不用那么操心了，他真的需要好好养伤。"

枫祈看着阿姐高兴，她也高兴。

枫祈依偎在阿姐身上，双手环在她的腰间，脑袋窝在阿姐的脖颈处："如果真的是这样，那就好了。只是我觉得现在才刚刚开始，或许事情没有那么快得到解决。虽然洛和大王倒台了，可是之前我们临渊部被侵占不少财物，也不知道能不能还回来。呼和手下的人，在那场大战的时候，也有不少投靠了大渝，靖王殿下既往不咎。可是那群人也是一样可恶啊。"

枫祈说了半天，却没有听到阿姐的回应，她抬起头，看见阿姐已经沉沉睡去。

枫祈轻轻地笑了笑，随手拿了毯子给她盖上，也没有再多说什么。

总之，大渝王朝在她的眼中并不算太差，她还挺喜欢这里的。

她和阿姐还会在这里逗留一阵子，她想看看这里的风土人情，不同于临渊部的存在。

第三章
影：此间·**离魂记**

◇

这世上真的有离魂之术吗？

枫祈不知道，但此刻的她觉得自己的身体轻飘飘的，她游走在漫长的宫道里。

皇宫里的宫女侍卫们仿佛都看不到她一样。

她不知道自己要去哪里，也突然之间忘记了，为什么自己会在此处。

这座大殿似乎很是熟悉，曾经在她的脑海里出现过，不过那个时候，这座大殿还没有这样旧。

她记得自己叫枫祈，来自临渊部。对了，她是跟着阿姐一起来的。

洛和大王败军之后，临渊部归顺了大渝，皇帝邀请各部族长到皇宫里来，要盛情款待。

可是然后呢？阿姐呢？

阿姐去了哪里？

她是不是又迷路了？她有些着急。

若阿姐找不到她，一定会很担心的。

枫祈在皇宫里到处乱窜，却迷糊间来到了一座大殿里。

大殿里只有两个人，其余的人，连同护卫都被撤走了。一人身着龙袍坐在大殿的龙椅上，一个身穿银色盔甲的将军跪在殿下。

那两个人甚是熟悉，枫祈觉得自己好像在哪里见过。

她走进大殿里，可是里面的人都没有发现她。此时她的身体是透明的，轻盈得像是一只蝴蝶。

只是，她根本意识不到自己有什么不一样。

大殿里的两个人似乎在争执。

"你莫不是疯了？你知道自己在说什么吗？"年轻的帝王强压着怒火，但此刻他眼中的赤红、嘴角的狞笑，无一不显示出他的愤怒。

大殿之下，靖王跪在那里。他还穿着盔甲，头发凌乱、面有土色，他一路风尘，马不停蹄地赶往京城，但还是迟了一步。

靖王的神色却是要平静决绝得多。他久经沙场，万军之中，不改其色，自有一股威严之色，况且他生性温和，就算是再如何悲愤，有再强的杀意，他也依旧能够如此，保持着自己的风度。

不过此刻，他似乎也难以克制住自己了。他双拳紧握，发出一声声"咔咔"的裂响。

"我知道自己在说什么。皇上曾经亲口答应过臣，如果此次大捷归来，那么就会许臣一个心愿。臣，要娶枫祈为妻。"

靖王抬头，目光直逼着皇上。他字字落地有声，根本没有半分的退让："臣，不管她是生，是死。"

靖王说完之后，殿内有了短暂的寂静。

随后，一方砚台摔落在地上，发出了一声剧烈的响动。里面的墨汁四溅开来，正好溅落在靖王的银色盔甲上。

这副盔甲染过血、染墨，倒是头一回。

要不是中途皇帝改变了自己的心意，或许那方砚台现在已经落到了靖王的身上了，那力度，轻则骨折。

靖王依旧不为所动，端端正正地跪在那里，嘴边却漫起了一丝冷笑。

是，靖王早就知道，皇帝不敢杀他。

哪怕此刻他已经愤恨到极点，他都不敢，甚至连伤自己半分都没有。

让对手知道了你的底牌、你的弱点，那就意味着，对方注定会一败涂地，无论他此刻是如何发狂、咆哮。

在对手的眼里，只会成为荒谬可笑的、无计可施后的发泄。

其实对皇帝而言，那方砚台没有落到靖王的头上，他就知道自己已经败了大半。

他坐回了龙椅里，身子也垮下去了。此刻他只觉得头痛欲裂，他只是抬手扶着额角，那样的撕裂感，让他难以忍受。过了许久，他稍好了一些，方才惨然一笑："皇叔啊，枫祈是我的妃子，而且，她还犯下了不可饶恕的罪孽。很多人都看见了，她把春禾给杀了，就在春禾的宫殿里，简直是狂妄至极。就算她现在已经死了，但这并不代表，她不需要为此付出代价。你是我的皇叔，为国朝建立了赫赫军功，我怎么可能将一介罪妃给你呢，还是朕的罪妃。你不觉得这很荒唐吗？"

后面的几个字，皇帝说得极重。

像是一把尖刀一样，直直地插在靖王的胸口上。

这又让他想起了几年前，他出征的前一夜，那个仿佛永远也看不到黎明的夜。

他这一生经历了无数漫漫长夜，行于泥淖，步步艰辛，但从来没有哪一次，像是那夜一样，让人如此绝望。

所以，他曾经告诉过自己，如果有朝一日，他能踏碎这片阴郁，得见曙光，他一定不会容许别人再夺走属于他的、他所挚爱的一切。

靖王此时也站了起来。他慢慢靠近皇帝，走到烛火最为明亮的地方，那烛火映照在他的盔甲上，却仿佛在他的周身结了一层金色的霜："哦，是吗？原来皇上把夺人妻室的事情叫作荒唐，可是臣却以为，那叫作龌龊。"

夺人妻室？

这几个字甚是诛心。皇帝抬起眼来，眸中星寒："妻室？她究竟是谁的妻室，皇叔是在跟朕装糊涂吗？"

皇帝一字一句，仿佛都要咬出血来一般。

枫祈有些听不明白他们说的话。

大殿里顿时安静下来。

有长风灌入殿内，吹得帷帐高高扬起，像是女子哀婉的水袖。

枫祈站在大殿里，看着两人争执，她忽然想起来，想起发生的一切。

春禾请她到宫殿里小坐,她迷迷糊糊睡着了,等她醒过来的时候,却发现自己手中拿着一把长剑,春禾已经死在了她的剑下。

皇上震怒,前来兴师问罪。

她情急之下,用簪子划破了手,毒性侵入了她的体内,她当时就晕了过去。

在晕倒之前,她仿佛听到有人说"靖王殿下回宫了"。

那个时候她是何等的欢喜,却又是何等的难以置信。

原来,晔舒真的回来了。

枫祈提起裙摆便冲上前去,却扑了个空。

枫祈顿时惊慌起来。

为什么会这样?

枫祈坐在地上,望着自己透明虚无的身体。

而大殿里的两个人还在僵持不下。

皇帝似乎已经失去了耐心,有些焦躁。他也站了起来,他的忍耐已经到了极限,只想着快点结束这一切,因为他的头又开始疼起来了,便下令道:"靖王无召却私自回京,暂时圈禁府中,等候发落。靖王身份尊贵,朕以为你该关心的事情很多,不应沉溺于这些儿女情长。"

靖王嘴角漫起一丝嘲讽:"无谓的事情?臣以前也是这么认为的,可是臣后来发现自己大错特错了。就算臣把自己所挚爱的一切都献上,就算臣把自己的心肝都剖出来捧上,可还是填不满别人的欲望沟壑。在别人眼中,只会觉得不够,也得不到珍惜,被别人踩在脚下、碾碎。可是,那些都是我所珍惜的啊。"

靖王没有奉旨,反而上前逼近了一步。

他说话的时候好像是对着皇帝说的,可是某些时候面上的癫狂之色却又仿佛是在自言自语,他似是在嗤笑自己的愚蠢,恼恨自己的无能。

看着他一步步地走上前来,皇帝面色一寒,目光微凝,带着几分冷酷,直直地对上了靖王的目光:"怎么,靖王难道想要谋反弑君吗?"

"君若不君,臣可不臣。"

枫祈看着靖王,她想让他千万不要再往前一步了,切莫做了回不了头的事情。只是无论枫祈怎么做,都得不到靖王的回应。
　　靖王此刻已经完全被愤怒冲昏了头脑。
　　他这一生,所忍受的实在是太多太多了,为什么他永远要做那个妥协的、被剥夺掉一切的人呢?
　　而皇帝昀泽,他天生就该拥有一切。
　　这不公平。

第四章
宫：前尘·幻术迷障

◊

一

那次宴会之后，阿姐要在京城停留半年，之后便带了不少当地的特产准备回到部族里去。

而枫祈仍留在了京城，入了太学，准备在大渝学习几年。

这是一个绝佳的机会，听闻大渝有不少厉害的名师，若是她向这些老师学本事，将来回到临渊部，也可以把学到的东西教授给族人。

大渝的富饶富强，令她钦羡，她所能想到的天上仙府，不外如是。

以前一临近冬天，阿爹他们就犯愁，过冬的物资总是紧缺的。那个时候，就有部族之间开始刀兵相向，烧杀抢掠，枫祈小的时候便听过很多的惨案。她还亲身经历过，那时候族里的壮年每天夜里都安排了巡守值夜，她年纪尚小，跟阿姐躲在帐篷里，阿姐手里拿着弯刀，雪亮雪亮的，像是神山顶上的积雪。

外面传来疾驰的马蹄声和呼啸声，不过最后入侵的人都被打跑了。

她希望临渊部的族人们有朝一日，也能如此，过上这样富足的生活。

不过枫祈并不是对大渝的文化一无所知，她跟过名师，所以与其他人的差距并不大，便和其他的宗室子弟一起上课。

在太学的这段时光里，她算是真正认识了太子殿下。

太子有的时候会跟皇室和世家子弟一起听太学院的老师讲课，不过他却要比其他人多出不少课业来，还有专门的老师为他授课，毕竟他是大渝未来的储君。

枫祈在这里没有其他朋友，倒是久而久之跟太子混得很熟。

其实少年人要跟一个人混熟这事有的时候很简单，甚至只需要一个小小的契机。

有一次她犯了错，被太学里的老师罚在小阁楼里抄书。那个时候，因为她是异族人，太学里的人虽不在明面上欺负她，可是也没有什么人看得起她。况且她之前又得罪了世家子弟，谁会因为她而选择得罪那几位世家子弟呢？

所以她在太学里也没有什么朋友，向来独往独来，倒是落得清净。

不过，虽然明面上没有人想要欺负她，但这并不代表没有人想要在背后整治她。

就在她在小阁楼里抄书的时候，不知是谁从外面将门窗锁住了，她呼叫也没有人过来。

她便一个人被困在了小阁楼里。

随着天色渐渐黑了，她的肚子也越来越饿。

挨饿是一件十分令人难受的事情，就在她眼冒金星，觉得自己快要昏过去的时候，没想到太子竟然翻到阁楼上来了。那个时候阁楼上没有点灯，天色将晚，楼中也是灰蒙蒙的一片，并不能很好地看清楚环境。

就在太子猫着腰在书柜上翻动着什么的时候，忽然脚踝被人抓住了，他一低头，差点吓得魂飞魄散。地上趴着一个人，一只纤细的"爪子"抓着他的脚，一双亮晶晶的眼睛直勾勾地看着他，还正对着他笑，露出了一口白花花的牙齿。

"啊——"

"啊——"

太子被吓得一激灵，跳了起来，头撞到了柜子上，差点没把自己立刻送走。

他吃痛得蹲下身来，捂着脑袋。

而那个原本趴着的人，现在也坐了起来，蜷缩着身体，痛苦地喊着。

太子缓了缓，从身上掏出了火折子，吹亮之后，这才看清楚，他面前是一个人，穿着太学院的衣服，看样子是太学里的学生。

太子十分生气，也觉得有些奇怪。这门窗都从外面锁住了，里面怎么还会有人？

他倒要看看，究竟是谁在这里装神弄鬼地吓唬他。可是这一看，却又让他大吃一惊。

这人不笑了，改哭了，还哭成一个花猫脸。

"你……你不就是那个谁吗？"

太子见过她，她好像是什么部族的小公主，但一时间没有想起她的名字来，他原本想要发火，却在看见她这副有些可怜兮兮的模样后，又将怒气压了下去："你怎么了？哪儿不舒服吗？不是，你叫什么，哭什么啊？"

过了一会儿，她才既生气又委屈地说道："你刚才踩到我手了。"

原本她以为是自己的救兵来了，一时高兴就想过去求救，可实在是饿得起不来，怕对方又跑了，便顺手抓住了他的脚，但她没有想到，还没有开口说话，反倒被对方踩了一脚。

太子低头，果然看见她的手已经红了一片，快要肿起来了。

一定是刚才自己被吓着的时候，不小心踩到了她，看样子伤得不轻，一个姑娘家的手被踩成这样，实在是让他于心不忍，十分歉疚："我不是有意的，这里这么黑，你一个人在里面，也不点灯，我不知道里面有人。"

太子一边说，一边将枫祈扶起来，随后点亮了一旁的烛台。

这时他注意到书桌上还铺着的笔墨纸砚，顿时猜到了究竟发生了什么事情。

他有些不快地皱了皱眉头，虽然不知道是谁，但这样的做法实在是有些过火。

太子转眼看着枫祈，说道："你在这里等一等。"

枫祈也不知道太子究竟要干什么。他把自己的斗篷脱下来递给了枫祈，随后又翻窗跳了出去。枫祈也想跟他一起跳出去，可她现在实在是没有半点力气。

没过多久，太子回来了，好像还带来了不少东西。

/ 033

其中就有一大盒糕点，枫祈又惊又喜。她完全没有想到这太子殿下竟然善心大发，翻出阁楼给她拿吃的去了。她现在实在是太饿了，已经顾不得其他，道过谢之后便开始吃起了东西。

而在她一手拿着糕点往嘴里塞的时候，太子却坐到了她身边，给她那只受伤的手擦药包扎，动作很是小心，她并没有觉得疼。

太子离她很近。这是她第一次这么近距离地看他，先前在宫宴上的时候，只觉得他是一个长得很好看的人，比她见过的所有人都要好看。

可是现在，她觉得他不仅长得好看、心眼也好，还没有什么架子，跟其他的贵族子弟并不一样，她不由得对他生出几分好感，觉得这里的人并不都是那么疏离。

太子一边给她包扎，一边低头说道："你吃饱的话，等一会儿自己能不能回家？需不需要我派人送你回去？"

枫祈手里拿着半块糕点，摇了摇头。吃了东西后，她就有力气了："不用了，多谢，我可以自己回去的。其实我也能翻窗户，只是我太饿了，饿得头昏眼花，所以没有力气。现在我可以自己回去了。"

太子听她这么说，轻轻地笑了。他给她包扎好之后，便说："那就好。现在天色太晚了，你还是不要在这里耽搁太久，快些回家去吧。"

枫祈点了点头，将自己的笔墨纸砚收拾好。她正准备走的时候，太子却突然又开口："把你关在这里的人，你打算怎么办？"

枫祈一愣，看来他似乎已经猜出来了。她看着太子，倒也没有隐瞒自己的想法："我会先把他们找出来。"

"怎么找？"

"这很简单。我在这里抄了很长时间的书，还出过阁楼一趟，那个时候已经下学了。但是那个时候我的门窗还没有被锁上。这太学的大门只有一处，只要去问问门口的人，有谁是在那段时间离开的，就行了。人数不会太多，范围也不会太广。"

"嗯，那之后？"

"我会跟他们堂堂正正地较量。"

"怎么较量?"

"决斗。"

"好主意,听上去不错。可要是他们是受人指使呢?"

"那他们愿意说出幕后指使者是谁,我便不会为难他们;但如果不说的话,无论他派谁来,我就打到他无人可派、无人敢来,直到我抓到证据。"

太子听到此处,觉得这道路漫长,是个考验耐心和体力的活。他挠了挠眉毛:"那就预祝你成功吧。"

枫祈听罢之后,有些高兴:"我以为你会生气、会反对呢?"

太子有些不解:"既然你怕我生气,还以为我会反对,那为什么还要告诉我你的心里话呢?"

"你帮了我,你是一个很好的人。我觉得你是我的朋友,我不能欺骗你。"

太子又笑了,他没有多说什么,只是让她快些回家去。天色已经太晚了,他自己还要在这里处理一些事情。

枫祈再一次向他道谢之后,便出了阁楼,回府了。

到了第二天,太学里出了一件大事,太学上下议论纷纷。

枫祈觉得有些好奇,一问才知道,昨天晚上不知道是谁竟然把太子殿下关在了阁楼里,关了一整夜,直到今天早上,知鞍来阁楼里取书的时候才发现了太子。

这件事情说大不大,说小却也不小。

所以,已经有人去调查事情的原委了。

枫祈听着便觉得古怪,昨天晚上不是太子自己翻窗进了阁楼里的吗,怎么后来他又让人锁在阁楼里了?可是她又觉得说不通,便亲自去看看了。

走到半路的时候,她恰好遇上了知鞍,可是枫祈却觉得知鞍好像故意在那里等着她一样。

知鞍拉着枫祈从后门转进了太子平日里读书的小院,随后从另外一道门来到了大堂的内室。他们在屏风后面站着,正好可以看到和听到发生的事情，但是前面大堂里的人却看不到他们。

枫祈看到太子殿下站在正堂里，下面跪着几个太学的学生。枫祈认出来了，他们几个就是跟邵子琪走得比较近的那几个，不过好像并不是之前在宫宴那天遇上的那几个。

他们跪在堂内，抖得厉害，半句话也说不出来。

太学的老师沉着脸站在一旁。

没有过多久，邵子琪也进来了，不过是被捆着的，是他在礼部任职的兄长邵子安押着他进来的，看样子已经被狠狠地揍过一顿了。

见到跪着的邵子琪，太子却有些惊异："这是怎么了？"

邵子安却是跪下行礼，正色道："太子殿下，是我这个兄长平日里只顾处理公事，无暇管教，又因为当年母亲生他时，他体弱多病，家里多有娇惯。现在看来，是我太过放纵我这个幼弟了，竟然让他闯下此等祸事。如今是决计不能再纵容他了，否则他日还会连累家族。现在将人带过来，听候太子殿下处置。我这个做兄长的也是羞愧。"

太子面色平和。其实今天早上传出来他被锁在阁楼的消息的时候，就有几个胆子小的前来主动认罪了。因为锁住太子，一旦彻查起来，那是很容易的，与其最后让人拿住，不如自己主动招认，还能减轻罪责，况且这背后的主使又不是他们。

而这边一旦有了动静，邵子琪那边也能够很快收到风声，邵家又岂会坐以待毙，必定会拿了邵子琪来这里请罪。

其实太子也没有把事情闹大，便是准备给他们一个认错的机会，如今看来，还算不错。

邵子琪看着自己的兄长如此说，他心里害怕，说道："太子殿下，是我让他们锁住小阁楼的，但绝对不是为了锁住太子殿下您啊。若是知道是太子殿下，我只会为您赴汤蹈火，又岂敢做出这样的事情来。我是想锁住那个临渊部的枫祈。她昨日被罚在小阁楼里抄书，我们以为她在阁楼里，所以才同她开一个小小的玩笑。"

两害相较取其轻。

关一个临渊部的枫祈，怎么也不会比关住太子殿下的事要严重啊。

邵子琪自然是把所有的事情都说了出来。他因为那日在御花园里挨打之事，一直心里记恨枫祈，早就想要找机会整治她。原本是关她一夜之后到了第二天再悄悄把锁撤了，那个时候只要他们几个不承认，枫祈又哪里找得到证据说她是被锁在阁楼里的，还是他邵子琪支使人做的。

原本想着这个暗亏，枫祈是吃定了，只是怎么也没有想到这到了最后，被关住的是太子殿下。

"原来如此。"太子一副恍然大悟的样子，"我说呢，究竟是谁有胆子将本太子关在阁楼里。昨日我要在阁楼里温书，见到枫祈占着阁楼，她说是先生罚她抄书，我就让她到别处去抄了。可是后来我在阁楼里，迷迷糊糊地睡了一觉，醒来之后，就发现自己被锁在里面了。"

邵子安一听，回身反手就给了邵子琪一记响亮的耳光："你个浑物，你们本是同窗，应当友好扶持，怎么能够开如此玩笑？"

邵子琪被打倒在地，随后又好好地跪好，只是一个劲认错："是是是，太子殿下，我知道错了，以后再也不敢了，也再也不会了，还望太子殿下恕罪。我等会儿就去给枫祈姑娘道歉。"

太子一直在一旁冷眼旁观，心中发笑，这邵子安还算反应灵敏。

不过，究竟他跟枫祈是怎么会被调换的，太子说的是不是真的并不重要，重要的是身为太子的他接受了这个理由，并且给邵子安留有了余地，那么邵子安就赶紧趁着这个机会，下了台阶。

太子点了点头，思索了片刻："虽说也不是什么大事，但是太学里的学生，将来都是我大渝的朝臣，怎可品行如此败坏，做出欺辱同窗之事。今日惩戒之事，便交给太傅好了。"

随后，太子又转眼望向邵子安："邵大人，平日里处理公务也是应该的，只是还是不要疏于对你弟弟的教导。所谓君子，修身齐家治国平天下，不可废其一啊。"

邵子安身体一颤，他抬眼看着太子。太子面色肃然威严，虽然年轻，但是绝不可小觑。这一言是双关，其实也在借机敲打邵家，邵子安怎么会

/ 037

听不出来。

光这一句话,已经让邵子安后背冷汗连连了。他想着或许太子对他近日在礼部的一系列动作心有不满,自己近日还是收敛一些才是。

邵子安一系列细微的神情都落入了太子的眼中,他垂眼看着,面上看不出半点神色来。

随后太子摆了摆手:"好吧。你们先退下吧,我一夜未睡好,是该早些休息了。"

众人撤出去的时候,太子朝着自己身后的屏风望了一眼,笑了笑。

枫祈和知鞍从屏风后面转了出来。

知鞍望着枫祈笑道:"还不快点谢过太子殿下,太子殿下这是为姑娘解围呢。"

枫祈愣了愣。其实在后面的时候,她听得明白。她不傻,自然知道这是太子殿下在帮她。她也总算知道了为什么昨天晚上太子让她回去,却自己一个人留在阁楼里了。枫祈行礼道谢:"多谢太子殿下,只是却让太子殿下背了那样的名头,我实在是有些过意不去,他们明明针对的是我啊。"

太子却笑道:"如果是用你的名头来惩治他们,难保不会让你更加遭人记恨。可是我不一样啊,我是太子,谁敢跟我过不去?而且,我收拾他们,总比你自己私下找人决斗的好。"

太子看着枫祈的神色似乎还有什么困惑,便问道:"有什么想问的,不妨直言。"

枫祈深吸了一口气:"所以,我为什么不能跟他们决斗?太子殿下还是反对我这么做啊。"

决斗?

知鞍神色古怪地看了一眼枫祈。

太子一愣,原来她竟然还在为这件事情暗自恼火呢。他咳了咳:"其实,怎么说呢。因为有的时候,你打他们一顿,并不能让他们对你真正服气,只会另寻机会来收拾你。但是要让他们不敢再来找你的麻烦才是最重要的。"

所以，我想着，还是不要打架了吧。"

可是，怎么说呢，枫祈觉得太子说得没错。她抬起头来望着太子："其实，我知道太子殿下解决的方法才是最稳妥的，只是，我觉得有些可惜。好不容易逮到机会了，对我个人来说，我是很想直接揍他们一顿的，不仅仅是让他们不敢再来欺负我。"

太子和知鞍，一时间也不知道该说什么，都陷入了沉默。

二

后来因为那几件事情，太子和枫祈走得倒是越来越近了。

太子还送给她一个玉麒麟，说是可以带来好运，只要把玉麒麟放在她在太学的书柜里锁好，可以防小人。

虽然枫祈对这些实在是不大懂，但从表面上来看，这位太子殿下是在为她好，也是在关心她的。

那个时候，枫祈真的是感动得要命，开始觉得这位太子殿下人还是不错的，而且太子似乎也把她当作朋友了。

不过这样的好印象却因为她的玉麒麟丢失而被打破了。

枫祈也第一次领会到"君心似海"的含义，哪怕他是个储君，这一特质还是会存在的。

枫祈一直认为玉麒麟是两个人之间友情的见证，可是有一天她发现自己一直好好收在匣子里的玉麒麟不见了，找遍了所有的地方都没有找到。当时她就急了，想着肯定是被谁偷走了。

那个时候枫祈一直急得团团转，她找遍了太学里所有的角落，都没有找到那只玉麒麟，最后急得大哭起来。

在部族里，年少的孩子们都会在沧坞女神的见证下，结下这一生最牢不可破的友谊，之后还会交换信物。

大渝王朝虽然不相信沧坞女神，但交换信物这件事情却是不能就此省下的。

她原本是想打好一柄匕首之后，亲自送给太子的。

可是没有想到，她竟然先将玉麒麟弄丢了。

她不知道玉麒麟是怎么丢的，毕竟那个箱子完好无损，应该不是有人撬开箱子偷走的。可是她又没有把这么重要的东西带在身上，又怎么可能会弄丢呢。

她觉得自己很对不起朋友。

就在她躲在太学的书房里哭泣的时候，太子却蹑手蹑脚地从窗户翻了进来。

看见她在房间里，太子倒是先吓了一跳。

枫祈觉得有些奇怪，为什么太子会是这副样子，鬼鬼祟祟的。

太子支支吾吾，最后终于把整件事情和盘托出了。

现在她才知道，这只玉麒麟是一件可以让他进入畅春阁的信物。

畅春阁里好玩的东西很多，但三教九流的人也多，他一个太子，去那种地方本身就是不妥，所以他不想自己的身份被人发现，可是把这玉麒麟放在府里又太远了，来来回回有些麻烦，留在身边又始终觉得不安全，毕竟有的时候父皇会来他的书斋闲逛，查看他的课业什么的，如果哪一天被捅破了发现了，那可就糟糕了，但藏在别处又怕弄丢了，便索性借着送的名义将玉麒麟藏到了枫祈这里。

原本那玉麒麟是藏在阁楼里的，他要的话随时会来取，但是他心里一直觉得不太稳妥，后来便编了一个瞎话，放在枫祈这里了。

他知道枫祈会把玉麒麟放在小箱子里，还上了锁，他悄悄配了把钥匙，悄悄地拿走，又悄悄地还回去，已经这么做了好几次了。

这事的确是他办得不地道。

枫祈听他说完，只是看着他，一言不发，眼睛红了又红，却始终没有落下一滴泪来。

她心情十分复杂，太子怎么是这样的人啊。

后来很长时间，枫祈都不愿意搭理太子了，对他又客气守礼又疏离冷淡。

原先她刚把他当朋友的时候，对他的态度很是亲近，私下里，两人甚至都是直接称呼名字，没有那么多的客套。

现在她又改回去了。

太子倒是越发殷勤起来，跑过来又是送吃食，又是送小玩意的。无论枫祈想要找什么书，第二天早上一定能够在自己的书桌上看到摆得整整齐齐的书籍，上面还有批注。

枫祈本就是个心软的姑娘，一来二去，想着姑且先饶过他一次，以观后效。如果他下次还敢这么对自己，一定不会这么轻易地原谅他。

以朋友的身份而言，就算对方是太子也不行。

跟太子握手言和之后，一切好像又回到了之前，私下里，他还是习惯叫她枫祈，她叫他昀泽，而不是太子殿下。

不过，这天枫祈回府，倒是遇见了一件极为惊险的事情。

因为府邸的后门离太学较近，平日里她不太爱绕到前门去，便索性从后门处回家了。

后门的道路就是一条巷子，平日里也只能容得下一辆马车通行，因为这里的位置多是官府中人在此居住，所以通常比较清净。

巷子不长，也不算短，有事先要经过巷子口的，总有仆人先到出口处望风，以免两辆马车挤在一起。

但是枫祈回来的时候，没有马车经过巷子口。

就在府邸的后口处，突然有一辆马车失控了，发足朝她狂奔过来，她只听见响亮的皮鞭声响彻在小巷子里。

她来不及避让，眼看着那马车就要冲过来了。

枫祈一时间吓住了，竟然呆立在原地动弹不得。

这时，有人从后面抱住了她，翻身跃上了屋顶。就在那一瞬间，马车从她的身边疾驰而过。

马车离开后，枫祈才看清楚，原来来人竟然是前段时间在宫宴上见过的靖王殿下。

不过今日的靖王殿下沉着脸，目光冷厉。那副肃然的模样，让枫祈看着有些害怕，根本不像前几日那般温润儒雅。

/ 041

也是，他是战神啊，令多少敌人闻风丧胆的战神啊。

靖王带着她重新回到了地上。不过靖王没有理会她，而是看着马车远去的地方，若有所思。

枫祈现在已经缓过来了，她只是向靖王行礼道："多谢靖王殿下相救，刚才真是吓坏我了。"

靖王这才收回了目光，他的神色也稍稍缓和了一些，打量了枫祈一番："你没受伤就好，以后可得小心一些了。"

枫祈眨了眨眼睛："靖王殿下，我小心其实没有用，还是要尽快查出是谁要杀我才是紧要的。"

靖王有些愣住了："何出此言？方才只是一个意外而已。"

枫祈却摇了摇头："这不是意外。刚才马惊着了，但是那个人根本没有制止，还一味扬鞭，也没有大喊让行人避让。这里又是我的府邸后院，若不是冲着我来的，还会是谁？"想到此处，枫祈心中着实有些烦闷，为什么她会遇上那么多麻烦，有那么多人想要寻她的不痛快呢？

听着枫祈的分析，靖王有些吃惊。她年纪不大，可是警惕心和观察力却是不弱的。

枫祈似乎看出了靖王心中所想，只是笑道："我能骑马的时候，就跟着阿爹、阿姐他们去狩猎了，还参与过一些很小很小的战斗。在我生长的地方，孩子们总是要学习搏斗应对危机的本事，若是没有些本事，又怎么可能这么轻易地生存下来呢？所以，这一点，算不上什么。"

靖王看着她这般认真的模样，却是笑了，随后他又严肃起来："你说的没错，是需要好好查一查。这件事绝对不是小事情，你放心，我会彻查的。"

枫祈猜中了他的想法，颇有些高兴。她双手背在身后，眉眼弯弯，笑道："所以靖王殿下方才心中就有了决断，只是怕吓到我，怕我胡思乱想，所以才安慰我只是一个意外。靖王殿下真是好心肠。"

靖王有些苦恼地皱了皱眉头，这小丫头性子耿直爽快，说起话来，总是那么关不上话匣子。她是一个很单纯良善的姑娘，这很招人喜欢，可是在这京城里，要真正地生活下去，这么个性子，却不是好事情。

京城有多少祸从口出的例子啊。

靖王故意板起了脸:"你以后还是要学会谨慎一些,不要想到什么话都往外说。"

枫祈看着他的模样,忽然想起了阿姐。阿姐平日里担心她没有认真听重要的话,总是会十分严肃正经,不准她嘻嘻哈哈,所以,枫祈知道这是靖王殿下的好意。

对于别人的好意,阿姐说过,是需要心怀谢意和敬意的。

所以,枫祈也很认真地回谢了靖王,并且告诉他,她会多加小心的。

靖王似乎还有其他的事情,便没有在此处多做停留,只是催促着枫祈快些回去。

靖王一直看着枫祈回了府,方才离开了小巷子。

他眸中压着几分怒意,一甩衣袍,他已经知道了这究竟是谁做下的好事。

枫祈回了府,刚换了衣裳,就听见管家来报,说是太子殿下来了。

管家的神情有些古怪,说话吞吞吐吐的,看样子有些着急,但是又说不出什么来。

昀泽的确是头一回来她的府上,但也不至于让管家这副模样吧。

枫祈急匆匆地去了正堂,一进门就看到大热天穿着斗篷、戴着帽兜,还用面巾遮住半张脸的太子。

这副形貌,跟个打劫的一样,怪不得让管家受了惊吓。

枫祈走过去,一把直接掀开了他的帽兜。若是换作初来天晟的时候,枫祈一定不会如此,但是近些日子,她与太子熟了,觉得太子这人平日里并不正经,像只猴子成精似的,脾气也不坏,两人又是少年人,私下里哪里守得住那番老成又规矩的做派,所以枫祈在他面前就越发没规矩,怎么自在怎么来。

太子对她的举动不恼,但颇是无奈,只是没个正行地同她打趣道:"你以后入了洞房,掀盖头的时候可不许这么粗鲁。你会吓着别人的。"

枫祈坐到了他的身边,一手撑着下巴,半眯着眼睛,懒懒地说道:"真好笑，说得好像你要嫁给我一样。只是我们那里不掀盖头，喜欢抢亲。说吧，你打扮成这副模样，想干什么？"

太子一挑眉，把茶盏一搁，突然摆起了做派："别说我有好玩的不惦记你，带你去个地方，见识见识。"

枫祈坐直了身子，有些怀疑："好玩的地方？什么地方？"

"城南的畅春阁。"

这个地方有点耳熟，不就是需要玉麒麟才能去的地方吗？

不过，据说这城南鱼龙混杂，好像不太好，可具体怎么个不好法，也没有人跟她详细说过，只是她问起来的时候，府中的婢女只说不是姑娘家该去的地方。

有什么地方不是姑娘能去的地方，她实在是想不通。

不过，现在她倒是有些好奇："那姑娘能去吗？"

太子顿了顿，这让他反而有些疑惑起来："应该能吧。不过，普通的姑娘可能不太能去，但你不一样。"

他站起身来，上下看了枫祈一番，认真地思索着。她这熊心豹子胆的，去那个地方，他觉得没有什么问题。

"普通的姑娘不能去，我能去？"枫祈觉得这话有些不对劲，可哪里不对劲，她说不上来。这里的人说话总是弯弯绕绕，别是存了心思，拐着弯骂她吧。

眼看着枫祈秀眉微竖，似乎有些着恼，太子机灵，连忙圆话笑道："我是夸你呢，说你巾帼不让须眉。"

这句话枫祈听说过，是一句夸奖，她暂且就不揪着之前的事情了："这算是赔礼道歉？"

"算……算是吧。你到底去不去？去晚了，可就进不去了。"

"去，怎么不去？"

再一次换了和太子差不多的装束，枫祈才出了府。

不过等出了府门，到了畅春阁的门口，她才想起来，她答应过靖王殿下不能出府的，外面可能有人要暗杀她。她这下出去，万一招来麻烦就糟糕了。

太子看着她突然不动了,有些奇怪地走过来:"你又怎么啦?"

"我……要不,我还是不去了吧。"枫祈觉得现在反悔好像有点不太好,但是她又答应过靖王,今天发生的事情都不能说出去。

到了这里却又心生退意,太子是真的有些生气了,他双手叉腰:"得了得了,你回去吧。以后我再也不叫你出来了。"

说着,太子就准备独自往里面走。

枫祈思量再三,一把拉住了太子,只得解释道:"不是我不敢,来了这里还扫你的兴,是因为……是因为,我前些日子得罪了人,人家要报复我。我倒是不怕他们,只是害怕连累了你。"

太子觉得有些奇怪,眼前的人虽然做事也不怎么靠谱,但绝对不是一个不知分寸的人,她能得罪什么人呢?不过看她的样子,似乎有什么隐情,不方便多说什么,他也没有执意问下去。

不过,她既然遭受到了威胁,那么他自会去探查明白。

太子将手放在她的肩膀上,目光坚毅:"你放心,在天晟,没有谁能胡作非为,我会保证你的安全的。要是你在我的身边还被人暗算了,那么这储君的位置我也不配坐了。"

枫祈看着他,只觉得眼前的人这一刻的确是有哪里不同,对了,是首领的气度。无论面对怎样的处境,都有踏碎困境的勇气和胆量,还有智慧和力量。

他是大渝的储君,如果这点事情他都做不到,未来又如何君临天下,况且他还是她的朋友,怎么能够在这个时候打击他呢,她似乎不该不信任他。

而她是临渊部的战士。

她上过战场,她就是战士,又怎么能够被一点小事就吓到不敢出门,畏首畏尾呢。

她胆怯过一次,但是不会再胆怯第二次,重现那时被吓住的场景。

"好。"

三

城南很热闹，特别是到了晚上。

此时枫祈总算是明白了婢女们为什么说城南不是姑娘家该去的地方了。

城南不同于别处，这里店铺杂乱，小巷子很多，人潮如织，人员复杂，形形色色的人都有。这里是各处外乡人来京城的云集之地，各种特色小玩意儿也甚是有趣。

因为这里管理没有其他处严格，所以不时街上还有被扔出来的醉汉、赌徒，甚至有的人当街便撕打起来。

昀泽倒是不太在乎这些，枫祈也并不畏惧这样的状况，打架而已，一般情况下，她自保还是没有问题的。

转过好多条巷子，在枫祈快要被这里绕晕的时候，总算找到了畅春阁。

畅春阁简直像是落在这片乱石堆上的明珠，气派得与这里格格不入。

一进畅春阁，仿佛掉进了妖异的龙宫一般。

珠光宝气，富贵逼人。

这里四处都弥漫着浓浓的、直冲入鼻的香薰味，枫祈闻不惯那样的浓香，打了好几个喷嚏。

中央的台子上，丝竹管弦之声悦耳，有身姿曼妙的舞女，舞裙旋转，似春风吹开的花枝，怒放盛开。

没想到，太子穿过了畅春阁的大堂，直接到了后院，后院已经没有前院的莺歌燕舞了。

这后院是一座座园林，风光甚好，也很安静。太子出示了玉麒麟令牌，就被人领着穿过回廊，最后在一处渡口上了船。船穿过水道，最后来到了一个湖泊里。湖泊的中央处有一个小岛，小岛上有一处阁楼，阁楼里点着灯，很是清新雅致。

枫祈觉得有些奇怪，这看上去也没有什么特别之处啊。

太子却在下船之前告诉枫祈，等会儿看到什么都不要害怕。

枫祈觉得有些奇怪，这里有什么可以让人觉得害怕的东西呢？她又害怕什么呢？从小到大，她似乎没有什么好害怕的，除了癞蛤蟆和老鼠。

只要里面不是到处都是癞蛤蟆和老鼠，就没有什么值得她害怕的。不过也没有人会无聊到用这样一座漂亮的房子装癞蛤蟆和老鼠吧。

刚一下船，就有穿着打扮像是壁画上的仙女一样的侍女提着灯，笑盈盈地朝着他们走了过来。这天晟城富饶，奇珍异宝寻常得像是河边的石子一样，这些枫祈早就知道了。

而且这些娇美多姿、犹如玉像一般的美人更是像夏日里繁盛的星空一般，数不胜数。可是每一次，枫祈看到这些美人，还是会感叹，还是会被吸住目光。

进了阁楼，里面却是很安静，古朴淡雅。

阁楼是镂空的，中间是一个高台。台子上挂着一幅巨大的画卷，那画卷吊在三楼的半空中，一直延展到一楼的地面。不过画卷上却是空荡荡的，什么都没有。高台的周围放着不少铜像，都是猛禽。

而周围是被屏风和珠帘隔挡的雅座，不过那雅座的周围也挂着不少的画。那些画不是什么风雅的山水花鸟之类的，而是猛兽，有虎、熊、龙、豹之类的。

这里到处都透着古怪。

枫祈和昀泽找了一个位置坐了下来。

太子喝着茶水，将瓜果、点心推到了离枫祈更近的地方："先吃点东西润润嗓子，攒点力气，不然等会儿肯定受不住。"

他打从一进来，就有些神秘兮兮的，一直在打哑谜。枫祈显然有些失去了耐心，嘟囔道："究竟是什么啊，别雷声大雨点小的。让我们坐在这里看人在巨大的画布上画画吗？这有什么厉害的？"

太子笑而不语，只是让枫祈少安毋躁，等会儿有好戏看。

枫祈也不知道他葫芦里究竟卖的是什么药，不过着急也无用。她见阁楼里还陆陆续续地进着客人，想着可能还需要等一会儿才开场吧。

没过多久，有人上了台子，还搬来了桌椅之类的。不过那人上来后，戏台子上有屏风拦住了，只有一抹虚虚的人影看得清。

枫祈探着头，有些好奇。

这时只听见一声惊堂木的拍打声，十分响亮，像是一记响鞭。

阁楼里开始安静下来，阁楼里的烛火也暗了不少，只有台子上是亮的。

这时只听见台上传来一声清脆的鸟啼，没过多久，便听见一阵簌簌的羽翅拍打声，越来越多的鸟叫声响起，随后群鸟飞远了，鸟叫声也渐渐远了。

伴随着声音，那巨大的画卷上出现了山林与飞鸟的黑影，像是皮影戏一样。

没过多久，那山林中的树木震动了一下，突然传来一声熊吼。

那画卷上随之也出现了一个巨大的黑熊影子，足足有两层楼那么高。

楼内又响起一阵惊呼。

这就是口技吧！

枫祈有些高兴，以前在临渊部的时候，她只从书本中看到过，却从来没有亲眼见过。那个时候她就好奇得很，一个人光凭一张嘴怎么可能发出那么多的声音来。

今日一见，果然是名不虚传。

随后，随着声音与画影的流转，龙腾虎跃、龙吟虎啸，甚是精彩。

枫祈看得目瞪口呆，所有的注意力都被吸引过去了。

之后，一阵铃铛声响起，所有的声音在那一瞬间全部收敛住了。

一天似乎就要这么结束了，画布上又干干净净的一片。

这时，从阁楼的最高处，忽然星星点点地落下不少萤火虫一样的东西，像是飞舞的光影一般，颇壮观。

那些萤火虫一样的东西飞到了客人们的位置上。

枫祈只是瞪着眼睛去看，太子则扫了一眼那些飞虫，眯起眼睛，又淡然地将目光移到了台子上。

这时有人惊呼："云雾从画中涌出来了，仙子就要来了。"

枫祈连忙抬眼，只见那画卷又亮了起来，大团大团的云雾忽然从画卷里涌了出来。云雾散尽后，果然有仙子从画中飞出。

那些仙子正是方才接他们上岸的姑娘，她们身姿轻盈，在阁楼上来回飞舞着，手中执着各种乐器，仙乐阵阵，令人耳目一新。

如果说方才的口技让枫祈震惊，那么现在的景象则让枫祈震撼。她无法解释这究竟是怎么回事，只是大脑一片空白，痴痴傻傻地望着眼前的景象。

"这是什么？妖术吗？还是仙法？"枫祈瞪大眼睛，望着眼前的一切，又是惊讶又是赞叹，觉得不可思议，已经非人力可以匹敌了。大渝的一切，比她想象中的要厉害得多。

这时又传来几声兽吼，那声音比方才的口技要大上许多，枫祈听得真切，是熊、豹子、老虎。

这时那妖娆多姿的美人却已经化成了一只面容狰狞的黑熊，朝着他们扑了过来。

枫祈尖叫了一声，吓得用手捂住了脸。

最后却什么都没有发生，过了一会儿她才把手放了下来。

"出来了，出来了，有三只熊从画里出来了。"又有人惊恐地叫道。

声音刚落，有熊大吼着从画卷中走了出来，那巨大的身形足足有两层楼那么高。

枫祈从来没有见过那么高大的熊，这简直不是熊，而是一只巨兽。

那只熊一出来，便直立了起来，将这高台撑得满满当当的。

她心里一颤，无意识地将腰间的匕首拔了出来。她冲到了昀泽的身边，想要拉着他立刻离开这里。

这时已经有人想要跳窗离开了。

可昀泽却是坐在那里不动，他按住了枫祈的手。见枫祈神色慌张，他只是一把将枫祈拉到自己的身后："出不去的，不信你瞧。"

枫祈顺着昀泽手指的方向，果然发现门窗都被钉死了，根本出不去。

枫祈顿时就急了。

这时，有人带着弓箭冲进了阁楼，护在了各个雅座客人的前头。而且前头也放下了铁栅栏，客人们在铁栅栏里，跟熊暂时隔绝开来，也算是安全一些。

那些客人这才稍稍安静下来。

"放箭,将它赶回去。"一声令下之后,只听见破羽之声阵阵,箭矢密密麻麻地朝着黑熊飞过去。

看见那熊在慢慢地往后退,枫祈这才有些安下心来。

昀泽却在这时突然跳了起来,他拍了拍枫祈的肩膀,枫祈此刻还在因为恐惧而颤抖着:"你别怕它,我把它捉到碗里来给你玩。"

昀泽话刚说完,人就跑得没影了。

枫祈急得直跺脚:"你快回来,危险得很,我不要,你不要去。"

可是现在说这话已经晚了。

就在枫祈着急的时候,昀泽却手捂着碗口跑了回来。他来到了枫祈的面前,笑道:"你别害怕,它就是个空架子,我把它捉住了,就放在碗里。你瞧,它只有手指头大,耍不了威风。"

昀泽松开手,那只黑熊果然就在茶碗里了,只有大拇指那么大,它似乎想要爬出碗口,但是怎么爬都爬不出来。

枫祈已经不再害怕了,眼前的小黑熊似乎变得可爱多了,也没有方才那般吓人了。

昀泽端着碗来到一旁的位置上,将碗放在桌子上,两人就半蹲在桌子前,逗着碗里的熊玩。

昀泽似乎玩兴大发,笑道:"你瞧着,我让它吃西瓜。"

他从一旁的盘子里拿了一块切成小块的西瓜扔进去,那小黑熊便乖乖地坐到一边吃西瓜去了,那样子有些憨憨傻傻的,滑稽极了。

枫祈从来没有见过这么神奇的事情。

后来又有不少的野兽,老虎、豹子、狼之类的冲出来,枫祈先前还害怕,但是每一次她一害怕,昀泽就跑过去,把它们都捉到碗里了。

渐渐地,枫祈就完全不害怕了。

甚至还出现了巨龙,巨龙最后是跟着仙女们一起飞回画卷里了。

到了最后,一切都恢复了平静,阁楼里的烛火再一次亮起来了。

今天晚上的表演就到此结束了。

枫祈一晚上又刺激又兴奋,以前她觉得太子不怎么靠谱,但今天她觉得太子还是靠谱的，说是带她来见识见识，也没有骗她，这果然厉害。

出阁楼的时候，枫祈因为方才太过刺激出了汗，后背的衣衫都有些湿了，昀泽怕她着凉，带她到一旁的房间里换了一身衣衫。

不过昀泽准备的衣衫还真是合身，像是为她量身定做的。

昀泽站在门外，看着她换了衣服出来，先是一呆，随后目光一亮，像是用雪洗过的星辰一样，他轻轻笑道："果然好看。"

枫祈摆弄着腰间的流苏，问道："你说什么？"

昀泽摇头道："没什么，我说我送你回家。"

回去的路上，枫祈只是很急切地追问他："这些都是术士吗？在天晟真的有法术吗？我读到过很多书，不过先生说那都是编出来的，信不得。可是我今天明明看见了呀。"

昀泽却笑着摇头，他颇有些自得："这是幻术，都不是真的。其实，我也会。我来看过几次，也没有什么好稀奇的。"

枫祈惊住了："幻术？可是就算是幻术，那也挺厉害的，我头一回见。"

不过，方才昀泽说自己也会，莫不是吹牛吧。

关于这一点，枫祈却是不相信："你说你会，真的假的？莫不是骗我吧？"

昀泽却是不以为然："骗人有什么意思啊，只要是谎言，总有被戳穿的时候。你且等着吧，我再练练。"

枫祈有些半信半疑。

时辰已经不早了，明日还有早课，还要早起，她也不能再多问什么耽搁时间了。

不过明明离府门只有几步路了，可昀泽却非要将枫祈亲自送回府里才走，说定要对她负责，做事也要全始全终。

枫祈心里暗想着，靖王殿下如此，太子昀泽也是如此，虽然她觉得昀泽实在是有些大惊小怪，不过也由着他。

昀泽离开之前，忽然转过身来，神情有些小心，他低头问道："你，不生我的气了吧？"

枫祈觉得有些好笑，没想到昀泽还惦记着这事呢。她自问算不上有多宽容大度，但也不是一个小气的人，她闷哼了一声："已经没有生气了。"

听完这句话，昀泽这才露出一丝轻松的笑意来，这一次，他总算是放下心来了。

他本就生得极好看，这一笑既灿烂又明亮，像是春日的光一样，让人心头都清亮起来。

枫祈心头一跳，生出了异样的感觉。她突然有些窘迫不安，有些害怕他看出自己此刻的异常，只是催促着昀泽赶紧回去。

这个时候，府里的人已经把他的马牵了出来。

走之前，昀泽突然又转身，望着枫祈认真说道："你在京城，没有人敢动你，该干什么就干什么，你放心。"

枫祈一怔。

昀泽说完也没有等枫祈回应，他便下了台阶，翻身上马，一夹马肚子，那骏马便飞驰而去了。

枫祈则是呆呆地站在门口，看着他的背影渐渐消失，嘴角不经意地漫起一丝笑意。

其实枫祈想过，大渝是大国，里面的贵人秉性不同，有的可能会很傲慢，就像是当初大渝派来边境安抚部族时新上任的大官，有的人就很倨傲，有的人就很随和有礼。她来天晟城的时候，阿多就嘱咐过她，让她不要任性，不要轻易与人起冲突，凡事多容忍些。没想到，到了现在，除了一些短暂的不愉快，她竟然比预期之中的要顺利，特别是这太子昀泽，是她在大渝见过的最好相处的人了。

就好像是今日，他带她去看那些幻术，又担心中途她被吓到，于是来来回回地跑了好几趟，将那些东西装到茶碗里，就是为了消除她的恐惧，这些她都是晓得的。

除了昀泽，靖王殿下也是极好的人，只是她有的时候有些畏惧靖王殿下，她总有些害怕靖王殿下会不高兴，会讨厌她。

052

枫祈叹了一口气，回屋去了。

四

昀泽没有说谎，答应要告诉枫祈这些幻术是怎么来的，还要亲自演示，就一定会说到做到。

这天傍晚，太学下了学，昀泽便将她带到了他在太学的住处。

两人吃过了晚饭，一直到了天黑的时候，昀泽才带着她过去。

他带她走到一间厢房门口，两人没有进去，只是从窗子的缝隙处往里面偷看。

房间里光线不太明亮。

里面有昀泽的几个随从，他们在屋子里看着墙壁上的几幅画。

这是昀泽要求他们这么做的，但没有告诉他们原因，只是让他们用心看。

随后，有人在屏风后面发出各种各样动物的声音，虽然没有那天晚上阁楼上的口技师厉害，但模仿的声音也是极像的。

那屏风与那几个随从也是相互隔开的。

枫祈观察着里面的景象，这不就跟他们那天晚上在阁楼里见到的情形一模一样吗？

不多时，屏风后面的人取出了一个瓶子。那瓶子里飞出了几只小虫子，落在了随从的皮肤上，那种小虫子枫祈见到过。

又过一会儿，屏风后面的几个人开始在香炉里点燃了什么东西，烟雾便逐渐多了起来，他们拿着扇子将烟雾扇了过去。

这时，屏风后面有人用十分惊恐的声音喊道："有老虎从画卷里跳出来了。"

随后，又有人开始学老虎的吼叫声。

那几个随从立刻惊慌起来，他们尖叫着，四处躲避。

但是枫祈站在门口，确实看得清清楚楚，哪里有什么老虎从画里跳出来，里面根本什么都没有。

接着又有人喊道："熊，熊来啦！"

随后,又有人开始学熊的咆哮声。

那几个随从更加恐慌了,仿佛真的有熊冲过来一样。

到了这个时候,屏风后面的好几个人拿着弓、背着箭便冲了过去:"别怕,我们用箭。"

他们并没有射箭,只是做出了拿箭的动作,拉得弓弦烈响。

"老虎和熊都被打跑了,打回画里啦。"屏风后面又有人喊道,边喊边敲击铜铃。

此时没有人再继续将烟雾吹过去了,还打开了门和窗户,屋内也开始亮堂起来。

但是那几个随从依旧在瑟瑟发抖,过了许久方才缓过来。

枫祈站在原地,目瞪口呆。

这是怎么回事?

难道那天晚上,他们在旁人的眼中也是这副形貌,根本没有什么仙女,还有龙、熊之类的巨兽吗?

枫祈的好奇心已经达到了极点,她拉着昀泽的袖子,一个劲地问:"你快告诉我,这究竟是怎么回事?"

昀泽仿佛故意逗她似的,他从怀里摸出了一个什么东西,捏在左手的手心里,举得高高的,笑道:"秘密嘛,当然在我的手里,可是你看不到。"

枫祈身量哪里有昀泽高,她只得蹦得老高,只想着去抓他的手臂。

她鼓着腮帮子,气呼呼的,像是一只松鼠,越发恼了:"你给我看看嘛,给我看看嘛。"

只是这一闹,两人没有站稳,她便朝着昀泽扑过去了。

昀泽被她扑倒在地,她忽然眼皮一热,才发现刚才不小心被昀泽亲了一下。

枫祈呼吸一滞,心像是猛地被撞击了一下。

两人现在的姿势实在是太过亲密了,还是她压在昀泽的身上,而且昀泽的呼吸酥酥麻麻地打在她的脸颊上,更让她分外尴尬。

她从来没有遇到过这样的情况,以前在草地上也跟部族里的孩子们扭

054

打过,大家你扯着我,我扯着你,摔作一团,可是也没有这样让人如此难为情。

枫祈觉得这样实在是不合适。她起身,便用双手撑着地,可这一撑,枫祈发现自己越发窘迫了。

因为枫祈此时恰好正对上了昀泽的脸,昀泽那双墨玉一般乌亮清澈的眸子正直直地瞧着她。这一瞧,枫祈只觉得脸上像是被浇了辣油一样,一下子烫到了耳根。

枫祈有些心慌意乱,她起了几次,发现自己的半截袖子还压在昀泽的身下,便狠狠地摔回昀泽的怀中。

她越急就越慌,越慌便越烦躁得想哭。可是她又不愿意让昀泽看到这样的自己,所以她没多想,便抬起一只手蒙住了昀泽的眼睛。

说是蒙住,其实也不太准确,因为现在她还是想着要赶紧逃离,倒像是杵着昀泽的脸借了一个力。

这一杵,昀泽便大叫起来了:"哎,你别按我眼珠子。"

她的脸越发滚烫,好不容易才把自己折腾起来。

可是就在她站起来的瞬间,才发现因为刚才摔得很急,昀泽怕她受伤,便伸出了左手揽住了她的腰。

枫祈这才看见,他的掌心里空荡荡的,分明什么都没有,所以刚才他分明是在戏弄她。

枫祈当时就沉下脸,哼了一声,站起身来,拍了拍裙角上的灰,转身就要走。

昀泽见她是真的生气,连忙小跑上来,拉住了她的手臂。枫祈猛地将他的手臂甩开。

昀泽只得冲上去拦住了她的去路,急忙解释道:"不是想知道为什么吗?那些东西太多了,我要是都带在身上,那不成个大傻子了。我都还没有说完,你就发火了。你的脾气越来越差了,我当初刚见你的时候,你可不是这个样子的。"说到后面,昀泽的声音越发小了,不像是抱怨,倒像是有几分委屈。

昀泽知道枫祈生气了,但昀泽的眼睛被她刚才这么一杵,有些模糊,还不是很能看得清楚枫祈的脸。枫祈的脸雾蒙蒙的一片，像蒙着薄纱一样，可就算是雾蒙蒙的，他也能够看得出来，这人的脑袋上火星子四溅。

枫祈端着手站在那里，冷着脸，气鼓鼓的：“太子殿下说笑了，你第一次见我的时候，我就是这个样子。只是那个时候太子殿下顾不上搭理我，也压根没有把我放在眼里，所以估计记得也不是很清楚，把我跟别人弄混了。”

枫祈噼里啪啦地说了一通，就跟放爆竹一样，说得自个儿都激动起来了，呼呼直喘气。

枫祈知道自己这么说，其实就是心虚，她宁愿让他以为自己是在生气、被气糊涂，气得脸都成一块烙铁了，也不要让昀泽知道她被刚才的事，还有那些莫名其妙的自己都看不明白的心绪羞得有些无地自容、不知所措。

枫祈梗着脖子，用尽最后的力气克制着自己的情绪。她咬着嘴唇，可是她的心在那一刻脆弱得不得了，她希望昀泽这个时候最好别惹她，不然她真的会哭出来。

昀泽自然不知道枫祈内心究竟是怎样的汹涌澎湃，只是听着她左一句"太子殿下"，右一句"太子殿下"，可见是气得厉害。

看她气成这样，他倒是真的不敢再多说什么，他担心自己要是再说错什么，她这副模样，这么激动，万一气死过去了怎么办。

想到这里，昀泽倒是真的把自己吓出一身冷汗来。

他站在那里不敢动，也不敢走开，生怕枫祈万一晕过去了，没人照料。

两人就这么站在那里。

默默无言，站了许久许久。

枫祈吹了一会儿风，感觉脸没有方才那样烧得厉害了，心也平静下来了。

一旁的昀泽一直在用余光偷偷瞄着她，发现她的脸色好了许多，才试探着说道："不是想知道是怎么回事吗？我带你去瞧。"

枫祈的气消下去了，又回想起来，方才自己生那么大的气，似乎也没有什么站得住脚的道理，况且她本来也想知道那些幻术究竟是怎么回事。

枫祈点了点头，如今她倒是想起自己是不是伤到昀泽的眼睛了，心里有些歉疚,她想问问他眼睛现在还难受吗,想跟他道歉。

可是昀泽一听枫祈已经不生气了,便很是急切地走在前面带路,走得很快,好像生怕她反悔一样。

枫祈看着昀泽这副模样,想着或许已经好了吧。

少年人心性,心事来得快去得也快,他们很快便被其他的新奇有趣的东西吸引走了。

昀泽带她来到一间厢房里,桌子上摆着许多瓶瓶罐罐,还有典籍。

"我在銮云姑姑那里曾经见过这种小虫子,所以在阁楼里第一次见的时候,就去姑姑那里翻了典籍册子,果然发现了它的用处。"昀泽将一个琉璃瓶子递给了枫祈。

琉璃瓶子里装的就是那天晚上他们在阁楼里见过的那种小虫子。

昀泽解释道:"这是迷心蛊虫,这种虫子有微量的毒素,常人若是沾染了,不会有什么生命危险,但是会让人有一些轻微的幻觉,再加上迷烟的效果就更甚了。我们刚进去的时候,你可注意到,身边都是各种画卷,台子上也是,其实这都是在给我们各种暗示,让这些东西印在客人的脑海里。"

枫祈一回想,好像当真是这样的:"还有台子上的口技,各种声音的模仿,让客人们十分专注,沉溺其中。后来客人们一听到声音就联想到了具体的猛兽的形态。屏风后面的人,又在各种提示相关的场景。客人们又被这致幻的虫子咬到,有些迷糊昏沉了,加上迷烟的功效,画卷上的影子,有人又开始引导他们,制造出各种声音,所以客人们就开始顺着那群人的意思走,有的听到声音脑海中便开始浮现出那些可怕的场景了。"

"聪明,一点就透。"昀泽笑道。

枫祈将瓶子放在桌子上:"所以,那天晚上你将各种猛兽装到茶碗里,便是利用了那样的环境。那你可真厉害,自己还在幻术中,就能保持如此清醒,反利用幻术来操控我看到的场景。"

昀泽又开始得意起来了,他眉毛一扬,摸了摸鼻子:"还可以吧。这阁楼里每过一阵子便会有许多天南地北的新鲜玩意，我就想着把他们的招数都破解掉，就是闲下来打发时间用的。只是这些日子，他们竟然利用这种幻术，在祸乱人心，让客人们做出一些违背自己意愿的事情。"

这件事情昀泽是最近才知道的，原先他只是因为一时好奇便到了阁楼里一探究竟，后来发现竟然有人开始用此法蛊惑人心、利用人心，甚至是去操控人。

其手段手法，远远比那阁楼里的要厉害得多。

昀泽有一个猜测，他们之所以留着那个阁楼，不过是想要一代代炼制出、筛选出更厉害、毒性更强的蛊虫来，也可以通过那么多人观察，这些蛊虫会不会有什么破绽，需要改进。

所以，他才想着须得尽快找到破解之法。千里之堤毁于蚁穴，他不能任由这种事在天晟发展下去。

昀泽的脸色越发忧虑，心里想着这背后或许还有什么厉害的人在暗中操作，他要如何查明这股势力，盘算着要怎么样才能彻底根除此事。

而枫祈此时却在想着另外一件事情。

说起来，那位鎏云长公主，枫祈对她的感觉是又神秘又厉害的人物，昀泽竟然从她那里轻而易举地便能找出这种东西来，可见她有多么博学多识啊。

枫祈随手拿起桌子上的一本书册，翻看起来。里面记载着一些蛊虫类的文献，其中还有一种情人蛊的东西，据说这种蛊虫可以让人两情相悦。

枫祈觉得有些古怪，但是又有些不太相信。

这世上真的有这样的东西吗？

忽然，昀泽又想起什么来，对着枫祈说道："对了，之前不是有马车要撞你吗？人我找到了，但已经死了，线索算是断了。不过，这件事情，我不会轻易了结的，我已经移交府衙着手调查了。好大的胆子，天子脚下，还敢公然如此。"

昀泽嘴角漫起一丝冷笑，既然让他抓住了由头，那么不借此杀杀这股风气怎么行呢。

昀泽说道:"这次闹的动静挺大的,我估摸着对方也不敢再有什么行动了。你的府邸周围我已经加强警戒,其他部族子弟的府邸周围也加强了警戒。"

枫祈有些怔住了。她没有同他说起过此事,原本她想问这件事情是不是靖王殿下同他说了,但转念一想,昀泽是太子,要是想知道那天的事情好像也并不难。

虽然枫祈并不知道这位太子殿下究竟想要怎么做,但觉得太子殿下是一个极有城府也很有想法的人,他做事考虑得极其周全,做一件事情通常不只是一件事情,或许还会有其他的目的。就好像那次她被锁在阁楼里,太子殿下出手替她教训了惹事者,让他们从今往后不敢再来寻她的晦气。

可是,后来细细一思量,她就发现一些其他端倪,太子殿下要帮她是真的,可是借着此事敲打另外一些人,也是真的。

所以,现在听着他的安排,似乎也是很妥当了。枫祈没有再说什么,毕竟这京城的势力盘根错节,她不了解,也插不上手。

既然不了解情况,那就选择少说话。

这日解决了心中的疑惑,枫祈一路回家的时候,心情都轻松愉快不少。

只是,枫祈从太学回府的时候,没有想到在府门前遇上了靖王殿下的马车。

靖王殿下身边的侍卫来告诉她,说是靖王已经查到那天的事情,还是要当面同她说清楚。

这让枫祈有些诧异,可她还是上了靖王府的马车,一路来到了靖王府。这算是她第一次来到靖王府,这里看上去的确很气派。

不过里面的装饰,并不奢华张扬,而是古朴典雅,颇有古之君子之风。

靖王是在书房等候枫祈的,今日他身穿一袭家常青衫,站在那里,犹如一块温润的青玉。

枫祈行礼道:"靖王殿下。"

靖王温言道:"枫祈姑娘,请坐吧。喝茶。"

枫祈端正地坐到椅子上,只是看着靖王。

靖王倒也没有扯其他无关紧要的闲篇,直接就同枫祈说起那日马车的事情。

"马车的车夫倒是找到了,不过人已经死了,现在线索断了,如今官府的人也开始着手调查此案,加紧防备了。这样的事情绝对不会出现第二次。"靖王说道,后面一句话他说得十分笃定。

其实,靖王殿下的话跟昀泽的话,也是大差不差的。

如今此案成为悬案,太子和靖王都出动了,却还是这样的结果。眼下看来,倒也没有其他办法了,无论枫祈想不想追究,其实对于她来说,都是一样的。

枫祈说道:"多谢靖王殿下为此费心了。我想来也是,事情闹得太大了,他们暂时不会轻举妄动了。只是,我到现在还不知道何时得罪过人,竟然让人起了杀心。"

其实她先前怀疑过邵子琪那帮世家子弟,但想来又不太可能,他们在太子和靖王面前是不敢有什么越矩行为的。太子和靖王一出现,他们马上就很识时务地低头认错了,又岂会私下挟私报复,还公然用这种方式?再者,那点冲突说来也不是什么大事,他们固然坏,但还不算蠢到敢闯下此等祸事。

还有,她进了太学之后,邵子琪那群人不怎么搭理她,但也没有找过她的麻烦。

不过,说到那日的事情,枫祈还是要多谢靖王才是。枫祈郑重地行礼道:"多谢靖王那日的救命之恩。"

靖王走上前来,虚虚地托住了她的手臂:"不必如此,举手之劳。要说救命之恩,姑娘也曾救过我。"

枫祈想着靖王大概说的是官宴上的那件事吧。

其实说到底,她也没有做什么,靖王如此说,倒让她有些不好意思了。

"靖王殿下这是哪里的话,我也没有帮上殿下什么忙。靖王殿下现在可好些了?"

枫祈关切地看着靖王。

靖王眼眸中也温和起来："一些陈年旧疾，无须挂碍，已经大好了，谢谢姑娘挂心。只是这件事情没有调查出原委，没有给姑娘一个交代，实在是对不住。不如，以后若是你有什么需要帮忙的，我若能帮你，你尽管开口便是。"

听到这样的话，枫祈有些错愕。

因为说到底，靖王殿下这话实在是过于言重了。毕竟别人用马车撞她这件事情，怎么看也跟靖王殿下扯不上半点关系，而靖王殿下竟然因为没有查到幕后真凶，便觉得有些对不住她。这实在是让她有些惶恐，一时间倒不知道该如何是好了。

不过，靖王殿下这人，枫祈虽然与他交集不多，但还是能够看出来，他是一个说一是一、言出必行之人，也不会因为随意的客套场面话而去承诺别人什么。枫祈虽然猜不透他这么说的原因，但觉得不要拂了别人的美意比较好。万一靖王殿下是因为那日宴会自己出手相助的事情，想要对她表示一些感谢，若是她不答应，反而会有故意想要拿着人情要挟的嫌疑，这就不太好了。

大不了，自己日后随便找个由头，让靖王殿下帮她做点什么，以安靖王殿下之心。

所以，枫祈再次行礼道："那便先谢过靖王殿下了。"

枫祈来到靖王府上时，原本时辰就晚，靖王也就没有再多留她，命人将她送回府去了。

枫祈走后，靖王的脸色便沉了下来。他进了书房，身旁随行的护卫便跟了上来，立刻跪在他的面前。

"徐天擅作主张，请王爷降罪。"徐天说道，整个身子跪伏在地面上。

靖王神色一凛，寒声道："我早就同你说过了，这小姑娘做事不是那种不知分寸的，不会将那天的事情说出去的，你竟然还敢私下生事。我让你放走那个马车夫，处置妥当，你却把人给杀了。"

那天马车受惊，的确是徐天所为。

因为枫祈不小心看到了靖王那日疾病发作的样子，这让徐天一直不安。靖王的病情一直是靖王最大的隐秘，此病由来牵扯重大，若是让皇上怀疑此事，一旦查起，靖王恐怕性命难保。

所以，枫祈的存在，实在是一个巨大的威胁。对徐天而言，任何人若要对靖王不利，就算是他拼掉自己的性命，也会护住靖王周全的。

他知道靖王殿下虽然在军中十分严厉，可是待人却始终是宽仁的。

以靖王殿下的脾气，一定会放了那个异族女子。

但是，他不能让靖王处于那样的危险之下。

因此，他才出此下策。

只是那天动手的时候，靖王殿下似乎察觉到了什么，匆匆赶过去救下了枫祈。当时徐天就躲在暗处，那马车差点都伤到了靖王殿下，现在想来，让他后怕。

事发之后，靖王看到了那名马车夫。那是他手下的死士，曾经在战场上立过功劳，既然没有酿成大错，靖王便想着将人放走。

可是，马车夫还是死了。

不过不是徐天杀的，徐天找到他的时候，他便自裁了，因为这件事情已经惊动了官府。

靖王看着徐天，眼中露出几分无奈："我不想有人再为我而死了，更不想有无辜的人牵扯进来葬送性命。徐天，我知道你忠心，但是你已不宜再留在我身边，你到东境的军中好好反省去吧。"

说来，对于枫祈，他心中是有些愧疚。他没有管束好手下，才闹出了这样的事情，毕竟枫祈是无辜的，还是因救了他才得知了那件事情，在内心深处，他是有些想要弥补那样的过失，所以才会对枫祈说出那样的话，告诉她若是将来有什么事情需要帮助，可以随时来找他。

徐天身子微微一颤，他的声音似乎因为悲伤有些发抖："是。属下不在王爷身边，望王爷多加珍重。"

靖王站起身，缓缓走向内堂。

徐天对着靖王又重重地磕了三个头，眼中泪水模糊，这才离去。

靖王站在窗前，望着窗外的朗朗皓月，内心只觉得无尽的寂寥萧索。人人都道他是战神，百战百胜，年轻有为，文武双全，似乎这世间没有他做不到的事情。

可是他却不时地感觉到，自己的人生是如此破败荒凉，荒唐可笑。内心深处，像有一扇破败的窗，有无尽的寒风冰雪穿过，怎么都修补不好。

这扇窗究竟是从什么时候破开的呢？

大概，他从刚出生的那一刻起，就是一个被人厌恶嫌弃之人，从不该活下来的人。

五

近日，昀泽又发现了几处好玩的地方，带上枫祈偷跑的时候，被太学里的老师发现了，双双被罚到阁楼上抄书去了。

枫祈认为他是带头偷跑的，便要求他帮她抄书，分担一下，可没想到这人不但不认为自己带她偷跑出去是错的，反而还百般搪塞不愿意帮她抄书。他嫌弃起她的字来，说写得这么丑，跟虫滚了墨爬出来的一样，想要模仿都无从下笔，老师又不是瞎子，抄出两种笔迹来，怕是罚得更重。

不能帮她抄书，不过他倒是可以陪她熬夜。

可是，最后这个人连熬夜都没有做到。

这人还没到下半夜，便找了个舒服的地方睡着了。

天快要亮的时候，枫祈才把书抄完了。她正是背疼手酸的时候，没想到一回头，却看到睡得正酣的太子。

她看着自己那快要断了的手，又看着睡得真香的昀泽，实在是心理不平衡。

这时，她心里忽然升起一股恶作剧的想法。

她拿了笔和砚台，蘸了墨，悄悄地在他的脸上画了点东西。

但是又担心他醒过来的时候发现，所以便到一旁假装抄完书睡着了，只是这一打盹，她真的睡着了。

醒过来的时候,她的身上盖着一件斗篷,昀泽却已经不见了踪影。

枫祈也累了一天,准备回去歇息了。

好嘛,要不怎么说他俩能够玩到一块儿去,连想都想到一块儿去了。

因为这天一早,昀泽脑袋上顶着个"王"字,嘴上挂着两撇颇有神韵的八字胡回府去了,而她额头上干脆就顶着一只四脚朝天的乌龟出来了。

后来,枫祈回府后,站在铜镜前,看到自己额头上的乌龟,就立刻明白这是谁下的手了。

她在房间里气得直跺脚,还踹了一脚铜镜。

虽然她自己也明白气得毫无道理,但想了想,幸好自己先下手了,还回去了,不然自己岂不是亏大发了。这么一想,枫祈的气也就顺了。

所以,这件事情就算扯平了,他们的友谊并没有在这里破裂。

再后来,他们又一次见面的时候,两个人都故意板着脸,装作生气,想着这一次无论如何也要对方低个头,这样便好好地敲对方竹杠一回,怎么说也该好好地请一顿赔罪饭。

可是两人一对眼,却又想起了那天在脸上画的东西,都觉得对方实在是傻气得很,便实在是憋不住大笑起来。

时光如水,就这么静静地流淌着。

昀泽在太学的小院里有一棵高大的花树,这个季节,花开得繁盛茂密,层层叠叠地堆积着。

枫祈很喜欢这棵树。

午后的时候,她便会爬上大树,隐没在花堆里,从这里可以看到整个太学的面貌。清风吹过,有群鸟飞过碧莹莹的天,喝着果酒,说不出的轻松惬意。

她觉得很自在,闭上眼睛,仿佛回到北境的时候。她张开手臂,风穿过她的衣袖,她仿佛一只自由飞翔的鸟儿。

那天,或许是有点醉了,她身形不稳,竟然跌了下来。

眼看着自己可能就要摔伤了,就在她害怕得心揪到一起的时候,却有人跃起,轻轻地托住了她,抱着她稳稳地落地了。

那一刻,阳光里的少年,耀眼得让人炫目。

那样好看的面容,那样清澈的眼眸,明亮得像是被冬雪擦过一般,那般纯净赤忱。

不过下一秒,他就很是恼火地将她放到了树下,让她靠着树。

昀泽接过了她手中的酒壶,用手指戳了戳她的脑门:"看不出来啊,你还是隐藏的酒鬼呢。不要命了吗?"

枫祈安全落地后,此刻终于安心下来了,这一安心,醉意又起了,她斜斜地靠着树干,朝着昀泽一阵傻笑之后,却是呼呼大睡起来。

昀泽看着她,重重地叹了一口气,跟醉鬼讲道理简直是这天下一等的傻事。

太学里的时光,总是那么轻松无忧。

后来靖王殿下和鎏云长公主也要启程去边境了,北靖府还有许多事情等着他们去处理。

枫祈来到大渝已经有一阵子了,如今倒是真的有些想家了。这个时候,她应该是骑着马在林子里、旷野上打猎、赛马的。

她也写过不少信回去,向阿姐问问阿爹的境况,还有家里的情况。

阿姐说阿爹已经卸去了部族里的事务,现在大事小事都由阿姐在主持,一切都好。

之前靖王殿下说如果有什么事情,可以去找他帮忙,可是这段时间枫祈实在是没有什么好找靖王殿下帮忙的。

如今倒是真的有件事情,她虽然平日里拜托来回的使者送信,但是也只能送信而已。她在京城搜集了许许多多好玩、好吃、好用的东西,可没有机会捎带回去。她怕一路给别人增添负担,但靖王殿下就不一样了。靖王殿下此行的队伍很大,人也不少,行程又不会太赶,或许可以拜托靖王殿下将这些东西带过去。

想到此处,枫祈便去了靖王府,靖王听后一口便答应下来了。

枫祈欢欢喜喜地回了府,收拾了好几大箱子送到靖王府去。

听说是枫祈带给家里人的礼物，靖王只是笑了笑，说他这次也带了不少的礼物过去，而且礼物还很丰富，有各种文集、译作，有医书、农书、药材等，还有教授技法、工艺的师傅。

枫祈听着他说，只觉得心头一热，欢喜起来，靖王殿下带去的这些可比她捎回去的东西要有用得多。

以前她只觉得靖王殿下是高不可攀的战神，令人敬畏，如今她是打心里敬重他、喜欢他。

第五章
影：此间·相见难相别难

◆

夜，靖王府。

晔舒在屋里有些焦急地踱步。

那日从皇宫里回来之后，他便被禁足了。

现在，他在等待一个消息。

一个生死攸关的消息。

终于，有一个蒙面的黑衣人从窗户外跳了进来。

"怎么样？现在如何？"晔舒连忙走上前去，关切地询问道。

那黑衣人拉下面巾，似乎因为方才回得急，他气息尚乱，还没有喘过气来。

晔舒只是把他拉到桌边，给他倒了一杯茶水，随后制止了对方的行礼："这个时候了，就不要在意那些虚礼了。"

这黑衣人正是徐天。

徐天喝了口水，这才说道："皇上传旨让太医和忤作进宫，属下打听到似乎是要剖尸查验，至于皇上为何突然要如此，却是不知道的。"

晔舒脸色顿时煞白，当他听闻枫祈在宫里服毒自尽的时候，他就明白了，枫祈一定是用了他给她的药物。这是假死，只是这假死者若没有及时转移出来，把人救活，这假死恐怕就要变成真死了。

况且这个时候皇上让人进宫，难不成是发现了什么吗？

又或者那人多疑，不相信枫祈已经死了。

只是无论是哪一种结果，现在枫祈都很危险。

/ 067

如果他真的发现了枫祈是假死，那么枫祈恐怕此生都出不了宫门，她现在又杀了皇上的宠妃，皇上又岂能轻易饶过她。

晔舒又回想起两年前，皇上为了那个叫春禾的女子，素来一贯冷静睿智的他，竟然连杀了三位大臣，其中有一位还是他在太学里的同窗知鞍，足见春禾在他心头的分量，也足见他在这件事情上的极为不理智。

如今春禾已死，皇上又得知枫祈没有死，那么最后的结果便是会将所有的不满全部宣泄到她的头上，让她生不如死。

那日晔舒进宫同皇上对峙时的激愤是真的，可是故意激怒皇上将他禁足也是真的，同时他也是为了让皇上确信枫祈是真的已经死了。

所以，晔舒绝对不能让这种事情发生。

晔舒双手紧握，背过身去，他神色凝霜。

他绝对不能让仵作和太医发现枫祈还活着。

他转身从一旁的书架上取出了一个小盒子，目光一沉，同徐天说道："你想办法，将这几样东西送到那几个人的手中。"

徐天看着盒子里的黑色令箭，顿时明白过来了。

这是一个威胁的信号，靖王殿下要那几个人都识时务一些，切莫开口说出不该说的话，否则，便会有不可挽回的后果。

徐天接了令箭，便准备赶赴宫中，可是他还没有走出几步，却又被靖王叫住了。

晔舒想了又想，他决心要同徐天一起进宫。

徐天听到这话，心下一惊。靖王原本就惹得皇上不快，被禁足在府里，虽然他们进宫自有门路，可是毕竟不是万全之策，若是中间出现了什么差池，恐怕皇上会降罪。就算现在皇上为东境动乱之事头疼，不会轻易去处罚靖王殿下这样的主帅，以免牵一发而动全身，造成动荡，可这还是太冒险了。

但是晔舒却并不是要同徐天商议的意思，他不过是告知徐天自己的决定。

此刻晔舒已经去了内室，换了衣服，拿了剑出来。

对于晔舒而言，枫祈服药假死，在假死之前，必定是经过了何种绝望之事。就算他现在不能立刻带她出宫,但是他也不能一直让她身处那样的恐惧之中,他想要让她无论结果如何,一定要坚持下去,切莫轻言放弃。

因为,他绝对不会放弃她的,他会同她站在一起的。

做这些事情,或许在旁人的眼中是毫无意义的,但晔舒却不是这样认为的,他在意她,他不希望她受到一点伤害。

这皇城之下有一条密道,前朝在修建这座皇城之时修建了这条暗道,向来只有皇帝和储君知晓此密道的出入口。

后来经历了几次皇室内乱斗争之后,随着前朝皇帝的骤然崩逝,这个秘密便一度断绝了。

大渝建立之后,一直在寻找这条通道,却始终没有找到。

大渝皇室为了安稳起见,在旧都之上建立新朝的时候,因为旧宫殿损毁严重,便又扩大了皇城的建设,还特意将皇帝、后妃的寝殿和重要的朝政建筑,另行勘察之后选址。

先皇在世时,晔舒曾经承办过几处宫殿的建筑,所以偶然得知了这条通道的秘密。他派人探查过,有几处是相通,还有的曾经坍塌,有几处已经被上头的建筑封死了。

其中倒还是有一段能走通,但也只局限在皇城的内部。

只是偏巧不巧,枫祈的寝殿正好是当年这条通道的一处入口。

当年晔舒离京之后,为防止有什么不测,便已经派人悄悄在那里打通了入口,就在枫祈寝殿的床下。

不过他还没有来得及告知枫祈。一来,晔舒是事后才知道枫祈所住的寝殿的位置的,虽然想要告诉她,可是皇上将枫祈看守得实在是太过严密,他的人很难有机会接近枫祈传递消息;二来,如果通过密道进入的话,若是不小心惊吓到枫祈,他们的人又不知道大殿里的具体情况,或许倒是会坏事,还会一不小心剪断一条退路。

所以,晔舒便一直没有机会将此事告知枫祈。

现在他倒是有些后悔了,若是当初自己选择冒险,说不定枫祈在察觉到危险之前，便将消息从密道里送出来给他，他也好做部署，也不至于让她陷入那般孤立无援的境地。

昱舒没有再耽搁下去，他轻巧地从窗户跃出。

徐天看着他的背影若有所思，最后只是轻轻叹了一口气，也跟着跳了出去。

他们先是赶在太医和仵作进宫之前，在路上将他们截住，并且警告他们慎言。随后，才急匆匆地往宫里赶去。他们走的是近道，而那群人进宫却还有不少章程要走，这么一来，便能够给他们留下一段时间。

虽然时间不长，但是已经足够了。

一路下来都很顺利。

枫祈所居住的是昭华殿，自从她杀死了春禾，又当着皇上的面用了毒，她的"遗体"便一直暂时放在此处。

平日里，只有人在殿外看守着，到了这个时辰，大殿里是没有人的。

徐天去一旁守着，留出空间让靖王和枫祈说话。

此时的枫祈已经换了一身干净的衣衫，被人重新梳洗过一番，安安静静地躺在床榻上，她面容宁静，像是睡着了一般。她毕竟是皇上的妃子，纵然有罪，那也要维持皇家的颜面与体统。

昱舒走了过去，每走一步，他的脚步都沉重得像是灌了铅一般，一瞬之间，仿佛耗尽了自己所有的年华，变得苍老不已。

一年未见，恍若隔世。

昱舒轻轻地走到了枫祈的床榻前，单膝跪在她的面前，他抬手轻轻地抚上了她的发鬓，目光如此温柔眷恋，仿佛害怕惊醒了沉睡中的人。

他一遍一遍看她，一遍一遍又一遍。

他又回想起他对她动了真情的那一晚。大雪漫天，北风呼啸，他们只能躲在那个山洞里暂避。他受了极重的伤，她生了火堆，就靠在他的身边看着他。温暖的火光映照着她的脸，暖融融的。

她曾经跟他说过，在她的家乡，有一座神山，终年积雪，山顶没入云雾，每到傍晚的时候，那金灿灿的夕阳铺满了雪山之巅，真是美啊。

那个时候她就喜欢坐在山下的草地上，一直看着天空，看山鹰飞过，看星斗漫天。

那个时候他就想，那样的画面真是美，他虽然没有亲眼见过，但如今却真的能够感受到。

只是可惜，如今的她，面色是如此苍白，哪里能够见到以前那样的神采呢？

他心中难过。

晔舒的眼泪也落下来，男儿有泪不轻弹，他这一生流了太多血，可是从未知道原来流泪比流血要痛上那么多。

"对不起，是我来晚了，是我来得太晚了。我为什么总是这样呢？总比别人慢一步，这一步，却让我永远失去了你。"晔舒轻声说道。

他从怀里掏出了一个小瓷瓶，那个小瓷瓶里是一小部分的解药。他取出一粒来，放入枫祈的口中，让她含在舌下，这样她就能暂时听到他说话了。

尽管枫祈现在给不了他任何的回应，他还是在她的耳边絮絮地说着。他握着她的手，她的手凉得让他心颤。

"枫祈，我回来了，我知道你一直在等我回来。你是不是还在生气，为什么我没有早点回来呢？对不起，我让你等了太久了。但是这一次，你不用担心，不会太久的，你再坚持一下，尽管这很困难，但你一定要坚持下去。

"那簪子划破手掌的时候，你肯定是害怕的吧？那簪子里的毒素在你身体里蔓延的时候，你的世界一点点暗下去了。我知道你很恐惧，你还有那么多心结未了，你阿姐身死、临渊部含冤，你如今又遭人陷害，你必定是不甘心的。所以，我来告诉你，事情未了结之前，你没有死，也不会死的。

"你别害怕，无论谁要伤害你，我都不会容许。"

晔舒温柔地同枫祈说着话，他感觉到他握着她的手微微动了一下。虽然她现在说不出话来，但应该是能够听到他在说话，他心中高兴，握着她的手也越发紧了。

/ 071

"不会太久的,你放心。"

这时,徐天过来催促了。他们不能在这里耽搁太长时间,皇上今天晚上就要让太医和仵作进来验尸了,若是再等下去,恐怕他们难以脱身。

只是没有想到,徐天方才过来催促,门外就响起了脚步声,想必是有人来了。

这时,晔舒突然贴在枫祈的耳畔又在说什么。

徐天知道靖王原本就思念枫祈得紧,此番相见,必定是难舍难分的,但现在真的不是时候,他只能过去拉起靖王,劝说靖王来日方长,切莫感情用事。

晔舒此刻也收拾了心情,知道自己不能在这里停留太久了。

他跟着徐天一起钻进了密道。

他们方一进了密道,昭华殿的大门便被推开了,有人冲了进来。

第六章
宫：前尘·**地狱之门**

◇

一

时光荏苒，在大渝的日子总是过得很安逸。

转眼间竟然已经匆匆过去了两年多了。

在大渝太学里的学生，两年期满，就该是出门游学的时候了。

枫祈这几日都待在家里，翻阅着大渝的地图。她也想着自己应该出去游历一番，见识一下大渝的锦绣河山，读万卷书行万里路嘛。

可她只有三个月的时间，因为三个月回来之后，她须得上交一篇文章，关于自己所行所得。

她有些苦恼，实在是不知道该往哪里走。老师安排的这几条线路，她实在是兴趣不大，因为她的心中另有思量。

正出神的时候，她头顶被人轻轻敲了一下，转头便看到了一脸笑意的昀泽站在她的身后。

这两年，昀泽又长高了，长身如玉，眉眼俊朗，风姿更甚往昔，也愈加意气风发。

每次她同他说话的时候，都只能把脖子仰起来，感觉自己的脖子都要扭断了。

皇室谢氏子孙，似乎天生就是如此，无论面容看上去如何温和儒雅，但都掩不住那灼灼的争心与锋芒。

这些年，昀泽出入她的府邸简直顺脚得像是出入自己的府邸一样，他不需要人去通报，就自己来寻她了；他不需要枫祈留他，就自己安排厨子点上菜了；他甚至不需要枫祈给他备车，他自己到后院挑一匹顺眼的马，骑上就回家了。

所以，对于他来了，枫祈实在是太习以为常了，也懒得理会他，任由他自己安排自己。

昀泽走到她的身边，看着她身边的地图，只是笑道："我倒是能给你一个好去处。"

说着，他的手指在枫祈家乡那一带点了点。他歪着头，眼中带笑地看着她，似乎是早就猜到了她的心思。

枫祈叹了一口气，咬了咬嘴唇："这条线路不在老师的课业范围之内。"

她何尝不想，她都快三年没有回去过了。

昀泽双手抱在胸前，靠着桌子，面对着枫祈，看着枫祈木头一样没有反应过来他说的话，表示很无奈。他只是说道："一篇课业而已，我帮你。这几年边境安宁，你的家乡变化也应该挺大的，不如回去瞧瞧。"

枫祈眼睛一亮，抬头看他："你说的真的假的？不是诓我吧，还是说你有什么条件要跟我交换？你说来听听。"

昀泽白了她一眼，对于她这般以小人之心度君子之腹表示很不满。

但枫祈却不是那么想，毕竟这三年来她与他相处，他并没有自己想象中的那么君子，那就不要怪她"小人之心"。

"你要是实在不放心的话，那你就过几天陪我过个生辰吧。"昀泽说道。说这话的时候，他摸了摸鼻子，眼神有些躲闪，似乎有些不好意思。

但就是这样的不好意思，竟然看得枫祈有些目瞪口呆。

这家伙竟然还会不好意思，这简直是天下第一稀奇事。

就在枫祈准备抓住机会揶揄他的时候，却突然想起一件事情来："不对啊，我记得你的生辰不是这个月啊。"

枫祈对于昀泽的生辰印象深刻，完全是因为一来他是朝廷的太子，生辰宴会总是会广受瞩目的；二来，无论是出于礼节还是朋友，她也都会记得的。

最主要的是，每年昀泽过生辰，送礼物总是她最苦恼的事情，因为她觉得自己每年都跟个冤大头似的，要准备两份礼物。

昀泽说官面上的礼物实在是太疏离、太客气了，体现不出他们之间的友谊，但是他自己却也从来不拒绝官面上的礼物，还要求枫祈私底下一定要送一件，无论是什么都行。枫祈还真被他的说法唬住了，每年都绞尽脑汁地给他送心意。

所以，昀泽一说起过生辰，而且还没有到他的生辰，枫祈就已经开始生气了："你是国朝的太子，是储君，你能不能不要每天来惦记我这儿的三瓜两枣啊。"

昀泽愣了愣，先是没有明白，后来反应过来枫祈所指的是什么，被她的话气得噎住一口气。他抚了抚胸口，顺了顺气，抬起手来，用手指戳了戳枫祈的脑门："你这脑瓜子里每日都在想什么？我叫你送礼物，那是在惦记你的三瓜两枣吗？还有，你怎么那么不情愿啊？"

枫祈被他这么一戳，倒也蒙住，不是在惦记她的三瓜两枣？她眯起眼睛，像是准备随时亮爪子的猫咪，双手叉在腰间："难不成你在故意消遣我？"

昀泽不愿意再搭理她，他一挥袖子，坐到一旁："你自己琢磨吧。"

昀泽不再理会她，将脸别到一边去，也不知道是在想什么，但看上去并不是在生气。

其实枫祈在送东西给昀泽的时候，他也没少送东西给她，只是他送的东西，好看是好看，平日里她也用不上，还总担心会弄坏了弄丢了。不过比起收东西，她实在是烦恼送东西。送东西总是需要琢磨的，她总觉得琢磨一件事特别累人。要是昀泽能大大方方地说自己想要什么，那就好了，她可以从中挑一样相对容易的、自己能够不费事地送出去，这样大家都比较开心。

枫祈站在那里好一会儿，见昀泽还是不说话，她慢悠悠地走过去，坐到他身旁的椅子上，笑眯眯地说："嗯，谢谢你啊，我的确很想回家看一看。我家也有很多京城没有的好玩的东西，我这次回去，给你带好吃的好玩的，好不好？这里的东西你都见过，没什么可新鲜的。"

昀泽的脸色好一些了。

枫祈觉得他这人还是挺好哄的，有的时候甚至自己把自己哄好了。下次见面的时候，他就像是无事人一样，总不会记仇。

昀泽毕竟是太子，像他这样的人，大多数时候，总是需要别人去奉承着他，只顾着他高不高兴、痛不痛快，但昀泽似乎不这样。他比很多人都要温和随性得多，虽然他看上去总让人觉得不是一个温和随性的人。

不过说来，也是因为旁人不敢轻易得罪他，自然也不会有人知道他这样的秉性。

这一点，枫祈还挺喜欢他的。

他没有转过头来，只是轻轻地"嗯"了一声。

枫祈歪过头，看见他嘴角挂着的笑意，这才放下心来。

"这一次父皇让我跟着朝中的几位大臣去巡查边境，这是大渝的惯例。你是跟着我一起走，还是先回家？"昀泽说道。

原来昀泽也要去边境，那倒是好极了。这些年，昀泽带着她在天晟城玩了一遍，现在有机会，她也想带昀泽去她的家乡转转。她来了兴趣，扯着昀泽的袖子："那好啊。等你到了北境，我一定带你去临渊部玩，我来做你的向导。"

昀泽笑着回："一言为定。"

"就这么说定了。"枫祈抬起手掌，跟昀泽击掌约定。

不过，话又说回来，枫祈还因为刚才的事情奇怪："那为什么要提前过生辰呢？你回来后也是来得及的。"

"笨，是你的生辰。"昀泽丢下这句话后，便离开了正堂。

昀泽不说，她都快要忘记了，因为在大渝她从来不过生辰，就是觉得太麻烦了些，顶多府里的管家给她做碗长寿面。

只是没有想到他竟然记着呢，还是头一回给她过生辰。

她忽而心头一暖。

门外春光融融，有风吹花树，点点花瓣零落，似香雨漫天。

五天后，昀泽约了枫祈到城外的湖心亭泛舟，只有他们两个人，神神秘秘的，也不知道干什么。

但是，到了中途就下起了雨，他们只好下了船到亭子里去避雨，没想到这一避雨就避到了乌云压顶。

天上紫电穿云，闷雷阵阵，地上狂风不止，雨花四溅。

随着这雨越来越大，天越来越黑，昀泽的脸也越来越黑。

其实她过不成生辰，也不甚打紧，但毕竟是昀泽亲自筹划，她实在是不想看到他因为自己心血付之东流而苦恼生闷气成这个样子。

枫祈只是安慰他："其实看不成烟花就看不成啦，也没有什么的。"

昀泽一皱眉："你怎么会知道？"

枫祈摸了摸下巴，这有那么难猜吗？

空旷的地界，又是要等到晚上，晚上不是月亮就是花灯、烟花之类的，但遇上水就全部泡汤了，又让他脸色那么难看，恐怕是只有事先安排的烟花了。

昀泽目光又暗下去了，他这次还是太过草率了，原想着给她一个惊喜，不想让其他人打扰，于是就没安排人手过来。现在好了，那些事先安排好的烟花算是全部泡在雨里了。

得到证实的枫祈却是很高兴："在我们家，也没有过生辰就要放烟花的习惯。只要有最亲近的人陪伴着，其实什么形式，哪里有那么重要呢？我晓得，那是我之前跟你提过，临渊部算不上富裕，我虽然听过烟花，也有客商带来过烟花到王城，但实际上，那东西很贵重，也从来不会像天晟城这般放得如此奢华辉煌，满天都是。人间的景色夺掉了星河的灿烂，真是壮观啊。人说'醉后不知天在水，满船清梦压星河'，这样的景色，在我的家乡也是这样的，那里也有湖泊，盛夏时分，湖水如镜，星河在天上流淌，它的影子在湖中流淌，置身其中，如梦如幻。所以，你才想出这样的法子来，让我看烟花，又远离皇宫，陪我看星河。多谢你啦，我很高兴，你让我心里看见，那也是看见了。"

昀泽有些震惊,他望着枫祈。

枫祈正看着他笑,短短几年,枫祈早就由灵动可爱的少女,长成楚楚动人、窈窕多姿的女子了。

那样的笑容落在他的心头竟是那么炽热灼目,层层叠叠的,开出了耀眼繁盛的花。

蒹葭苍苍,白露为霜,所谓伊人,在水一方⋯⋯

关关雎鸠,在河之洲,窈窕淑女,君子好逑⋯⋯悠哉悠哉,辗转反侧⋯⋯

山有木兮木有枝,心悦君兮君不知⋯⋯

人世间的情感大抵如此,只有在那一刻的相遇,才会明白,那些诗歌之中的吟咏,那些缠绵悱恻的思绪,无论跨越了多少年,都依旧那般动人心弦。

昀泽看着她,没有说话。枫祈却被他的目光看得紧张起来,心跳加速。那一刻她不知道该如何是好,只是理了理额前的碎发,走到亭子边,伸出手来接着雨水。那冰凉的雨水落在她的手掌里,才稍稍安抚住她那滚烫的心,她轻快地说道:"啊,这雨不知道还要下多久呢?"

这雨到了天色快要擦黑的时候才收住。

云层散开后,夕阳惊鸿一瞥,便沉到了山野的深处,月亮随之升了起来。

枫祈走了出来,可是没想到她脚底一滑,竟然摔到了一边的泥坑里,还崴了脚,顿时窘迫不已。

她挣扎着想站起来,但没能站起来,差点再摔回去,幸好昀泽及时扶住了她。

她却在昀泽素净的衣衫上留下了两个泥巴掌印。

枫祈看着他,一时间不知道说什么才好。

昀泽皱着眉头,似乎注意到了她的脚受伤了,他二话不说,便将枫祈抱了起来。

好嘛,这一抱,他身上糊了更多泥巴。

泥巴一多,就也不必再纠结那两个掌印了。

昀泽将她抱到一旁的石凳上，让她坐了下来，随后便蹲下身，检查着她的脚踝。好在没有伤到骨头，他这才稍稍松了一口气。

但枫祈还是疼得直吸气。

"不行，我们还是赶紧回去，给你敷药，否则一定会肿起来的。"昀泽有些担心。

枫祈点点头。

昀泽转过身去，拍了拍自己的肩膀："我背你。"

"啊？"

"啊什么啊，我说我背你。要不然你怎么回去，瘸着脚，当真想拖延了伤势，耽误回家的行程吗？"

"这倒是不能耽误。"枫祈没有犹豫，立刻趴到了昀泽的背上，搂住他的脖子。

昀泽将她背了起来，便往回城的方向走去。因为刚下过雨，路上湿滑，他担心再有什么意外，让她伤上加伤，所以便走得很慢。

这让枫祈心中一暖，有些感动。

"谢谢你。"

"怎么谢？"

这句话一出来，枫祈就收住了自己的感动，这人真是，一有机会就顺杆爬，真的让人半刻都不能松懈。

"就是谢谢啊。"

"喊。"

"喊什么喊，我都已经原谅你把我带出来，才让我摔伤了脚，你竟然还要我谢你。"

"你这是不讲道理。"

"我这是追根溯源。"

…………

走了许久，枫祈和昀泽两人嘴都没闲着，斗了半路。

终于斗累了，这才停住，养养力气。

/ 079

不斗嘴了，枫祈望着天上皎皎明月，这里安静得只有他们两个人。许是这般风月太过扰乱人心，她开始胡思乱想。

其实她疑惑过，这些年来，昀泽对她这么好，她不是完全没有一点感觉，是否他有过一点点喜欢她。

特别是经过今天发生的一切，还有在亭子里躲雨的时候，他看着她的眼神。

此刻，枫祈突然想要大胆一回。

"昀泽，你是不是……是不是累了？"枫祈鼓起勇气来，但话说到一半，她还是没有将下半句说出来，她想问他，是不是有一点点喜欢她。

她平日里虽然大胆，但是遇到这样的事情，却是瞻前顾后，甚至临阵脱逃。

昀泽似乎没注意到枫祈此刻的异样，还以为只是一句寻常的关心，便只说了一句不累，便没有再说话了。

枫祈有些泄气，整个人有些怏怏的。

在临渊部，甚至在天晟城，其实女子大胆地向男子表明心迹的事情很是常见，以前她以为那没有什么了不起的，也应该是如此，若是喜欢，便要大方地说出来，让他知道。

可是这样的事情落到了她的头上，她方才明白其中的艰难，也更加佩服那些敢于把自己的心事直言袒露出来的人。

她喜欢他，可是从来不敢在他的面前表露出什么，喜欢到不敢面对自己的心，从不敢承认，甚至不敢去想那件事情。

她害怕他知道她的心绪，害怕别人察觉到那样的心绪。

因为她总担心着别人察觉后的后果，她担心若真的有那么一天，他知道了，可是他不喜欢她，让他为难了，她就不能再像这样，同他这般说笑玩闹了。

如果真的那样，她会很难过的。

若不是方才他那个让她心动炽热的眼神，她或许都不敢直面自己的心，让她也有短暂的勇气去问问他，是否也同她一样。

只可惜，她还是打了退堂鼓。

有的时候，枫祈真的希望阿姐也在这里，阿姐若是在，一定可以为她出出主意，阿姐那么聪明。

她又不敢写信告诉阿姐，家书寄回去的时候，总是太容易被其他人知晓。

她第一次喜欢一个人，只觉得辛酸又欣喜，千般滋味，总也难以说明，那种感觉实在是奇妙古怪得很。

枫祈幽幽地叹了一口气，伏在昀泽的后背上，有些难受，又有些生自己的闷气。

不过，昀泽背着她，走得很稳，又让她很是安心，可越是这般，她就越是难过。

雨后的清风，总是舒服的。

她只是希望这条路能够长一点，再长一点。

枫祈想着，等到这次回家，见过阿姐之后，她一定想办法将自己的心事告知他。

可是后来的后来，枫祈才知道，这世界上不是什么事情都应该等一等的，否则一旦错过，那将是付出怎样的代价，都未必能够挽回。

二

临出发前，昀泽要先去巡视东境，枫祈便先回到北境去。

她轻装简从，只带了两个护卫，便一路快马轻骑赶往北境。

三年前，她就听阿姐说过，大渝要在边境开放互市，没想到短短几年，这荒僻的边境小城竟然如此热闹繁华，来往客商络绎不绝。

而在靖王与鎏云长公主的治理之下，这边境也是安泰祥和。

枫祈牵着马，穿过熙熙攘攘的街道，心里只觉得感慨。她还看到了临渊部的族民，他们也在城中开了铺子，做起了生意，生意倒还不错。

枫祈没有去住驿馆，而是去了临渊部的族民开的客栈。

枫祈如今已经出落得亭亭玉立，族民知晓她，但还当她是一个小丫头，一时间也没有认出来，况且她穿着的是大渝的衣衫，还以为是大渝来的富家小姐。

知晓她是临渊部的小公主后,族民们顿时欢喜起来,设了酒宴。

枫祈只是向老板娘询问临渊部的近况。

大致跟阿姐说的差不多,阿姐在临渊部里新训练了一支勇猛善战的军队,帮助大渝去围剿商路上的马贼,以保证商路的畅通无阻。各部族的族民和过往的商客,都很感激阿姐。

那沿路上的马贼,其实是洛和大王不愿意归顺的旧部,一直在四处流窜,又仗着对边境的熟悉和地理优势,所以一直很难真正消灭他们。

而阿姐在这里起着十分关键的作用。

北靖府要升阿姐的官,阿姐除了是临渊部的首领,也要在北靖府领受职务。

按照老板娘的说法,那就是北靖府的三把手。

这可不得了,这些年在北靖府的治理下,各部族都是很敬服北靖府的,如今阿姐即将成为北靖府的三把手,那在北境的地位也会更高了。

而在这座尧城的族民,也是与有荣焉的。

枫祈听着高兴。

可就在这个时候,只听见街道上传来一阵急促的马蹄声,尘土飞扬,看样子是北靖府的斥候。

枫祈觉得有些奇怪,便走出去看看附近发生了什么事情。

这时,便听到了有客商在议论。

"靖王殿下现在可真是危险,看样子还没有脱身呢。"一个中年外族商人正对他身边的人说道。

枫祈听到他提起靖王殿下,便走过去,问道:"大叔,你说靖王殿下有危险,还没有脱身,这是什么意思?"

那外族商人常年在边境和京城游走,自然是见多识广又有眼力,他见枫祈打扮不俗,腰间的玉带又是朝中贵人才能拥有的东西,便知道她身份不寻常。

况且这件事情早就在路上的商贩之间传开了,也不是什么说不得的秘密，便同枫祈说道："我们是刚过来的商客，就在几天前，遇上了马贼。幸好靖王殿下带人途经此处，才帮我们打退了贼人，之后靖王殿下带人去追那群马贼。后来我听一个过往的朋友说，靖王殿下好像误入了幽灵谷，到现在还没有出来。"

枫祈听到此处，心下一沉。幽灵谷这个地方，对于她来说实在是再熟悉不过了。

她从小便听说过幽灵谷的很多传说。

在北境有一座大山，山中阴寒，乱石嶙峋，岔路极多，常年刮着大风，总有奇奇怪怪的声响。

虽然这是一条近道，但若是没有什么急事，一般人从来不会去走那条近道。

毕竟传说幽灵谷里藏着地狱之门，若是误入地狱之门，恐怕后果极为可怕，因为没有人能够从地狱之门内走出来。曾经就有人消失在幽灵谷里，活不见人死不见尸，所以过路之人只敢成群结队，在正午的时候快速通过。

其中传说真真假假、虚虚实实，未必可信，但幽灵谷的危险却是实实在在存在，到了今天也没有人能够完全弄明白其中的缘由。

枫祈曾经听阿爹说过，那幽灵谷实际上是一处北境先祖的屯兵之所，集结了不少工匠凿出来的一处巨大的山体密室，里面机关密布，犹如迷宫一般，一不小心就会万劫不复。

它的入口处十分隐秘，据说当年的北境之王在受到自己亲族的背叛之后，被自己的叔叔夺走了权力，他就带领着一支军队前往幽灵谷，准备积蓄力量，以期反攻回来，重新夺回自己的位置。

但是后来新继位的北境之王派人封死了那处入口，里面的人全部被活埋了。

只是很奇怪，就在那支军队消失了两年之后，幽灵谷内突生异象，有迷雾笼罩。有人说曾经在迷雾中看见过一支亡灵军队，为首的人正是当年消失的北境王，他们的怨怒之力终年徘徊在幽灵谷，他们凿开了通往地狱的大门，发誓要将所有的恶灵放出。

当时就有村落被瘴气所吞噬，瘴气还在蔓延。

后来有一位圣者来到这里，据说这位圣者有无边的智慧，他说他愿意前往幽灵谷平息北境王的怒气。

一天夜里，那位身着洁白衣衫的圣者，独自一人，踏着霜雪般的月光进入了幽灵谷。

那一夜只听见谷内传来了激战的声音，直到第二天清晨方才安静下来。从那以后，幽灵谷的迷雾才散尽，恢复了平静。

后来过了许多年，边境有了商道，幽灵谷不时沦为马贼抢劫过路客商的窝点。

所以，那里依旧很危险。

而就在前些年，枫祈还年幼的时候，曾经有人因为遭遇恶劣天气，不小心误入幽灵谷，被困住了。当中有人费尽千辛万苦前来求救，阿爹得知后，最后还是决定不能见死不救，便带着部族里几个经验丰富、功夫高强的好手进了幽灵谷，好在最终还是将人救了出来。

那个时候枫祈年纪小，躲在桌子底下，偷听到了阿爹他们的谈话。据说他们在救人的时候，发现了一个通往山体内部的洞口，那洞口极为隐蔽，若不是山海变迁、山体碎裂，又怎么会露出这个洞口呢？而且那分明是人工凿过的痕迹，洞口里还有长长的石阶。

这倒是让他们想起了北境传说中的地狱之门，不过阿爹他们更相信里面或许囤放着重要的财宝。毕竟当年北境王想要重新夺取王位，那是需要大量财力的，传说北境王曾经转移过一批财物在里面。

那个时候临渊部还在洛和大王的控制之下，生存艰难，所以部族里的勇士想要冒险走一遭。

里面通道极多，机关密布，就有人不小心丧生在里面了。

不过，他们倒是偶然有收获，就是发现了半卷地图，是关于幽灵谷的。地图经过族中有渊博学识的长者破译，但只有一半的路线图，因此仍无法深入到幽灵谷的最深处。

但是足以应付很多情况了。

那时洛和大王残忍暴戾，阿爹他们想着若是情况紧急，还可以让族人前去里面避难。

族中知道这个秘密的不超过五个人。

枫祈是十五岁那年阿姐告诉她的，那个时候洛和大王和大渝正在开战。

阿姐说她已经是个大人了，若是一旦遇到危机情况，需要她带领族人前去避难，承担起保护族人的任务。

所以这一次靖王误入幽灵谷，若是临渊部得知消息，必定会前来相救的。但是听那客商说靖王殿下已经消失快有两天了。

靖王殿下去得急，想必没有带多少补给，必定不能撑太长的时间。

若是等待援兵，那么靖王殿下必定太危险了。

那里面的地形图，枫祈也是知晓的，或许她能够一试。

枫祈带的随从是京城里的，并不了解这里的环境，所以她让随从赶紧回临渊部和北靖府去报信，准备接应。

她自己则是带了干粮、水和药物前往幽灵谷。

赶到幽灵谷的时候，天已经快黑了。

这谷中尚不知道是否还有马贼的踪迹，因为未弄清楚情况，枫祈也不敢贸然行事。她先从阿爹他们之前探查的一条小路进了谷，那条小路无人知晓。她把随身的东西都藏在了那里。

枫祈之前便打听到了靖王殿下进入幽灵谷的时候，身边还带着他们临渊部的阿林。阿林是大长老的孙子，甚是骁勇，在部族中已经可堪大任了。

如今有阿林在靖王身边，枫祈松了一口气，她觉得事情还不算太糟糕。

因为如果遇到了恶斗，靖王殿下中了埋伏，阿林一定会想办法带靖王殿下去藏身的，那么最安全的地方恐怕就是那处山洞了，所以枫祈便直接前往那处山洞。

枫祈果然在入口的地方发现有人经过的踪迹，足迹凌乱，还有已经干涸的血迹，看来他们的确是经过了一场恶战，还有人受了很重的伤。

看样子，他们来得实在是太过急匆匆了，甚至都没有处理好途经的痕迹，说不定对方已经跟了过来。如果是那样的话，那洞里可能会很危险。

枫祈快速处理了一下痕迹，想着万一对方没有发现的话，也不至于迅速把人引到这里来。

处理完之后，枫祈才小心谨慎地进了洞口。

她步伐很轻，一路都很小心地听着周围有没有脚步声，查看有没有人活动过的踪迹。

这一路的地面上都残存着血迹，但是尚未发现有什么打斗的痕迹。

大约走了将近一个时辰，枫祈才在一处密室里发现了靖王殿下，还有阿林。

两人都躺在地上，一动不动。

枫祈吓了一跳，慌忙上去查看。阿林已经没有了声息，他右臂中了一刀，伤口发黑，应该是毒素所致。而靖王左肩中了弩箭，不过万幸的是那箭上没有毒，靖王殿下因为失血过多，现在已经昏了过去。

枫祈顾不得悲痛，她一个人只能勉强带走靖王殿下，而将阿林的尸身留下来，等到日后再来寻找。

枫祈简单地给靖王处理了一下伤口，脱掉了他身上的盔甲，准备扶起他往外走。

幸好她常年习武，身体比一般的女子要健壮得多，背起靖王来，算不上有多困难。

可是快要靠近洞口的时候，枫祈忽然听见外面传来一阵犬吠声，还不止一条狗。

枫祈心下一惊，她将靖王放在一边，马上到外面去探查。

只见山脚下有人点着火把上山了，还带着不少的狗。看那衣着打扮，既不是官府的人，也不是临渊部的人，绝对不会是官府告知了其他部族的人，让其他部族的人分头找过来，毕竟阿姐一定会亲自带队来探查这处洞口的。

枫祈有一种不好的预感，想必是那群马贼。

他们是洛和大王的旧部，原本就对大渝、靖王恨之入骨，如今抓到机会，必定不会轻易放过靖王的。

086

而他们为何会找到这里来，想必是阿林在逃跑的时候，难以顾及其他，才在沿路不小心留下痕迹，让这群人带着猎犬搜寻过来。

这里出了洞，四处空旷，难以找到掩体，很快就会被发现，况且人是跑不过猎犬的。

她现在一个人还带着昏迷的靖王，又怎么可能是对方的对手。

看情形，想必他们要找到这处洞口，也就是这一时半会儿的工夫了。

枫祈连忙回到洞中，将靖王又背了回去。

这洞中岔路极多，又有许多机关，他们要进来，枫祈可以凭借着地势优势，想办法与他们周旋，等到阿姐带人过来。

可是，枫祈还是低估了对方的警觉性。她没有想到，对方先是放了猎犬进来，发现里面有机关之后，便停在那里不再前进了。

随后便开始放毒烟，大风从洞口处吹了进来，毒烟四处飘散，里面的人坚持不了多久必定会出洞，那么他们就可以在此处守株待兔了。就算不出洞，也会被这毒烟迷昏，一定时辰内拿不到解药，也是会丧命的。

而枫祈他们的处境还要更加糟糕，因为放毒烟的地方离枫祈他们并不算远，所以枫祈能坚持的时间更短。

枫祈从身上撕下了两片衣襟，又用身上的水袋将衣襟浸湿，蒙住了她和靖王的口鼻，只希望通过这样的方式可以少吸一些毒烟进去。

这里的出口不止一处，只是另外一处算不上真正的出口——那个出口其实是一个洞口，下面是一条暗河。这条暗河阿爹他们考察过，是连通到外面的河流的，阿爹他们曾经在这条暗河里抛下过物件，不久之后便在外面发现了这些物件。

只是从来没有人试过，若是人，能不能从这条暗河里出去。

好在当初发现这条暗河的时候，临渊部做了万全的准备，在这里放置了一些木筏之类的水上工具，想着有备无患，兴许能够派上用处。

现在看来，当初的准备倒的确是没有白白浪费，如今是真的派上了用场。

这似乎是他们唯一的出路了。

只是，有一条出路是一回事，敢不敢走是另外一回事，能不能活着走出去，谁也不知道。

况且，还有难以抑制的恐惧。

枫祈坐在那个洞口处，下面黑黢黢的，只听得见水流的声响。

她心里害怕得厉害，身子一直在颤抖。她知道若是这般惶恐，失去理智和判断，肯定是没有办法走出去的。

她闭上眼睛，努力让自己平复心情。

这短短的半炷香的时间，她想了很多很多的人和事。她想起了阿爹、阿娘、阿姐，想起临渊部所有的亲族，最后她想到了昀泽。

因为眷恋着尘世所有的温情，此时的她无法抑制地悲伤起来。

她的眼泪止不住地落了下来，这一刻，她真的很想念很想念他们。

可就是对尘世亲人朋友的眷恋，也给了她莫大的力量。

枫祈深吸了一口气。

所以，她一定要想办法出去，一定要活下来。

拼尽全力活下来。

她告诉自己，她并非完全在赌命，或许还是有一线生存的机会。

她只是祈求着沧坞女神护佑她和守护北境的靖王殿下。

一旦决定去做，枫祈没有再犹豫。她用绳子将自己和靖王牢牢地绑在一起，将木筏用绳子绑住，慢慢地放了下去，随后他们又顺着绳索缓缓下去。下面的水流湍急，她好不容易才让自己和靖王平稳地趴在木筏上，才割断了绳索。

黑暗与水流立刻将他们一起卷向远方。

枫祈无法预料，他们究竟会遇到什么，是突如其来的怪石将他们的木筏撞碎，还是木筏不小心翻了，他们将永远沉在水底，没有人再能找到他们的踪迹，或许某一天，他们的尸骨会被水流带出。

她，不知道。

这里，实在是太黑了。

周遭只剩下水流的声音。

无穷无尽。

三

枫祈再一次醒过来的时候，看到的是深蓝色的天幕、素白皎洁的月光、灿烂无声的星河，星辰的光芒静悄悄地洒在山川之上。

这里像是人间，可是又如此安静得不像是人间。

过了许久，她才稍稍恢复了意识，耳朵也渐渐能够听见声音了。

他们的木筏已经被冲了出来，冲到不知名的地方，很幸运地在河边搁浅了。

枫祈连忙去查看靖王，靖王的呼吸微弱，但还活着，她这才放下心来。

出来之后，枫祈紧绷的心才放松下来，只觉得松懈之后是无尽的疲惫，她躺在那里动弹不得。

她歇息了片刻，背上靖王，准备先找个安全的地方给靖王换药。

她不知道那群人会不会在附近出没。

幸好她找到了一处避风的洞穴，担心有野兽出没，她便拾了柴火，用火折子生了火堆，让靖王可以烤火。

她给靖王换完药之后，发现靖王额头有些烫，又急急忙忙地给他喂了药丸，自己则守在他的身边，怕他有什么不测。

一整晚靖王都在说胡话，他的脸色很是苍白，枫祈也听不清楚，不过靖王的声音有时候显得有些惊恐。她从不知道像他这样的战神竟然也会有那么恐惧的时候，他皱着眉头，好像困在什么梦魇里，看上去竟然分外可怜。枫祈只是搓着他的手，想让他不要那么害怕。

中途，靖王醒过来，他的眼睛却望着外面，询问枫祈为什么外面下那么大的雪。可是外面并没下雪，只有白茫茫的月色，枫祈安慰着他，却又担心又害怕。

后来靖王恢复了一点神志之后，弄明白了事情的来龙去脉，他只是强撑着精神，目光温柔。他告诉枫祈，不要害怕，他不会死的，等到天亮的时候，援军来了，就把信号弹放出去。原来靖王在衣服里藏了信号弹，外面用蜡封住了，并没有水渗进来。

/ 089

可是靖王说出这句话不久,就察觉到了自己身体的异样,他或许真的坚持不了多久了。

所以靖王还是决定告诉她,若是他没有撑到第二天,那么就让枫祈不必管他,先想办法离开这里,务必让自己活下来。

听到这里,枫祈实在忍不住便趴在靖王的身边哭了起来。她说不出话来,只是紧紧拽着靖王的衣角,仿佛拽着他的衣角他就不会跑掉了。

靖王轻轻地拍了拍她的后背,像是哄孩子一样。

他知道让她面对这些是很残酷的。

靖王经历过无数的血战,他曾以为自己对任何情况都已经能够处变不惊,他能够接受任何结果,哪怕是死亡。

可是这一刻,他才发现无论自己做了多少准备,当死亡来临的那一刻,还是让他措手不及,让他惊慌失措。

他低头望着眼前的姑娘,这一刻,世间的一切身份、地位早已不存在了,生与死之间的相依相偎,给他们之间带来一种更为深刻的命运羁绊。

他不去细想那究竟是什么东西,只是顺着自己的心,信任着眼前,依靠着眼前。

此刻,枫祈已经顾不得其他了。她咬了咬嘴唇,下定了决心,眼眸坚定地看着靖王:"你不会死的,我不会让你死的,我也绝对不会丢下同伴的。"

靖王心中一震,也不知道她要做什么。

这时,枫祈已经跑出去了。她放了那个信号弹,目睹那一抹焰火冲入夜空,随后炸开,发出一声惊响。

她选择在这个时候暴露他们的位置,无论引来的是敌人还是援军,她都选择接受这样的命运。

因为靖王没有时间了,等到天亮对于她来说是安全的,但对靖王来说,他现在的每一刻都是极其重要的。

她要救他,一定要救他。

枫祈回来了,她脸上还挂着泪珠,也挂着轻松的笑意。她走过来拉住靖王的手，额头抵在他的手背上，说道："靖王殿下，请你一定要坚持住啊，一定不要放弃希望。沧坞女神一定会庇护我们的，沧坞女神已经带我们逃离了敌人的围杀，她是不会放弃我们的，所以你千万不要放弃自己啊。求求你了，我们好不容易才走到这里，靖王殿下再坚持一下。"

说到后面，枫祈已经有些哽咽了。

她希望通过这样的方法，能够让靖王坚持下来。

靖王看着枫祈，忽而又想起来，初次见到她的时候，她便对着沧坞女神起誓，说自己绝对不会把靖王的身体情况泄露出去。他沉沉地叹了一口气："真是傻姑娘啊。"

靖王醒过来了，枫祈不敢让他再睡着，怕他睡着了就真的醒不过来。他们好不容易才逃出来，那么危险的情况都活了下来，这一次，他们也一定能够活下来的。

所以枫祈在同他说话，他也明白枫祈的心意，于是开始跟枫祈说话。

靖王跟枫祈说了很多很多，他跟枫祈讲起了他的身世。他是先皇的遗腹子，先皇过世后，母妃在宫殿里生下了他，可是没过多久，母妃也过世了。

后来皇上便一直把他这个幼弟带在身边抚养，亲自教授课业、传授武艺，教他骑马射箭，后来还委以重任。很多人都说皇帝仁爱，为皇家有这样的亲情而感动，很多人都羡慕他。

但是只有他为此感到痛苦，所以他在知道真相的时候，总想着逃离皇宫，逃离皇上身边。

说到此处，靖王的目光哀恸起来。他垂眼望着枫祈，枫祈却因为太过疲倦，竟然一不小心就沉沉地睡去了，但她抓着他的手却没有半分松开的意思。

靖王嘴角露出一个苦笑，他轻轻地抚了抚她的发髻，说道："你知道吗？靖王殿下根本不是什么遗腹子，而是皇上的亲生儿子。皇上疼爱靖王，但靖王也是他的一桩皇家丑闻，所以他绝不会相认，但又因为出于愧疚而付出更多的心血。而靖王那可怜的母亲，为了让皇上好好对待那个婴儿，也为了保全那个婴儿的性命，选择了自我了断，永远让这个秘密消失。"

/ 091

他轻声说着，像是梦呓一般，只是不知道睡梦里的那个人听到这样的故事，会不会看到那一场可怕的噩梦。

这些年他从来不敢去触碰这个隐痛，他厌恶自己一出生就带着这样的身份而活。

他身上的旧病就因为那个秘密而染上的，当年他原本要成为一个死胎，是鎏云长公主救下了他，并且保住了他。

但为了救活他的代价却是让他承受着常人难以承受的伤痛，而他是靠鎏云长公主的蛊虫养活的怪物。

那天晚上就是他体内的蛊毒发作了，不小心被枫祈撞破了。

当年皇上要处死这个孩子，或许说这个污点。

鎏云长公主说不如把这个抉择交给上天，如果皇帝用他的法子杀了这个孩子，这个孩子还能活下来，那么就说明这个孩子命不该绝。

靖王在被喂下药之后，竟然没有死，所以皇上放过了这个孩子。

其实这是因为鎏云长公主事先在靖王身上种了蛊，所以靖王才没有被那碗药毒死。

靖王必须要保守这个秘密，无论是为了他，还是为了那些帮助过他的人。他不能让他们为了这个秘密丧生。

靖王的故事讲完了，天也就亮了。

就在这时，靖王听见了一阵急促的马蹄声，其中还有号角声，是有人故意吹响了号角，提醒躲在暗处的人。

"是北靖府的人。"靖王欣喜地道。

是他们来了，他们赶到了。

靖王推了推睡着的枫祈，可是还没有来得及把枫祈推醒，他自己便昏了过去，失去了意识。

四

大夫说要是再晚来一步，靖王此刻便是回天乏术了。

不过幸好，一切都不是最糟糕的结局。

北靖府和临渊部在收到枫祈的报信时，便很有默契地在幽灵谷会合了，没有耽误一点工夫。

枫祈的阿姐、临渊部的首领纯瑜亲自带来人马，前往幽灵谷搜寻。

他们先是守住了幽灵谷的主要通道，务必要将洛和大王的残部全部剿灭在此，绝不容许他们再一次逃窜。

抓到那些人的时候，他们供出来在一处洞口发现了靖王的踪迹。

纯瑜和鎏云长公主赶到那里时，那洞口已经到处布满了毒烟，人根本就进不去了。

就在他们焦急的时候，发现了天上的焰火信号。

于是，他们就顺着焰火信号的方向去搜寻。

为了让枫祈他们知道是自己人来了，不要再躲起来，也不要害怕，一路他们都是吹着号角前进的。

找到靖王和枫祈的时候，两个人已经晕倒在山洞里。

士兵将他们带了回来。

枫祈没有受什么伤，就是太过劳累，回来后呼呼大睡了许久，醒过来时阿姐给她准备了很多好吃的，吃饱喝足之后，很快就恢复了精神。

枫祈原本以为阿姐会责怪她莽撞，没想到阿姐却是抱着她，说她已经成为一个让人骄傲的、了不起的勇士了。

枫祈被阿姐夸得心花怒放，久未见面，便钻进阿姐的怀里撒娇，尽是小女儿情态。她只想与阿姐多亲近亲近。

随后，枫祈想起了阿林。她有些难过，只是告诉阿姐，阿林已经身亡，遗体就在洞里。

纯瑜听完之后，神色严肃。枫祈知道她在难过，只是战场之上，难免如此。阿姐告诉她，等洞里的毒烟稀薄一些，她会亲自带人去接阿林的遗体。

枫祈也想去，但是被阿姐拒绝了，阿姐说她休养要紧。

不过有一件事情，纯瑜却觉得很奇怪——像靖王这样聪慧过人、久经沙场的战将，怎么会轻易就中了这群马贼的圈套，还受了那么重的伤。

这件事情枫祈也想不通,不过她想着可能是老虎也会有打盹的时候吧。

也不知道靖王殿下怎么样了。

现在枫祈在北靖府里住了下来,以便休整。她想着过几日,等靖王殿下好些了,她再去看他。

只是没有想到,靖王殿下倒先来看她了。

靖王殿下现已能够下床走动了,他的身体恢复得不错。

他身着白色锦袍,很是素净,不过如美玉一般的人,就算打扮得如此朴素,却也俊美得让人挪不开眼。

看着他气色已经好多了,枫祈这才放下心来。

没有让靖王殿下在外面久站,她把他引到内堂。

靖王殿下一进门,就对着枫祈行了一个礼:"多谢姑娘救命之恩。"

枫祈原本是坐了下去,被靖王这一举动吓了一跳,又从位置上弹跳了起来,她手忙脚乱地给靖王殿下回礼:"也没有啦,殿下……殿下不必如此客气。"

枫祈觉得,好像她遇到靖王的大部分时间都在行礼,总是你谢我我谢你的,这实在是古怪,也实在是有些拘束。

两人就这么弯腰相对,好像谁都不愿意先起来。

枫祈这么说话实在是有些累了。

她又不能起身,所以干脆蹲下身来,抬头望着靖王:"殿下,要不我们先坐下?你受了伤,这样实在是不好,我也挺累的。"

靖王看着枫祈苦着脸的模样,着实有些可爱,便忍不住轻笑了出来:"好,听姑娘的。"

枫祈松了一口气,靖王殿下终于肯好好说话了,这是好事情啊。

枫祈在屋里和靖王说了一会儿话,又担心靖王的身体吃不消,所以又将靖王一路送了回去。

她从靖王的小院出来的时候,正好遇上了自己带来的护卫,护卫来问她是否要给太子殿下回个信。

枫祈觉得有些纳闷,为什么会突然问起这个来。

随从这才告诉枫祈,原来昀泽一直记挂着她的安危,沿路的时候,只要到了驿站,他都会派人送个信给太子,以报平安。

原本前几日他们到了这里,刚准备送信,却不想太子早早地派人过来,捎了口信来问是否人到了。

只是当天枫祈他们遇上了那件急事,枫祈走后,随从便将这里的情况传送给太子了。

就在送完信之后,太子的问信几乎是一天一封,来问枫祈和靖王,想要立刻得知这里的最新情况。

随从想着,或许枫祈亲自写一封信过去比较好,报个平安,以免太子殿下挂心。

枫祈想想也是,那个家伙最喜欢大惊小怪了。她笑眯眯的,一路小跑着回到房间里去写信了,还故意夸大其词,把这个过程说得分外凶险,她又是如何机智地智取,化险为夷的。她一提笔,就停不下来,洋洋洒洒地写了好几大页。

反正自己这次可厉害了,昀泽在京城的时候,在她的面前可谓是出尽了风头,有的时候,她喜欢跟昀泽较劲,现在总有他不知道的事情了吧。

枫祈有些高兴,让人把这信寄出去了。

昀泽果然回信很快。

枫祈趴在桌子上,看着昀泽的信。这家伙唠唠叨叨了一大堆,让枫祈不要乱跑了,就待在北靖府中,他大概再过半个月就来了。

枫祈皱了皱鼻子。不让她乱跑,她自然是不能听他的,这里可是她的地界,她好不容易回来了,她不光要乱跑,而且现在就要乱跑。

枫祈一路跑到了马厩,牵了马,就准备走。

她要先回临渊部去,她迫不及待地想要见见自己的亲人了。

靖王从外面刚办完事情回来,就看到像是一团火云一样骑着马跑走的枫祈。

靖王觉得有些奇怪,她这么风风火火是要去做什么,而且看上去似乎

/ 095

心情很好,后来才得知她是要回临渊部了。

靖王笑了笑,想着,她是应该回去瞧一瞧,这么多年没有回来了。

枫祈回临渊部自然是要去见阿爹他们,前一段时间,她虽然没有受伤,但是一番折腾,憔悴不少,为了不让阿爹担心,她才在北靖府里多休整了一些日子。

现在无论如何她都要回去了。

况且,她还有一件事情要做,昀泽要来了,她要先回去好好准备准备,好招待他。她答应过他,要带他来家里做客的,还要当他的向导,让他好好在这里玩一玩。

她很久没有回临渊部了,她要重新去熟悉熟悉环境。

也不知道那里变成什么样了。

她在天地间驰骋。

蓝天、白云、广袤的原野,有雄鹰振翅,掠过雪山之巅。

枫祈骑着马儿跑得飞快,她像这里最自由、最快乐的风。

回到临渊部的王城,这里比以前阔气了不少,变化还挺大的。

枫祈见过了阿爹和亲族们,回到自己曾经住的地方。这里还跟以前一样,但又有些不一样了,里面多了许多新鲜的玩意。阿姐说那是阿爹放进来的,自从枫祈去了京城,每年临渊部重大的节日,阿爹总会像她小时候那样,给她买许多稀奇古怪的东西,还有送给她祈福娃娃。

虽然枫祈不在家,这些东西还是会放到她的房间里。

柜子里还准备了许多新的衣衫鞋袜,说是如果哪天枫祈回来了,没有洗涤干净的漂亮衣衫,她会生闷气的。

枫祈鼻头一酸,红着眼眶,咕哝道:"我哪里有那么小气啊。"

阿姐只是摸着她的头,柔声道:"小气是不小气,就是很想念你。"

枫祈扑倒在阿姐的怀里。这些年阿爹的精神好了不少,但也老了不少。阿姐领过了族中的事务,每日处理很多事情,也劳累得很。阿姐身上有许多新伤,枫祈曾经问过阿姐,那些伤疤是怎么来的,但是阿姐不愿意说。

阿姐不说,枫祈也知道,阿姐是个好首领,她想像阿爹那样做个好首领,想给族人们带来福祉。其实不光是临渊部的族人,她希望整个北境都能过上安宁幸福的生活,所以她只会成为冲在最前面、做披荆斩棘的勇士,而不是躲在后面,让别人保护。

枫祈抱着阿姐,认真说道:"阿姐,我这次回来,就不走了,留下来帮阿姐。"

"无论阿祈想要做什么,阿姐永远在后面保护阿祈、支持阿祈。只要阿祈想要回家了,那就回家。"阿姐说道。

枫祈心中一暖,又紧紧抱住阿姐。

"对了,阿姐,我要带一个客人来临渊部。他是我的朋友。"枫祈抬头,笑着望着阿姐。

"朋友?好啊,阿祈在京城的朋友吗?是谁?"

"太子殿下。"

纯瑜眼中露出几分疑惑。

后来的这些日子,枫祈一直在临渊部里给阿姐帮忙,也在为昀泽的到来做着准备。

不过昀泽还没有来,靖王殿下却来了。

他是路过此处,本来是要去其他部族的,外出的几位长老见到靖王殿下,一定要请他进来坐坐。

阿爹知道靖王殿下过来很是高兴,族里的人还准备了篝火晚宴,要招待靖王殿下。

枫祈这才知道原来靖王殿下在北境如此得民心。

各部族当年在洛和大王的残暴统治之下,早就心生怨恨,一直想要推翻洛和大王。但说到底,如果不是有洛和大王这个共同的敌人,各部族并不算团结,各部之间发生摩擦,甚至出现小规模的战役,那是常有的事情。

一些弱小的部族就像是荒原上的羊,注定是要被群狼围猎的。

但是鎏云长公主和靖王殿下来了之后,竟然能够妥善处理好各部族积攒了上百年的矛盾,让各部族心服口服,还能在短时间里树立这么大的威望,让各部族生活渐渐富足起来，边境也有了那么繁荣的城镇，着实厉害。

当真是令人钦佩。

北境早已经归顺了大渝，没有了王，但其他人私底下都默认靖王殿下就是北境之王。

对于这样的称谓，枫祈知道这是各部族表达敬仰与爱戴的意思，但这些年她在京城，多多少少还是能够明白一些朝堂上人心的曲折隐幽。这样的称谓对于靖王殿下来说，并不是什么好事情，靖王殿下一再强调他不过是遵从了皇上的旨意而已。

不管怎么说，至少在今日，京城的不快就不要带到这遥远的边境了，这里的美酒已经上桌，还有新打回来的猎物在火上烤着，散发着令人垂涎三尺的香味。而篝火边，美丽的姑娘那鲜艳的裙摆正在旋转着，像是天湖边恣意盛开的花朵。

人生于世，应该学会享受眼前的美酒与快乐，不要总是忧怀远处孤月的寒凉。

枫祈喝了酒，脸颊红扑扑的，有些微醺。

她的酒量本就赶不上部族里的其他人，只是她没有想到靖王殿下的酒量竟然如此厉害，虽然他喝起酒来斯斯文文的，但被族里的人几番盛情举杯邀约的时候，竟然不知不觉间，数盏下肚，还能如此泰然。

枫祈喝了酒，就开始放肆起来。

她从桌后跑了出来，面若芙蓉，身上是红衣金带，头上是宝石玛瑙，脚上铃环清脆，华贵而灿烂，明艳而炽烈，像是猛然绽开的玫瑰，光耀夺目。

她在篝火边开始起舞，在场所有的目光顿时都被她吸引过去了。

她似乎毫不顾忌旁人的目光，就这样随着自己的心，随着那欢快的乐声，翩然起舞。

此时，原本没有喝醉的靖王殿下，看着她的舞步，竟然渐渐有了几分醉意，他的目光迷蒙起来。他仿佛置身于一场虚幻的梦境里，那虚幻的梦境像是潮水一样，渐渐把他淹没，他没有挣扎，没有其他的杂念，只是甘愿暂时沉沦。

而在篝火晚宴的另一边,一处山丘之上,火光与欢愉感染不到的地方,只有清冷的月色和摇曳的树影。

有两个身影站在树影里,其中一人发出一声嗤笑,是一个女子的声音:"瞧瞧,我们的靖王殿下,已经很久没有那么高兴过了。那个百灵鸟一样的姑娘,一眼看去就让人欢喜啊。"

女子的声音虽然是在笑着的,却莫名透露出几分清寒的味道。

"主人,我们贸然跟过来,靖王殿下若是知晓,恐怕会生气的。"另一个人说。这是一个男子的声音,他的口音像是京城人士的,他有些顾虑,语气小心地劝慰着女子。

女子冷笑了一声:"他在担心什么呢?担心临渊部知道了我们的秘密,我就会让临渊部举族皆死吗?还是他在故意与我斗气,亲自来一趟临渊部,就是不准我再动临渊部?不过就是死了临渊部的一个阿林,也值得他那么大动肝火?竟然开始警告我。"

"主人,靖王殿下生气也不是完全没有原因的,现在我们或许还不是时候暴露。"

女子似乎有些不耐烦:"我自然是知道的,哪里还用得着你提醒。我只是觉得他真是太过优柔寡断了。那个莽撞的阿林,差点发现了我们的秘密,原本我派洛和手下的蠢货就能将他解决,可是靖王非要插手,还替他挡了一箭。幸好那箭上没有毒,只有阿林中了毒。"

说到后面,女子带着几分后怕,不过她更多的还是生气,气靖王竟然如此不顾自身安危,去救一个无所谓的人。

"靖王殿下毕竟仁善。那个阿林也是耿直的人,他误打误撞不知情,后来还拼死维护靖王殿下,将靖王殿下救走了。若不是他,洛和手下的那群人下手没有个轻重,又不知道靖王是我们这边的,您说要活的,他们却差点将靖王殿下置于死地。靖王殿下因此顾念临渊部,也是人之常情。"男子说道。

女子却是叹了一口气:"仁善,仁善的下场是什么呢?是人为刀俎,我为鱼肉。看着吧,他自以为是的仁善,究竟是能够换来生存,还是换来别人对他的赶尽杀绝?"

空气忽然沉默下来了。

过了一会儿,男子说道:"主人,我们走吧。"

女子却依旧望着前方,说道:"那姑娘跳舞真是好看啊。我看靖王很喜欢看她跳舞呢。他的生活原本就没有什么乐趣可言,养着这么一只小鸟儿,逗逗乐子,排遣心情也是好的。既然他因为那件事情那么生气,那么我便送他这份礼物,好让他开心一下吧。"

女子的口气渐渐轻松欢快起来。

随后,两人没有再多做停留,离开了小山丘。

一切又恢复了先前的模样。

山丘之下的歌声与舞蹈还在继续,持续到半夜方才散去。

枫祈跳了一晚上的舞蹈,累极了,沉沉地睡去了。

她很久没有睡得这么香甜,一整晚,连一个梦都没有做过。

到了第二天,靖王殿下已经离开了。

就在靖王殿下离开的第四天,枫祈收到了来自北靖府的消息,据说太子殿下已经在前日夜里赶到了这里。

枫祈收到消息的时候,整个人都蹦了起来,昀泽终于来了,不过比他所说的日子提前了好几日。

她有些生闷气,这人竟然不告诉自己他提前来了,而且到了,也没有第一时间通知她,真是不够朋友义气。难不成是想突然出现,吓她一跳?

那好,她也不告诉他,也突然跑回去,吓一吓他。

想到此处,枫祈便骑着马迫不及待地从临渊部赶往了北靖府。

那个时候,她对未来的一切都怀揣着极美好的愿景,她还尚且不知道什么叫作世事无常,难遂人愿。

第七章
影：此间·黄粱一梦尽清寒

◈

殿内跪满了人，伏在地上，瑟瑟发抖。

头戴玉冠、身穿深黑镶金边常服的年轻帝王，像一片黑云一般笼罩在枫祈的身前。

他伸出修长白皙的手指，轻轻描摹着枫祈的脸庞，但眸中却是不带半点温度："人，真的死了吗？"

他如此问着，可还是有些狐疑。

其中一位老太医颤颤巍巍地直起身来。这些年他看得太多了，皇上身体时好时坏，阴晴不定，喜怒无常，他明白此时自己若是说错半句，自己和这里的其他人会立刻性命不保。他是这里医术最高，也是资历最老之人，有些话该由他来说。

"回皇上的话，静妃娘娘已经过世了。"

皇上却是冷笑了一声："什么时候？刚才还是之前？"

太医身子又抖了一下，忽然额头上大滴大滴的汗珠落了下来。君心似海，此刻他也不敢贸然揣测这位帝王心里究竟是什么想法，为什么会问出这么奇怪的问题，一时间不知道该如何作答。

没想到，皇上又做了一件令众人意想不到的事情。他忽然俯低了身子，闭上眼睛，在静妃的鬓边深深地吸了一口气："好香啊，这样的香味可不是你的。你在我身边那么久了，你的一切我都熟悉，像是熟悉我自己的身体一样，可是为什么你会有这样的香味呢？你说说，你是不是悄悄地醒来过，在镜前重新梳了妆，但是看到我来了，你不想见我，所以，就又偷偷地跑回来，

/ 101

假装睡着了？"

皇帝的这一番话，让大殿里的人既震惊又恐惧。

一个疯魔了的帝王，会将整个帝国拖进什么样的深渊，无人知晓。

现在已经没有人敢说半个字了，毕竟谁也没有办法去劝说一个疯子。

但那个疯子此刻要做的远远不止于此，他直起了身子，忽然露出一抹轻快的笑意："你不愿意见朕，想要就这么睡着，那朕就成全你好了，毕竟你是朕最疼爱的爱妃啊。来人，端一杯毒酒来。"

给一个已经过世的人喂毒酒？

大殿里的人，怀疑自己是不是听错了。

如此做法，令人毛骨悚然。

大殿里，没有人回应这位帝王。

这时，又有太医壮着胆子回应道："皇上，静妃娘娘已经过世了。"

年轻的帝王皱着眉头，颇有些失去了耐心，沉声道："这件事情你们已经告诉过朕了，她过世了，所以朕给她喝一杯毒酒，又能如何呢？"

说话的时候，他的目光一一扫过下面的人，忽然露出一丝耐人寻味的笑意来。

最后殿外的内监端着一杯用金杯盛着的毒酒进来了。

毒酒的颜色并不好看，气味也不怎么样。

皇帝看着那杯毒酒，随后托起静妃的下巴，迫使她张开嘴，将整杯酒灌了进去。

这种毒药入喉毙命。

这时，皇帝才有些心满意足。

皇帝将金杯一扔，慢慢地走了下来，瞟了一眼面前的人："好了。现在朕相信你们了，她是真的过世了。时辰已不早了，朕也困了，现在回去歇息吧。"

在这里还没有半个时辰，可是对于下面的每一个人来说却无比漫长。他们猜不透皇帝究竟有什么想法，静妃的确已经死了，这是不争的事实。可是他们不明白，靖王为何要威胁他们去说一句真话呢，而皇帝又要用毒酒去杀一个已经死了的人。

他们医术高明，但凡一个人还有一丝声息、一点存活的迹象，绝对瞒不过他们的眼睛，可是那床榻上的人分明已经死了，还死了几日了。

有的时候他们甚至开始怀疑是不是自己的诊断出现了差错，那床榻上的静妃娘娘还活着。可是无论之前是什么样的差错，在那杯毒酒端进来的时候，就已经注定了这之前的一切都不重要了，静妃娘娘再也活不过来了。

这时，原本走到大殿门口的皇帝，突然站住了脚，他只是说道："回去后，把这话告诉你们想告诉的人，朕，如他所愿。"

皇帝此话一出，身后突然传来一阵闷闷的撞击声，那是头磕在地砖上的声音，听起来倒是挺疼的。他抬手摸了摸自己的额角，走出了大殿。

皇帝慢悠悠地、闲庭信步一般在皇宫里走着，走着走着，就走到了花园里。他抬起头来，看着月色。过去的几百个日夜里，他与静妃枫祈在这里赏花赏月，可她总是不高兴，苦着脸。但他似乎并不在乎她高不高兴，反正只要他高兴不就好了。

想起来，他与她似乎还有些快乐的日子呢。

为什么人都要这样呢？

只有当自己失去了一些东西，才会开始慢慢地回想起那些自己曾经得到的东西呢。

现在他的身边空荡荡的，他竟然还有些不习惯，这让他突然有些落寞。

不过，那有什么关系呢。

相比起他的落寞来，他更想要看到有的人痛苦，就是他那位皇叔。

想到此处，他的头又开始痛起来了。那么多年来，他有旧疾，一发作，就疼得厉害，无药可治。

每到这个时候，他的情绪总是失控的，只想要发泄。

用尽一切发泄，发泄一切。

不过，今天晚上不同，他既痛苦又快活，他忍不住要将自己的快活宣泄出来。

"皇叔啊皇叔，我的心头挚爱杀了我一次又一次，那如今我也要你尝一尝这样的痛苦。我痛苦了那么多年,而你却逍遥自在。你说不公平,那便让你尝尝我的痛苦好了,让你知道什么才叫作公平。"皇帝喃喃自语。

他开始大笑,说着胡话,又或许那不是胡话,是自己的心里话。

其实原本他是不想杀她的,原本他是不想的。

可是当他再一次看到晔舒的时候,当他与晔舒在大殿里争执之后,他就改变了自己的心意。原先他以为自己得到了她的人,他才不理会她心里想着的人是谁呢,况且他曾经想要的是慢慢地折磨晔舒,折磨晔舒的一生,那才有意思呢。

但是当他看到了晔舒的眼中只有愤怒,唯独没有痛苦的时候,他就突然改变了主意。

那个念头越来越强烈。

晔舒,他怎么能不痛苦?

这不公平。

强烈的疼痛、激动的心绪,让他再也支撑不住了,终于昏过去了。

内监们对于皇帝这样的情形早已经见怪不怪了。

皇帝昏过去了,他们才松了一口气,上前来把他抬回宫里去。

只有在这个时候,才是他们最为轻松的时刻。

他们总是希望皇帝能够睡得久一点,但又不希望他永远睡下去,毕竟若是皇室动乱,历来都是底下的人遭殃。

而静妃的确死了这件事情,传到了靖王府。

在晔舒再三确认之后,知道了事情的原委。短暂恍神之后,他忽然抽出剑来,将屋子里的一切都砍碎了。

他是一个理智的、情绪稳定的人,从来没有出现过这样的情况。

直到最后,他终于跪了下来,放声恸哭。

徐天跪在他的身侧,也是泪眼模糊。他劝不住靖王,此刻也不想去劝说靖王。

之后,靖王忽然提起剑就要往外冲。他恨意滔天,每一个字仿佛都要咬出血来一样:"无道昏君,我还要效忠这样的君主,当真是天大的笑话。"

徐天闻言,心头一震。此时靖王已经完全失去了理智,他不能让靖王在情绪激愤之下做出什么出格的事情,他只是死死抱住靖王,不顾规矩地将靖王拽进内室,以免靖王再说出什么大逆不道的话来,被外头的守卫听到,若是传到宫中,怕是又要引起事端。

"殿下,属下知道殿下此刻伤心,但现在着实不是难过的时候。"徐天拦在靖王的身前。

此时,晔舒已经渐渐平复了心情。他闭上眼睛,两行清泪滑落,随后无力地瘫倒在一旁的椅子上,一股深深的悲哀感慢慢席卷上心头,简直快要让他窒息了。

他恨那个龙椅之上的人,可是同时他也明白自己对那个人却是无能为力的,他没有真正强大到有能够将那人彻底拉下来的势力,至少现在没有。

他曾经天真地幻想过,他是皇帝的皇叔,或许对方会顾念这些年来相处的情谊,有所顾及,又或者能记得他的些许功劳,只要他恭顺效忠,或许对方不会赶尽杀绝,他也能保留自己的一二念想。

可是,到了今日,他方才知道自己错了,错得十分离谱。

一步退步步退,人心怎会餍足?

君王的猜忌也永远不会消失,君王的疑心就像是一条毒蟒,当它决定缠上来的那一刻起,就注定了不死不休。

如今的晔舒,对这个尘世,只剩下无尽的荒凉之感。有那么一刻,他甚至连恨意都消失了,只剩下无尽的疲惫。

"殿下,切莫冲动,我们须得从长计议啊。"徐天看着靖王脸色苍白,也猜不透靖王在想什么,只是劝说道。

"从长计议?"晔舒嘲讽着,他睁开眼睛,冷冷地望着徐天,"哪里还有什么长远,鎏云死了,枫祈也死了。我此次只身回来,就是为了枫祈。我早就已经做好了束手就擒的准备,无论他怎么对我,我都接受,但是我只是想着他能够放过枫祈,可是他,他还是……"

晔舒倒抽了一口凉气,再也没有办法说下去了。

徐天看着他,知道他现在心如死灰,只能继续劝说道:"殿下,枫祈姑娘生前最惦念的就是临渊部,可是临渊部如今依旧还背负着围杀鎏云长公主的罪名。两年前枫祈入宫,就是因为春禾被逐,她成为春禾的替代品,才保住了临渊部。如今春禾已死,皇帝盛怒之下杀了枫祈,但也许还没有出完所有的恶气,势必还会牵连到临渊部的头上。现在唯一能够保住临渊部的就是殿下您,若是殿下也不再庇护临渊部了,那么枫祈姑娘在九泉之下,岂能安生。殿下,切莫对枫祈姑娘食言第二回了。"

提到枫祈,晔舒方才又有了反应。是啊,他已经食言过一回了,明明答应过她,会回来带她走的,明明向她保证过那簪子里的毒就算侵入体内,也只是假死的状态,可是他最后却没有保住她。

他,怎么还能食言第二回呢?

晔舒心中又是一痛。如今他对她的过错,已经是终身无法弥补了,此后,再不能让她失望了。

晔舒沉沉地叹了一口气,闭上眼睛。他回想起那张美丽动人的脸,她伏在他的怀里,睫毛上挂着晶莹的泪珠,像是春夜里沾着露水的海棠。她同他说,想要与他在一起,此生都不再分开。

最后,那个画面渐渐凋零碎裂。

晔舒终于下定了决心,再一次站起来的时候,整个人都带着幽幽的寒意:"留下来,就要被囚禁一生;反出去,就是与大渝对立的逆贼。"

徐天身子微微一颤,他看着靖王,眼中泛红,他等这句话实在是太久了。

徐天郑重地跪在了靖王的身前,重重地磕了一个头:"属下愿意誓死追随王爷。"

晔舒的表情无悲无喜,面对这样的忠心,他似乎不为所动,他只是说道:"能不能追随,现在还言之过早,能够从这里出去,回到北境的军营,才是最重要的。"

眸舒望着门口，目光锐利，像是云上的鹰隼，漠然地看着脚下的猎物，他正冷冷地盘算着如何将它们撕碎。

最后还是走到了这一步啊。

第八章
宫：前尘·而今才道当时错

一

天，似乎要开始下雨了。

方才还是晴空万里，怎么突然就变了。

枫祈站在院子里，看着天上的乌云暗沉沉地压了下来，天地晦暗一片，仿佛要把人压碎了一般。

没过多久，便开始下起了雨。

上一次下雨，枫祈记得还是与昀泽在一起的时候，明明没有过去多久，她却感觉是很久远的事情了。

这边境的雨，并没有在京城的时候下得大，可是雨滴砸落到地上的瞬间，仿佛将整个天河都倾泻下来。

这个时候，有侍女走过来给她撑伞，她才反应过来站得离檐下太近了，雨水都将自己的衣服打湿了。

"姑娘可是要出去？"侍女问道。

枫祈愣了一会儿神。她低头看着自己手中的盒子，对啊，她好像是要出去的，要去哪里？似乎是要去找昀泽的。

可是走到门口，她却没有办法迈出脚去。

她接过了伞，只是让侍女先下去，她自己处理就好了。

侍女走后，她依然没有挪动半步。

其实，昨天她就到了那里。

只是当她走到院子里的时候，看到昀泽抱着一个身穿白衣的女子，急匆匆地穿过庭院。那白衣女子甚是貌美,在他怀中轻笑道:"我又没事,我的伤早就好了,太子殿下何必如此紧张?"

但是昀泽却依旧冷着脸,看上去很是担忧:"大夫说你需要卧床多休息,不可随意走动,你怎么偏偏不听呢?若是伤口又裂开,那该当如何?"

白衣女子也不辩驳了,抿唇一笑,靠在了昀泽的肩头。

那白衣女子忽然转过脸来,看到一袭紫衣的枫祈站在花树下,似乎正在看着她,她有些好奇地"咦"了一声。

昀泽见她神情有异样,于是停下脚步来,问道:"怎么了?"

白衣女子转眸看着他笑了,随后伸手往远处一指:"那儿有个人在看着我们。"

昀泽转过身来,可是花树下空荡荡的,哪里有什么人影呢。

"又胡说。"昀泽说着,便没有再做停留,直接进了房间。

枫祈不知道自己是怎么回到住处的,只觉得一脚深一脚浅的,仿佛坠进了梦中。

她关上了门,捂住耳朵,缩在床榻上。外面艳阳高照,此刻的她说不出来地冷,身体微微颤抖。

她也不知道自己究竟怎么了。

在看到那一幕之后,她几乎是落荒而逃的。

她觉得自己很难过,甚至很生气,但是又觉得生气难过得毫无道理。

她想哭,可是又固执地强忍着不让自己哭。

她觉得自己很懦弱,在这一刻,她甚至有些讨厌自己。

为什么要逃呢?

为什么要难过呢?

为什么要生气呢?

为什么现在要这样躲起来呢?

她在心里一遍遍质问自己,她究竟有什么立场去这么做呢。她不要这么做,不该这么做,这样会让自己很丢脸。

可是到了后来,她忽然发现,原来自己这么难受,是因为她喜欢昀泽,很喜欢很喜欢，比她想象中的还要喜欢，只是原来他不喜欢自己，或许喜欢的是别人。

她从来没有想过，有一天昀泽会喜欢上别人。

想来也可笑，就算与昀泽相处的那三年，昀泽没有喜欢过任何人，那也并不意味着他以后不会喜欢别人。

这三年来，昀泽所有的欢笑与关切仿佛都是与她在一起的，她自己都没有意识到，她开始习惯，觉得本应该如此。当他那样的笑颜与关切开始对另外一个人展现的时候，那一刻，她是嫉妒的、是气恼的，仿佛被人夺走了她最心爱的、最能让她快乐的蜂蜜罐子。

可是，她又不喜欢自己有这样的心绪，很不喜欢。

所以，她在这一刻选择躲起来，把内心里突然冒出来的毒蛇好好地关在这里，那条毒蛇也不会去伤害任何人。

后来，枫祈打听到，昀泽在路上遇上了这个白衣女子，昀泽着急赶路，没有同原本的队伍一起走，没想到在半路上遇袭了，是这个白衣女子救了他，替他挡了一刀。所以，这白衣女子便与昀泽同行了。

这女子伤势过重，昀泽还特意放慢了脚程，又担心她的伤得不到很好的医治，不过幸好已经离边境很近了，便星夜连程，带她来到北靖府治伤。

来到北靖府，都是昀泽亲自照料她，对她很是细心。

枫祈知道此事后，只觉得脑子木愣愣的。

她叹了一口气，告诉自己，白衣女子是昀泽的救命恩人，他对其多加关照，并不过分，有什么不可的呢？

当时的情形听起来就很危险，昀泽是她最好的朋友，他一路无事，平安到达，比什么都重要，自己不先去探望，却是去在意那些事情，想来真是令人羞愧。

所以，今天一早，枫祈便带着早已准备好的补品和伤药，准备送过去，想着若是能够有一点用处也是好的。

可是刚一出门，天就开始下雨了，她就停在这里，没有再往前走了。

看上去似乎是这雨阻挡了她的脚步,实际上只有她自己知道,是她的心,还有些胆怯。

她还没有想好,真的去到了那里,自己又该以怎样的方式面对现在的昀泽,还有那位白衣女子。

就在这时,靖王殿下却冒着雨过来了。他看到枫祈站在廊下,于是撑着伞也走到了廊下。他望了望枫祈手中的盒子,说道:"我听人说你在筹集上好的补药,便知道你定是为了昀泽的事情吧。我知道你与昀泽在京中是好友,但是你也不用太着急,他没事的,他从小福泽深厚,虽然遇上了一点小波折,但是没有受伤。也是怪我,若是我没有去幽灵谷,就不会出事,他也不会因为着急而不跟着大部队走,只带了几个随从就赶往边境,自然也不会遇到那样的事情了。"

枫祈一怔,原来昀泽匆匆赶来,是因为幽灵谷的事情啊。

她心中又开始后悔起来了:"靖王殿下,此事是我不好。我们原本已经脱困了,是我写信给他故意吓唬他的,不然他不会这么着急往这里赶,自然也不会遇险。"

听着枫祈这般说,靖王一惊。随后他上前了一步,往四处看了一眼,只是说道:"枫祈,这话你以后莫要提起了。昀泽也没有向任何人提起过,如果让有心人知道,对你并不好。有些责任不是你能担当得起的。"

枫祈点了点头,她知道靖王殿下是为她好,可她还是很内疚,只是低着头。

"好了,不要多想了,不是要去看昀泽吗?我们同去吧。"靖王说道。

枫祈想着这样也好,靖王来得正是时候,她不会觉得一个人去有些尴尬了。

只是,到了昀泽的住处,却不想鎏云长公主也在那里。

鎏云长公主刚好从内殿转了出来,她淡笑着看着昀泽,心中似乎早已了然:"没事的,人恢复得很好,你不用这么担心。"

昀泽看着鎏云长公主那似有深意的目光,有些尴尬,只是说道:"并非姑姑所想的那样,只是⋯⋯"

"好啦，你不用同我解释这么多。这些日子以来，你也很辛苦，要多加注意自己的身体才是。"鎏云长公主看着他，叹了一口气，倒是有些心疼他，这些日子以来，他都憔悴了不少。

昀泽没有再说什么，只是一抬手："那，我送姑姑。"

可是，他刚一转头，便看到了枫祈和靖王站在门外。他眼睛一亮，快步走上前来："皇叔、枫祈，你们怎么来了？"

靖王温和地笑道："听说你这里出了事，本应该早点过来的，可是我之前有事外出了，今天早上才回来。怎么样，你还好吧？那位姑娘也还好吧？"

昀泽对着靖王说道："我一切都好，那位林姑娘受了一些伤，姑姑已经给她看过了，没事的。倒是你们，我听说这边出了事，皇叔、枫祈你们还受了伤。"

说到这儿，昀泽满是忧心地望着枫祈和靖王，见他们完好无损，这才稍稍放下心来。

此时，鎏云长公主也走上前来。

枫祈先是给鎏云长公主行过礼，这才对着昀泽说道："多谢太子殿下记挂，我倒是没有什么，只是靖王殿下受了伤，不过现在已经好了，太子殿下也不必太过忧心。"

靖王笑着摇了摇头，表示自己也没有什么大碍。

鎏云长公主看着枫祈手中的木盒子，枫祈这才反应过来，连忙说道："我不知那位姑娘伤势如何，所以也不知道该带些什么过来，因此便寻了一些伤药和补药过来，看看能不能派上什么用处。"

鎏云长公主向来随和随性，平日与人相处时，便没有半点架子，她笑盈盈地接过了枫祈手上的木盒，说道："我看看吧。枫祈姑娘，还真巧了，虽然说他已经恨不得把全城的药物都寻来，但这几味药材我那儿也没剩下多少，正好是需要的。"

这些药材是枫祈连夜从临渊部寻来的。

鎏云长公主抱着木盒子，笑道："东西交给我，你们就在此处说话吧，我先去配药好了。"随后她望着昀泽又说，"你放心，保管你那位林姑娘过几日便活蹦乱跳的，省得你像个跟屁虫一样，跟在人家姑娘后面小心照顾着。"

昀泽面色一窘，想要说什么，但是鎏云长公主已经没有再给他机会，率先离开了。

靖王在一旁，有的事情倒是也看得明白，不过见昀泽的神情有些尴尬窘迫，便只装作不知，拉着他到内堂说话。

三人在内堂里说着话，昀泽只是询问究竟发生了什么事情，靖王将幽灵谷的事情大致与昀泽说了。昀泽听着，脸色越发不好了，他皱着眉头，似乎因为极力的隐忍，紧抿着唇。

在昀泽看来，事情似乎要比枫祈在信中写的更为危险，这些贼匪现在还能嚣张至此，实属不把大渝放在眼里。若是不打击这股气焰，恐怕他们还会继续生事，一旦壮大，怕是会祸乱边境的安宁。

对于这一点，枫祈也有疑惑，不过阿姐同她说过，这边境原本地广人稀，洛和大王的那些残部四处流窜，其实很难抓到，将其围困，一网打尽。况且不止残部，还有其他的流寇。

若是集结过多的兵力，他们便溜得没有影了，大军消耗过多，实在是不太划算，但是人手不够的话，又常常会吃了他们的亏。

所以北靖府只在重点的要道上设置防守，保护商道，以免他们袭击，这样把伤害和人力降到一个平衡状态。然后，再派出探子四处跟踪查探，一旦发现那些残部的巢穴，官府便与边境部族分区域重点围剿。

这些残部，虽有隐患，但是终究成不了太大的气候。

靖王又与昀泽说了一会儿，有护卫来通报，说是需要靖王去处理一些事务，靖王便没有再停留，离开了昀泽的小院。

如今只剩下昀泽和枫祈还在此处，枫祈想着方才鎏云长公主说的话，昀泽这几日都没有怎么休息过，便也不想再打扰他。她站起身来，只说自

/ 113

己也要回去了。

昀泽没有说话，只默默地跟在她的身后，一直将她送到了庭院里。走到庭院前的花树下时，昀泽突然拉住了枫祈的手臂。

枫祈一愣，站住了脚，有些疑惑地问道："怎么了？"

"你来了北靖府，怎么也不告诉我？"昀泽看着她，没有责怪，倒是有几分失落。

枫祈双手抱在胸前，故作生气地说："你来了，还不是没有告诉我呢。"

昀泽叹了一口气，想要说什么，但只是说了一个"我"字，便再也没有说什么了。

两人就这么静静地站在庭院里的花树下，雪白的花瓣坠落在枫祈的肩头，昀泽抬手轻轻地将她肩上的花瓣拂去。

昀泽看着她，眸中温柔，轻声道："不管怎么说，你没事就好。"

枫祈突然心里有些难过，她抬头看着昀泽，正准备开口的时候，忽然听到了身后传来一阵轻轻的咳嗽声。

枫祈一转头，便看到那位林姑娘披着一件蓝色的斗篷，倚靠在门框前，看着他们。

枫祈目光一颤。

昀泽微微皱了皱眉头。他看着那位林姑娘，每次一看到她，心中就有一种奇异的感觉，一种想要怜惜保护她的感觉。他似乎想立刻走到她的身边去，但他也不知道自己究竟是怎么了。

但是这一次他却站在原地。他紧紧攥着拳头，这样的克制让他的心头难受起来，可是他依然没有过去，只是招呼侍女，扶着那位林姑娘回房去歇息。

那位林姑娘在门口站了一会儿，便带着浅浅的笑意走了过来。此时她身体还有些虚弱，并没有办法好好走路，还有些摇晃。

就在枫祈想要走上前去扶住她的时候，昀泽已经快步走过去，扶住了林姑娘的肩膀，慢慢地将她带到一旁的石凳处坐了下来："你还没有好，姑姑才给你看过,你怎么又出来了?"

枫祈也走过去,站在风口处,替林姑娘挡着风,这位林姑娘看上去很是柔弱。

但林姑娘还是忍不住地咳嗽。过了一会儿,她方才抬起头来笑道:"总在房间里怪闷的,就想出来走走,其实已经好多了,你不必担心。这位姑娘是?"

林姑娘望着枫祈。

枫祈对着她微笑道:"我叫枫祈,是临渊部族的。"

林姑娘也笑了:"我姓林,你叫我春禾好了。"

这林姑娘的性子,真是温柔。枫祈不由得对这位林姑娘有了几分好感。

春禾对着枫祈抿唇一笑:"方才我在内屋里,听到身边的侍女说,你送来了不少药材,多谢你费心了。"

枫祈摇了摇手:"这没什么的,能用上就好。"

春禾又是一笑,她的脸上似乎永远挂着这样的笑容,对谁都是这般亲切:"我昨日好像就看见你了,就在庭院里,但一转眼你就不见了。我还以为是我看错了呢,今日一见,果然是个见之难忘的大美人。"

说起昨日之事,枫祈却是心中一慌,开始紧张起来了。

原本她是不想让昀泽知道她来过的,现在被当场挑破,她有些慌乱,一时间竟然不知道该怎么应对。

一旁的昀泽却开口说道:"枫祈是我的朋友,素日在京城的时候便是最讲义气的,为人也最热心,可是她最好面子,所以,她定是匆匆忙忙地给你准备药材去了,不然两手空空地过来,怕是不妥。"

枫祈一愣,她没有想到昀泽会给她解围,也没有想到昀泽是用这样的理由给她解围。

昀泽则是看着又渐渐起风了,伸手替她拢了拢披风,说道:"外面风大,别在外面坐着了,当心对身体不好,我送你回去吧。"

说着,昀泽就又要来扶春禾。

春禾扶着他的手臂,站了起来,说道:"枫祈姑娘还在这儿呢,太子殿下,你先去招待枫祈姑娘,我自己回去就好。我怎么会像你想的那般,好像一阵风就能吹跑似的。"

枫祈吸了一口气,挤出一丝笑意来:"林姑娘,你身体要紧,我正准备走呢,你不必顾及我。"

昀泽没有看枫祈,只是望着春禾说道:"你看,她也这么说了,你不必客气,赶紧回去吧。"

昀泽扶着春禾回去了,枫祈在原地站了一会儿,也离开了。

二

回来之后,枫祈先是传信给临渊部,向阿姐再讨要一些药材过来,之后便是坐在房间里,神情恍惚,她也不知道自己在想什么,只觉得心里有些空落落的。

到了晚上,她好不容易才昏昏沉沉地睡着。

半夜的时候,有一个人影走了进来。那人在她的床头点了迷香,过了一会儿,才掀开帷帐,将枫祈的手臂从被子里拿了出来。

那人影蹲下身,从怀里掏出了一个瓶子,在枫祈的手臂上划开一个小口子,随后将什么东西倒在了枫祈的手臂上。

过了一会儿,那人才将枫祈的手放回被子里。

睡梦里,枫祈微微蹙了蹙眉头,似乎觉得有些不舒服,可是她却没有醒过来。

就在这时,屋里又进来一个人影。那人蒙着脸,身着夜行衣,个头高大,看着是个男子的身影。

而方才进来的人影,站在他的身旁却要娇小不少,是一个女子的身影。

那黑衣人看了一眼床头的迷香,只是问道:"你对她做了什么?"

那女子声音清冷:"没什么,不过就是情人蛊而已。"

若是枫祈现在醒着,必定能够听出来,这声音就是春禾的,她的声音虽然没有变,可是与她白日里的语调相比,却完全不是一个人。这个人的语调里,是冷漠,是冰寒,还带着几分云淡风轻的残酷。

黑衣人压抑着心头的不快:"情人蛊?哪儿来的?"

春禾叹息了一声,不过语气间却带着几分沾沾自喜:"想不到吧。我在鎏云长公主的房间里找来的,你也知道,她的房间里蛊物最多了。偶尔遗失一些,或许她自己都很难发现呢。只是我竟然在她的房间里找到了那么难寻的情人蛊啊。"

说到后面,她忽然轻笑起来。

黑衣人沉声道:"你这么做,就不怕主人怪罪?"

春禾对此说法嗤之以鼻:"怪罪?但是那已经不重要了,因为我也是在执行任务而已,任务能够成功才是最重要的。还有,你最好记住一点,我没有主人,你才有主人,你不要把你的那一套套在我的身上。"

黑衣人沉默了片刻,他对于春禾这副口吻倒是有些习惯了,只要任务能够达成,他是不怎么在意对方究竟是什么样的脾性。

不过,黑衣人似乎并不相信她的说辞:"你说你是为了完成任务?"

春禾淡然道:"我原本是不想动手的,可昀泽实在是太不对劲了。女人的直觉,他一直在我面前想要淡化他跟这个枫祈的关系,可是他做得实在是太刻意了。他是个聪明人,可是偏偏在感情上,太过青涩了,还没有学会该如何去掩饰自己的爱意,让人一眼就瞧出不对劲了。我付出了那么大的代价,为了设局,差点连命都搭上了,怎么可能让此事功亏一篑,所以,我才过来动一点手脚。"

黑衣人有些诧异:"他不是中了魅术了吗?"

提到此处,春禾的口气越发冷厉起来:"是啊,不光是魅术,还有情人蛊呢,在这样厉害的东西加持之下,他竟然还是对其他人动心动情。这可真是有意思得紧。这般定力与控制力,不愧是未来的储君。"

房间里,顿时安静下来。

过了一会儿,那黑衣人说道:"你的意思是太子已经开始怀疑你是蓄意接近他了吗?"

春禾道:"可能吧,是有那么一点怀疑。那个位置上的人,对于所有靠近他的人,都保持审视的态度,总是会保持一点戒心的。他对我保留一点戒心,这并不奇怪。不过,我有法子化解,再加上这情人蛊会发作,魅术也会越发让他沉沦,他便不会再有怀疑了。不过,就算他怀疑也没什么了不起的,人毕竟是人,只要想活着,就摆脱不掉这具肉体,他的身体会比他的意志更快地崩溃沉沦。"

对于这一点,春禾倒是很自信。

"但愿吧。"黑衣人说道。

不过这情人蛊,还有一个名字叫作蝶恋花,分为"蝶蛊"和"花蛊"。被种下蝶蛊之人会痴恋被种下花蛊之人,看样子,这枫祈被种下的应该是蝶蛊。黑衣人问:"那么另外一只蛊虫呢?你下到了谁的身上?"

"这个嘛,你就不需要知道了。"

两人走出了枫祈的房间,轻轻翻墙跃出了枫祈的小院。

春禾在跳过墙头的时候,似乎是牵到了旧伤,她皱着眉头,脸色也有些苍白,只是抬手去扶住墙壁,低声骂道:"该死的,竟然下那么重的手,简直是差点要了我的命。"

黑衣人望着她,叹了一口气:"不过却是值得的,不然怎么能够骗过太子。"

春禾目光一寒,冷哼了一声:"刀没有砍在你的身上你当然不会觉得疼了。不过嘛——"

正说着,春禾眼神忽然柔媚起来,她伸手想要去触碰黑衣人的面巾,却被黑衣人躲开了。她心中冷笑:"我们都是自己人了,为什么你却从来不让我看你的面容?怎么,怕我出卖你?"

黑衣人一顿:"不是,我相貌丑陋,不喜欢别人看我的脸而已。"

春禾却摇了摇头,倒也没有再同他纠缠此事:"不对,我总觉得你不是怕我认出来,而是怕这北靖府的人认出来,那就说明,你是官府中人。别这么看着我,一个人就算是蒙住脸,也很难改掉他的习性,更难彻底抹掉他身上的烙印。"

春禾挑破了黑衣人的身份,在黑衣人的眼神中,她得到了满意的答案。特别是看到黑衣人眼中闪过几丝担忧和惊惧,她就越发愉快了,起码让他明白别想过多地控制她，有的时候对她的态度好点，她可不是什么傻子、软柿子，所以她没有再理会黑衣人的目光，转身就要离开。

就在她走之前，黑衣人冷声在她身后说道："一个人可以聪明，但是切记，莫要自作聪明。"

春禾心中微微一颤，不知道为什么她背后竟然有些凉飕飕的，毕竟她常年习武，总是能够很敏锐地察觉到背后的杀意。这样强烈的杀意让她忍不住有些害怕，但是她依旧没有回头。那是另外一种心理上的较量，对方绝不敢在这个时候杀她，就算他功夫比她强上百倍，杀她也是易如反掌。

一个人露了杀机，拔出了刀，却不敢让这刀口见血，那就已经输了一筹。但是她也没有选择做出触怒他的事情，那并不明智。

看着春禾一路离开，那黑衣人都没有下一步的动作，不过他清楚地感受到刚才女人的气息乱了，她在害怕。

一个人还会害怕，那还不至于无药可救。

随后，黑衣人也离开了。

庭院里，又恢复了先前的静谧。

枫祈直到第二日快晌午的时候才醒了过来，她醒来的时候，很疲倦，浑身酸痛得厉害，仿佛跟人打了一架一样。她起身梳洗之后，又吃了一些东西，精神头方才恢复过来。

不过，她刚一起身，便收到了临渊部送来的药材。阿姐他们收到消息之后，不知道枫祈有什么急用，将东西都搜罗来，便立刻送了过来。

枫祈拿上东西，想着先去药房找鎏云长公主，这个时辰，鎏云长公主想必在那里吧。

一路走下来，她的头却是晕晕乎乎的，说不出来的难受。她也不知道自己究竟是怎么了，难道是生病了？她忽然眼前一黑，摔倒在地，失去了意识。

等她醒过来的时候，却发现自己被人抱在怀里，正急匆匆地往前方走。

枫祈有些迷迷糊糊的，一抬头却看见原来是靖王殿下。

/ 119

"靖王殿下。"枫祈低声道。

靖王发现枫祈已经醒过来了，便停住了脚步。他眼中尽是焦急，他路过那里的时候，发现枫祈晕倒在地上，面色惨白，把他吓了一大跳。他抱起她来便跑，如今看见她醒过来，他方才稍稍有些安心："你醒了？你怎么样，感觉好些了吗？你晕过去了，我带你去看大夫。"

枫祈点了点头："殿下，你先放我下来吧。"

靖王犹豫了一下，才慢慢地将枫祈放了下来，扶她坐到一旁，歇息着。

说来也奇怪，枫祈方才还觉得很难受，可是此时靖王只是在她的身边，竟然让她通体舒畅起来。她抬眼望着靖王殿下，那一刻忽然心脏急跳起来，又是一阵晕眩，不是难受，而是内心深处也产生一种奇奇怪怪的酥酥麻麻之感。

靖王看她似乎有些坐不稳，以为她还很虚弱，怕她又摔倒了，伤了自己，他连忙走过来扶住她，枫祈却是顺势靠近了靖王的怀中。

靖王的身子一僵，那一刻他有些愣神，不过也没有挪动身体，任由枫祈这么靠着。

枫祈只是靠着他，靖王身上有一种清清淡淡的沉香，她从未发现，那样的味道如此好闻，竟然让她有些眷恋和贪恋。她残存的理智告诉自己这么做实在是不妥当，但她却抑制不住自己内心深处的那种欲望。慢慢地，她对内心的欲望似乎开始妥协了，任由那欲望像是野草一般疯长着。

她张开双臂，环住了靖王的腰，将他抱得更紧了一些。

靖王呆住了，他低头看着微微皱着眉头、带着几分任性的她，她好似孩子在撒娇一样，安心地靠在他身上。原本他想要推开她，因为这么做实在是有些失礼，会坏了一个姑娘家的名节。

可是就在他拉住枫祈的臂膀的时候，却无论如何也没有办法推开。她看上去似乎有些不舒服，这么靠着他，可能会让她舒服一些。

他的手又缓缓地放了下去，他拉起斗篷的一角来，替她遮挡住炎炎的日头。

时光仿佛静止了一般。

靖王眼眸如水，这是他第二次能够这样近距离地凝视她，他嘴角漫起了一丝温暖的笑意。

"皇叔。"

三

靖王转身，却看见昀泽不知道什么时候来到这里。

昀泽身着一袭蓝色锦衣，站在日光里，越发显得清贵挺拔。

昀泽目光看向枫祈，有那么一刻失神，直愣愣的、空茫茫的。

靖王看到昀泽，觉得有些奇怪，只是问道："昀泽，你怎么在这儿？"

昀泽这才将目光收回来，他望着靖王，走上前来，说道："我过来找姑姑。"

"那位林姑娘又出事了吗？"靖王下意识地问道。

北靖府的人，虽然嘴上不说，但大家似乎都默认了太子昀泽与那位林姑娘关系匪浅。

昀泽一怔："不是她，跟她没有什么关系。枫祈怎么了？我怎么觉得她好像不大好。"

昀泽站在这里多时，又与靖王说了那么久的话，可是见枫祈还是抱着靖王，闭着眼睛，他觉得有些不太对劲。枫祈的性子虽然跳脱，但是绝不可能在人前这般失礼，他有些担忧。

靖王也有些担心："我今天在路上遇到她，见她晕倒在地，我正准备带她去鎏云长公主那里瞧瞧，可是中途她醒了过来，还是有些不舒服。所以，便在此处歇一歇。"

"晕过去了？怎么会如此？"昀泽倒是有些着急了。枫祈的身体向来健壮，怎么会发生这样的事情呢。

就在这个时候，原本还晕乎乎的枫祈睁开眼睛。方才她抱着靖王的时候，觉得整个人说不出来的舒坦，她觉得自己好像沉沉地睡了一觉。在抱住靖王之后，她的那段记忆仿佛被清空了一样，她什么都想不起来了，只觉得像是躺在云朵里，随着风飘了很远很远。后来依稀听见有人在说话，她才

/ 121

渐渐回过神来。

枫祈这才松开了靖王,她转眼看见昀泽不知道什么时候也来到了这里。她揉了揉额角,有些摇摇晃晃地站起身来。靖王张开手臂护在了她的身后,生怕她摔倒。

昀泽站在一旁,这一幕落在他的眼中,竟然烫得他的心有些生疼,他眼眸一颤。

枫祈看了看靖王,又看了看昀泽:"太子殿下,你也在这儿啊。"

昀泽看着她,嘴唇有些发白,额角还有虚汗,只是温言道:"你看上去还很糟糕,不如去姑姑那里,让她给你瞧瞧吧。"

靖王看着枫祈,面色也不好,也劝道:"昀泽说得对,你别逞强,还是去看看比较妥当。"

随后,没有等枫祈回应,靖王便命自己的亲信随从去传辇来。

枫祈觉得这样有些不大好,她坐在辇上,而两位殿下跟在辇后。靖王和太子执意如此,她也觉得身体不怎么舒服,便没有多说什么。

这时,她突然想起来,自己之前带来的那个装药材的匣子不见了。她有些着急,只是问道:"靖王殿下,你可曾看到我的那个小匣子了吗?就是我在晕倒之前,抱在怀里的那个。"

靖王笑道:"见着了,当时我走得急,没有顾得上,后来命人将你的匣子送了回去。是有什么贵重的东西吗?我瞧着你在晕倒之后,还将它抱在怀里。"

枫祈说道:"也没有什么,就是药材。那天我听公主殿下说,正好缺这些药材,所以去搜罗,送了过来。"

昀泽听着她口中的话,有些生气,原来她竟然是为了这件事情晕倒在路上的。

他语气不大好,只是说道:"北靖府要找什么没有,你何须去费心,管那些闲事。"

不过这话落在枫祈的耳朵里,气得她有些想落泪,她明明只是想要帮忙,可是如今怎么又成了她的不是了。她又想起那天在花树下的对话,昀泽处处维护那位林姑娘，似乎生怕自己惊扰到对方一样，原本已经缓和下去的情绪，如今又一股脑地全部涌了上来。

枫祈心里憋着一股气，正无处释放，说话的时候，便有些怪声怪气的："太子殿下，我这个人可能不是生来热心，就是爱管闲事，有的时候管起闲事来，也没个轻重。若是一不小心得罪了太子殿下，还望太子殿下多加海涵。"

说罢，枫祈将帘子一放，不看昀泽，也不理会昀泽。

昀泽也不知道她怎么突然就来了脾气，明明自己是在说让她多注意自己的身体，也不知道她把这话听岔成什么。

他的话堵在喉咙里，想说什么，又怕她会错意。她如今身子不好，要是再郁结于心，伤了元气，又该如何。可是不说出来，他又难受得脑子发胀，还怕她继续误会。

几番张口之后，昀泽还是把话咽了回去，低着头，一个人闷闷地跟在一旁。

靖王只觉得他们两个之间气氛有些微妙，一时间也捉摸不透其中的原委。他也没有多想什么，只是不想让气氛太僵，问道："你第一次离开皇城，还走了那么远的路，这一路巡查边境，可觉得辛苦劳顿？可觉得不习惯？"

昀泽说道："若说辛苦，是比我在京城的时候辛苦，但是比起皇叔你，还有镇守边境的万千将士来说，又怎么能够相提并论。身为谢氏儿孙，我倒是希望自己能够增长见识、磨砺心性。此番出来，我感悟良多，以前总觉得自己听老师们讲学，世间之事知之甚多，现在只觉得自己要学的东西还有很多。"

靖王听他这么说，倒是很欣慰："庙堂之高，江湖之远。不走尘世路，不知尘世苦。虽说在京城你有最好的老师为你讲学，但是总不及你亲自来瞧瞧，知晓江山不易，守业之艰，后世儿孙，定当多多勤勉，多加珍惜。你如今有此心，是我大渝江山之福、社稷之福啊。你也没有辜负你父皇的期许，这也是皇上让你出来走动走动的目的。"

昀泽道："皇叔说的是。说起来，这北境虽然最大的隐患已除，但是这些流窜作案的贼寇依然不能轻视，对边境百姓安宁依旧是一个威胁。况且这一次，他们竟然连皇叔都敢下手，可见完全有恃无恐。我怀疑这背后或许有什么人支持他们，不然光靠抢劫掠夺，怎么会有如此声威。"

说到此处，昀泽更是忧心忡忡起来："近日，我翻阅卷宗，倒是发现他们行动起来极有章法，训练有素，而且他们的兵器、器械还很精良，完全不是流匪的样子。我觉得这股势力，并非像我们表面上看到的那样简单，不能放任不管。"

靖王对此倒是并没有反对，他的神情也很是忧心："昀泽，你的话一点没有错。只是不知道你是否听过流传在北境的一个传说，关于北境曾有王者，秘密修建过几处藏兵之所，就是为了防止变故，将来能够东山再起。我之前遇袭的幽灵谷，那里号称'地狱之门'，便是其中之一。这个传说一直都有，真正知道究竟有哪些地点的却寥寥无几，一直是一个谜团。到了前几日，我才证实，确实有这样的地方。所以，我想着那洛和流窜的残军，他们或许就是找到了那几处地点，以此为据点，增强实力，这才让我们清剿变得难上加难。"

昀泽皱了皱眉头，心里暗暗觉得这事确实不好办，但世上又有几件事是好办的，不好办也得办。

关于皇叔提到的事情，他也有所耳闻，不过也是将信将疑的。

如今一看，似乎的确是有关联。

而且，他总觉得这一趟颇不太平，他半路遇袭这事便很古怪。他的行踪很是隐秘，提前来北境，知道的人甚少，但竟然有人能够提前伏击他，可见是有人不小心走漏了风声。

再者，那个突然出现的林春禾，昀泽并不相信她，哪怕她替他挡下了那一刀。

谁知道他们是不是早有预谋，以此蓄意接近。

那女子行事也甚是诡异，昀泽自问一向克己守礼，能够自守自制，但是在那个女子面前，好几次都差点难以自持。

这实在是让人难以想通。

可是在不用面对她之后,他又发现自己对林春禾,并无半点旖旎之心,只有当她出现在自己面前的时候,才会一直出现那些古怪的念头。

他曾经怀疑是不是下了药物,可他发现平日里的吃食并没有异样。后来他又想到这江湖之中,有不少可以控制人心的歪门邪道,他或许一时间还没有办法得知。

总而言之,这一切实在是太不寻常了。

所以,为了此事,他也安排了人秘密去查探。

这人就是随他而来的顾知鞍。

这次,知鞍随他一起来的。知鞍聪颖过人,才能出众,文武双全。知鞍虽然年轻,阅历尚浅,但若是论起办事能力、机敏程度却极为优秀。假以时日,昀泽觉得他相比起那些老手来不遑多让。所以,他也有意放知鞍出去增长阅历,将来好委以重任。

而且知鞍自小便在他身旁伴读,他知根知底,若是要派一人潜入到这里查探,知鞍或许很合适。一来知鞍是生面孔,二来知鞍的家族出使关外甚多,他自小耳濡目染,他以前还跟着舅父他们走过几趟,又多有历练,在这个地界,顾家也有找寻向导的门路,所以很多情况,他也比旁人更加了解。

基于这样的缘由,昀泽便把知鞍派出去探查情况了。

在步辇里的枫祈,听着他们在外说话,她的心越发沉了下去。

靖王和太子的怀疑并不无道理,只是靖王以前以为那样的藏兵之所是传闻,如今得以证实,而且这证实的人就是他们临渊部的人。

临渊部是北境众多部族中的一个,而且枫祈来到这里之后,一直听到的就是北靖府与临渊部往来甚密,很得信任,而临渊部也是对北靖府忠心耿耿的。

但尽管如此,临渊部也向北靖府隐瞒了此事,可见这些部族里,私下或许还藏着不少秘密,说不定会引人怀疑他们与洛和大王的人在暗中联络。

毕竟,当时靖王虽然平定了北境,打败了洛和大王,各部族归顺,朝廷为了避免扩大牵连,那些曾经与洛和大王为伍、对抗朝廷的部族,在归顺后,也并没有被追究。

这些部族当中,有的是受到了洛和大王的胁迫,有的却是真的在为虎作伥,想要依靠洛和大王的势力,欺压各部族,谋取利益。对于这部分人,在大渝打败洛和大王之后,虽然没有追究他们,但是他们的日子并不如洛和大王还在位的时候滋润,甚至是远远不如,他们心中因此不满,想要这北境重新回到他们的势力范围之内,也是极有可能的。

如今,不管靖王和太子怀不怀疑临渊部,他们临渊部都是难以洗清嫌疑的,也是牵扯其中的。

枫祈想着,有的事情还是要找机会说清楚,否则日后一旦出现变故,或者受人挑拨,遭殃的便是临渊部了。

这北境的和平实在是来之不易,枫祈同靖王和太子的想法是一样的,就是要稳定住边境,维护这来之不易的安宁。

说话的时候,他们已经来到了鎏云长公主的门外。

不过,鎏云长公主似乎是外出了。

鎏云长公主向来喜欢蛊虫之类的东西,听闻北境之中出现了一种奇怪的虫类,似乎已经在世上绝迹多年了,今天一早,她便着急出门去看看,生怕又错过了。

对于鎏云长公主这样的做法,其实靖王和太子早就已经见怪不怪了。

这世上的人,总有属于他们的痴迷之物,旁人看来没有什么的,对于他们而言,却是极为重要的。

所以,现在看来,鎏云长公主一时半会儿也回不来了。

枫祈觉得自己有一点小小的不适,便来找鎏云长公主,已经有些小题大做,她自己也不太好意思,但又不好拂了靖王和太子的美意。如今公主不在,她倒是松了一口气。

现在歇了半天,她已经感觉好多了,觉得没有什么大碍了。

不过,他们两人还是坚持要让大夫瞧瞧。北靖府里的医官看了之后,只说是因为最近枫祈太过劳累,又加上天气干燥,有些动了火气,所以才会如此，只要做一些调理就好。

拿了一些补药，枫祈这才被他们两人放回去。

靖王一向事务繁忙，在这里没待多久，便又去处理事情了。

昀泽和枫祈便顺道回去了。

昀泽一直将枫祈送到了小院的门口。

昀泽站在那里，没有要走的意思。

枫祈站在门前，犹豫了一下，还是决定说道："昀泽，我有些事情想要同你说，你明日方便吗？"她一直记挂着今天的对话，觉得还是要把临渊部的事情同他讲清楚，只是她现在感觉头脑不太清楚，担心自己现在的状况没有办法将事情讲明白，所以还是等到明日再说吧。

昀泽点了点头，也不知道她想要说的是什么事情，不过他自己倒是也有一件事情想要同她说明："好。你明日过来吧。其实，我也有些事情想要同你说。"

其实这一路下来，他也想了很多，最近的事情，还是不能够瞒着她。在北靖府，旁人对于他与那位林姑娘的猜测他并非一无所知，原本他想暗中观察一下，这个林春禾究竟想要做什么，但是如今闹出了这么大的误会。

他不知道枫祈会不会也误会了，不过想来八成是误会了。

就像是今天她对他就没有说什么好话，对于这一点，他心里挺不是滋味的。他看得出来她在生气，只是生气的原因他不知道。不过，无论生气的原因是什么，总归来说，不要因为那件事情生气。

现在昀泽想明白了，那个林春禾无论她有没有目的，是真的好心救了自己，还是另有企图，就让此事到此为止，不要再有过多的牵扯，就算对方有什么目的，也难以达成。

如果不是另有企图，那么他该给酬谢给酬谢，该做报答做报答，也不要让她再待在自己身边。毕竟自己身边涉及诸多机要之务，带着一个来路不明的人，始终是不方便的。

枫祈见昀泽答应下来，心里松了一口气。

这时，她抬头正好对上昀泽的目光，又是那样专注温柔的眼神。

/ 127

枫祈有些慌乱，她现在不敢也不愿意多看一眼那样的眼神，只是别开脸，望着院子里那片花丛。

昀泽微微叹了一口气："进去吧，虽然没有什么大碍，但还是要多加休息。我看着你进去。"

枫祈没有多说什么，她紧了紧身上的披风，转身走进了内堂。

枫祈走进去了，昀泽还没有离开，他好像已经习惯了看着枫祈的背影。

枫祈一路走进去，都没有回头，不知怎么，他心里有些失落。

随后，他也离开了。

就在昀泽刚走的时候，枫祈从内堂急匆匆地出来，她手里捧着那个木匣子，想把这个东西给昀泽带回去，可是紧赶慢赶，还是没有赶上。

她今日也不知道自己是怎么了，总是心神不宁。

她望着方才昀泽站着的门口，如今空荡荡的，她竟然有种莫名的恐慌。

四

有的时候，岁月仿佛过得很慢，经年累月，都是一成不变。

可是有的时候，岁月却仿佛在弹指之间，将这天地倾覆，让人不知所措。

枫祈站在昀泽的小院子里，昨天约好了来见昀泽。

不过，这个时辰，昀泽似乎还没有起床。

这事说来也怪，昀泽这个人，在京城的时候，虽然有的时候好玩，但是从来没有像这样过，有赖床贪睡的习惯。

枫祈被侍女引到书房去候着他，因为昨天昀泽向她们交代过，如果她来了，自己若是有什么事出去了，便要留住她，让她在这里稍候。

对于等待，枫祈倒也没有觉得怎么样。

就在她坐在内堂的椅子上等待的时候，却听到外面有几个侍女在轻声议论着。

"我就说嘛，咱们对她客气些总是没有错的。"

"可是，她不是还养着伤的吗？怎么？"

"嘘，这种事不是你我可以非议的。"

"好姐姐，我也不是非议，我哪敢啊。只是现在，她的用度是否要比着规矩来。"

"虽说还没有名分，但看殿下的态度，自然是要按照规矩来的。"

枫祈在内堂，听得不是太明白，不过，这些事情，她也不好打听什么。

那几个侍女走后，枫祈又在书房里等了快半个时辰。

她坐着有些无聊，便准备到院子里四处转转，坐到一旁的花架旁。

昀泽从来没有过这样的情况，她想着是不是出了什么事情，便有些担心。不过，如果昀泽真的有要事要处置，那她多等片刻也没什么。

这时，一个脚步欢快的侍女拉着另外一个侍女急匆匆地走过，她们似乎并没有注意到被花架遮掩住的枫祈。

其中一人只是询问道："你那么急做什么？"

另一个侍女却是抿唇一笑，说道："自然是府中有喜事，就是那位林姑娘。昨夜太子殿下留宿，今天一大早，太子殿下从林姑娘处出来，便派人送了许多东西过去，连同周围的人都得了不少赏赐。我是同你好，才叫上你的，方才已经去了不少人了。晚了，可没份了。"

那侍女听完，也笑了起来："太子殿下待那位林姑娘情深意切，这是府邸的人都知道的事情，没想到这么快就有了好消息。想来也对，那位林姑娘最温婉和善不过了。"

两人一边说，一边笑着走了。

枫祈在一旁听得清清楚楚，可是又觉得自己浑浑噩噩的。

阳光照在身上，她却感觉浑身冷得厉害。这些话她好像听懂了，又好像没有听懂，又或者有那么一刻，她有些抗拒听懂。

过了好一会儿，她苍白的脸上方才有了血色。

是了，现在想起来，方才那几个侍女，还有现在这两个侍女说的，恐怕都是一件事情，昀泽想来也是被那件事情绊住脚了，所以才迟迟没有来书房。

她大脑一片空白，呆呆地在花架下坐了一会儿，这才又缓缓地走了出来。

可是当她一走出来，便看到昀泽也快步朝着书房的方向走了过来。

/ 129

枫祈身形一晃，她紧紧攥着拳头，手指甲都要嵌到肉里去了，才努力地让自己在再一次面对他的时候，还能保持平静。

枫祈啊枫祈，莫要忘了你来这里的目的，你是来说明关于临渊部的事情的。

她在心里一遍遍地告诫自己。

昀泽走到书房门口的时候，抬眼见到书房里空荡荡的，他觉得有些奇怪，一转身，就看到了枫祈站在庭院里。

他也没有说话，只是远远地看着枫祈，整个人像是一座石雕一样站在那里。

枫祈看不清他脸上的表情。

枫祈走了过去。

昀泽面色不豫，连眼神都冷冷淡淡的。

枫祈觉得有些奇怪，跟着昀泽直接进了书房。

枫祈一进书房，两人便面对面地坐了下来。

"方才有些事情要处置，让你久等了。昨日你要同我说的事情是什么？"昀泽倒是直接进入了正题。

枫祈说道："关于昨天在甬道上，我听闻你和靖王殿下谈论起幽灵谷的事情。北境的确有那么一个传说，就是当年的北境之王曾经修过屯兵之所，只是这些在各部族之间也像神话一般流传，谁也不知道真实的位置。靖王殿下遇袭，是我临渊部的阿林带着他进到一个洞穴里避难的，想必那个洞穴太子殿下应该已经有所了解了，那不是自然形成的，而是人工凿刻的。"

昀泽垂眸，细细思索了片刻："是，的确如此。"

枫祈接着说道："关于幽灵谷的传说，想必殿下你也有所耳闻。那处洞穴之前临渊部一直没有上报，并非对朝廷刻意隐瞒，而这也是我临渊部前几年才知晓的。那个时候洛和大王还在北境，我阿爹偶然得知了一处洞穴，原本是想着若是遇到危急情况让族人前去避难的。后来大渝平定了北境，北境如今安泰，那样的洞穴便再也派不上什么用场了。若是临渊部与洛和大王残部有勾结的话，我部的阿林也不会冒险将靖王殿下带进洞穴里躲避，随后还死在里面。"

枫祈没有隐瞒自己对昀泽之前的隐忧感到不安这件事情,而是直接说出来,明明白白地为临渊部陈情。

她想着与其拐弯抹角,不如开诚布公,大大方方,敞亮一些,这或许才是最好的方式。

以她对靖王和昀泽的了解,他们都是聪明公正之人,若事实如此,必定不会让临渊部蒙受冤屈。

昀泽也立刻明白了枫祈的意思,他只是望着枫祈:"临渊部除了幽灵谷,是否还知道其他类似的洞穴?"

枫祈摇了摇头:"不知道,只有这一处。而且这一处还不是全部的信息,我们也只探查到了这洞穴的一部分路径,有的通道我们也打不开,还有一些机关密室我们也是不知道的。因为探查那些实在是太过危险了,当初为了探清楚这部分,就已经牺牲了族中不少的人,所以能够找到足够让族人有躲避的地方就行了。"

昀泽点点头,其实他完全信任枫祈,但是平心而论,事情尚且没有完全弄清楚,说他对临渊部没有一点怀疑那也是不可能的。

只是他与枫祈在京城相识多年,枫祈为人正直刚毅,是一个识大体晓大义的人,所以他相信她会做出一些正确的决定,不会让她的族人因为受到蛊惑而被拽入深渊。

不过,就算他对临渊部有一点点的怀疑,但比起怀疑,他更加认为临渊部还是值得信赖的,因为这些年临渊部在北境的所作所为,他也是有耳闻的。

昀泽对着枫祈说道:"枫祈,此事事关重大,不可轻视,其中所蕴藏的危机,或许比你我想象中的还要大。北境安稳来之不易,事关万民福祉,我们当勠力同心,共同守护才是。如果北靖府有需要,希望临渊部能够尽力配合。"

枫祈郑重道:"这一点,你可以放心,北境生乱,绝非好事。如果有需要,临渊部一定会配合的。"

说完此事，枫祈心中有了底，她也稍稍能够安下心来。不过看着昀泽的神情，这件事情恐怕不会那么简单，她也需要打起十二万分的精神才是。

昀泽接着说道："但是，这件事情还需要严格保守秘密，我担心我们中间出现了细作，很多事情都被泄露出去了。所以，为了以防万一，必须严格筛选人员，不知你能不能来做临渊部与大渝之间的联络人。"

枫祈当即便答应下来："好，没有问题。"

既然此事已定，枫祈便准备起身离开。不过在离开之前，她又想起了昨日昀泽同她说过，有事要同她说，她只是问道："昨天，在我的小院门口，你说有事要同我说，究竟是什么事？"

昀泽呼吸一滞，目光黯然下去了。

原来有些言语，是有时间限制的，过了最合时宜的时候，便不能再说出口了。他不知道该怎么说出口，也不知道下个合适的时机何时才能到来。

只是既然今天已经做出了决定，那哪怕是剑雨刀霜、蚀骨凿心，也自当走下去。

他深呼吸了一口气，眼中似有哀戚之色，唇边似有苦笑："没什么，我只是想说，这些日子，或许将来的日子，会遇到许多危险。行远路，需多加谨慎小心，珍重。"

枫祈看着他，心头袭来一阵剧烈的痛苦，他明明什么都没有说，却让她感觉到似乎是在告别一般。她有一种强烈的不好的预感，有什么东西似乎真的在渐渐离她而去了。

枫祈只是轻轻地笑道："好，多谢，你也是。"

说完之后，枫祈半刻都没有再在这里停留，她怕自己在这里多待一刻，她所有的悲伤脆弱就要倾泻而出。

她不允许这样，绝对不允许自己在这里有如此的行为。

所以，她只能快些，再快些逃离。

昀泽望着枫祈远去的背影，眼中有泪光闪烁。

可是在他的泪光之下，却隐忍着更大的愤怒与决绝。

就在今天早上，他一觉醒来竟然是在林春禾的房间内，林春禾就躺在他的身侧，而房内的一切，无不昭示着昨夜的放浪。更可笑的是，他竟然半点记忆都没有。

而且，就在昨夜，知鞍与探查的卫队竟然全部下落不明，但现场有激战的痕迹，有人发现了死去多时的向导的尸体。那几具尸体都是不完整的，可见对方下手之残忍。

昀泽心渐渐沉了下去，知鞍现在怕是凶多吉少了，而且更让他感到毛骨悚然的是那封今天早上才送到他手中的求救密函。

那是知鞍送过来的，不过没有落款，所以没有人知道送消息来的人究竟是谁。

但是对方或许在那一刻知道有东西送进来了，就要送到他的手里了，一旦到达他的手里，或许会造成极其不利的局面。

所以，绝对不能让密函落入他的手中，让他去救知鞍。

昀泽推测，其实他们无法得知密函会通过何种渠道落入他的手中，最好的办法，就是让他丧失指挥能力，随后想办法截住密函，销毁密函，那么昀泽便不会知晓此事了。他们也有足够的时间去解决掉知鞍，毕竟昀泽对于知鞍的能力还是很信任的，知鞍岂会是他们这么轻易能够抓到杀掉的。

于是，这样一个计划就形成了。有人在他身上动了手脚，把他绊住了，就让他在林春禾的身边，让这封密函错失了送进来的机会。

就算他有所察觉，也不过会因为错失时机之后，迁怒林春禾，他们顶多弃车保帅而已。

好厉害的手段啊。

这北境看似一潭静水，可这静水之下却是如此暗潮涌动。

能够完成这样的计划，可见他的身边已经遍布了不少棋子，更加令人觉得可笑恐怖的是，他对于身边的棋子竟然一无所知。

所以，他一定要想办法将身边的棋子一颗颗地摸出来。

也正是如此，他更要留着林春禾，林春禾是他唯一知晓的棋子，他还需要靠着她来顺藤摸瓜，摸出背后的人来。这颗棋子，岂是它自己想弃就能弃掉的。

还有，他又想办法伪装成自己没有收到密函，故意露了点马脚，引他们将这封密函带回去，让他们以为自己成功截下了密函。这样也为知鞍争取了一点时间和空间，他们不必逼知鞍逼得太紧。

同时，他还为了保护枫祈。

想到枫祈，昀泽的心头又是一阵疼。

他也不知道是不是想多了，关于枫祈，他总是不能控制地想很多很多。他担心如果有人看出他对枫祈的情义，知道了他的软肋所在，会不会在无法对付他的时候，反而去针对枫祈。

他不敢想，如果有人抓住了枫祈，他会怎么样。

他绝对不能让那样的事情发生。

他不能让枫祈置于那样的危险之中，也不能让自己丧失理智与主动。

所以，他只能采取最后的方法，主动跳进对方为他挖好的陷阱。

至于枫祈，他只能派人在暗中默默地保护她，直到一切都风平浪静。

但是，枫祈是何等敏锐之人。她不可能对身边的事情毫无察觉，一定会嗅出其中的异样来，所以他要提醒她敌人的方向。

而且对于危险，既然已经无可避免地卷进来了，昀泽希望她能够提前警惕起来。其实昀泽让她做联络人，一来是出于信任与真心，二来虽不会真的立刻要她做什么事情，但他要她有事可做，一直处在警醒的状态之中，多加防范。

昀泽知道这很困难。

但是，他信他自己，也信枫祈。

一切终究可以过去的。

五

不知道为什么，枫祈觉得自己的心像是被戳了一个窟窿，有冷风灌了进去。

她突然之间，很难过很难过，难过无法顾忌自己现在还在外头，这来来往往的人，会不会看到她如今的狼狈之态，眼泪便落了下来。

今天早上她早早地就起来了，除了临渊部的事情，她总觉得昀泽想要跟她说的事情，其实也是很重要的，至少在她看来，对她来说很重要。她曾想过，他或许想要同自己解释什么。

可是现在，她觉得自己着实有些可笑，为那些自以为是的荒唐期待。

她心中难过，没有专心走路，在跨过门槛的时候，竟然被门槛绊倒，跌了一跤。

这一跤直接让她摔了出去，砸在地上，越发显得狼狈不堪。

突然的摔倒，让她的心情简直降到了冰点。她身上疼痛，一时间难以站起身来，所以便坐到了地上。

她的眼泪像洪水一般涌出来，再难以克制，她先是"呜呜"哭泣，随后痛哭出声。

有侍女从这里经过时，看到枫祈如此，很是诧异，连忙将她扶起来，坐到一边。她想要去传辇来，却被枫祈制止了。

枫祈不再理会她，只是低头流泪。

就在这时，靖王闻讯赶过来，看到枫祈这副失魂落魄的模样，先是一惊，随后让侍女退下，自己在这里陪着她。

靖王不知道她是怎么了，所以也不好安慰她，他拿出了手帕，递给了枫祈。

枫祈抬头看着靖王，泪眼汪汪。

"我摔了一跤，觉得好痛。我的手也摔破了，还在流血，膝盖也磕破了。为什么会这么痛呢？"枫祈像个委屈的孩子，她哭得泪眼模糊，眼泪大滴大滴地落下来。她摊开手掌，掌心已经破了皮，还流了血。

那伤口并不算严重，可是枫祈却哭得如此伤心、如此撕心裂肺。

这让靖王很是震惊。

仅仅是因为这个吗？

在他的印象里，枫祈不是那种会因为一点小伤就如此大哭的人，那只能说明，她的确是遇到了让她极为难过的事情，只是用摔倒来掩饰自己罢了。

看着她这般模样，靖王心中一阵疼痛。

靖王蹲了下来，轻轻托着她的手，替她吹了吹伤口，随后拿着手帕，仔细小心地替她包扎，像是哄小孩子一样："我带你去上药，上过药，伤好了，就不会疼了。"

枫祈此刻脑子一片混沌，她哭得有些累了，而且不知道为何，她看着靖王，昨日的那种晕眩感又袭来了。

她只是点了点头。

靖王低头，看着枫祈因为方才摔倒，膝盖处的衣裙也被磨破了，隐隐地，还看见有血渗了出来。

靖王看着那处伤口，有些不忍地皱了皱眉头，对枫祈说道："这里离你的小院不远了，我……我抱你回去，行吗？"

枫祈依旧觉得昏昏沉沉的，整个人像是坠落到一个深渊之中。这样的感觉让她有些害怕，她只是慌忙抓住身边可以抓到的一切。

枫祈紧紧抓着靖王不松手。

靖王很是小心地将她抱了起来，往她的小院走去。

可是，奇怪的是，这距离明明很短，但枫祈却在他怀里沉沉地睡着了。

她好像睡得很安心很安静，让人不愿惊扰。

靖王轻轻叹息了一声，他将她送回去躺着，又命侍女来给她换衣服，擦洗伤口换药。整个过程行为规矩而合乎礼节，没有丝毫的不妥之处。

靖王也没有在她的小院多做停留，送她回去之后，便转身离开了。

一路走回去的时候，靖王整个人也有些恍恍惚惚的。这些日子，他自己也不知道怎么了，总是会想起枫祈，想起那天晚上的山洞，想起她在月下起舞，想起她的一颦一笑。

他没有特意去探听她的消息，但总是忍不住去注意有关她的一切，想知道她在做什么，想知道她开不开心。

昨天她晕倒在路上，他看似恰好经过，可是难道不是他听闻她朝着那个方向走去，他竟然不由自主地跟了过去。

今日也是如此。

对于自己这样的心绪，其实靖王心中明白。

以前他认为现在并不是表达的好时机，但最近他忽然觉得自己或许不应该如此固执。他是一个对感情极为执拗又认真的人，总想等待着生活安稳一些再去想那些事情，可是如今发现，或许换一种新的生活，又何尝不可呢。

他抬头望了望天，只觉得天高云阔，心情舒畅。

靖王走后，枫祈一直在昏睡，许是太过劳累，她直到傍晚时才醒过来。

她吃了点东西，便命人搬了躺椅放在廊下，自己则是盖着薄被，躺在椅子上养神。

如今暮色四合，天色渐渐昏暗下去。

晚风徐徐，她的头脑却开始渐渐清明起来。

她回想着这几日的事情，总觉得哪里好像有些不对劲。

特别是她醒过来的时候，侍女说她是被靖王殿下抱回来的，那神态颇有些暧昧不清，还时不时地在她的耳边夸赞靖王殿下。

这让她心中一寒。

靖王殿下如天人一般，自然是千般好，这无须赘言，她一向是敬重靖王殿下的，也把靖王殿下当作自己最好的朋友。

只是，为什么这侍女胆敢将她与靖王殿下如此明晃晃地扯上关系，便不由得让人多想。

近日她被情感上的事情牵绊住了，倒是没有注意到自己身边的变化。

现在想来，应该是自己与靖王殿下有过几次亲密的接触，虽说那几次都是事出有因，可是旁人却并不会这么认为。

若是靖王殿下因为她的过失而引来旁人的闲言碎语，这着实令她愧疚难安。

不过，说来也奇怪，现在她想起当时的心境，竟然连自己都有些惊讶，因为当时她的确有一种莫名的、无法抑制的冲动，就是想要靠近靖王殿下，仿佛只有靠近靖王殿下的时候，才能够让自己身心放松、舒服下来。

那种感觉不像是发自内心的渴望，而是出于身体的本能。

这个念头，不禁让枫祈心头一颤。

倒是想起来一些旧闻，有的人会受到药物的控制，做出一些违背自己想法的事情。

她又想起今天早上昀泽跟她说的话，让她心里多了几分警觉。

昀泽说，这里会有细作，就在他们身边，需要万分小心。

敌人在暗，那么身边任何细微的变化，就不应该轻易地放过。

而且这种感觉出现的时间也很蹊跷。

那么是从什么时候她开始做出这样的越矩的事情呢？

枫祈又回想着，是从她第二次来到北靖府的时候，也正好是昀泽出事之后。

她挽起袖子，看着自己手臂上有一处浅浅的伤口，这是她在洗澡的时候发现的。

其实她平日里闹腾惯了，身上说不定什么时候就会出现一点小伤口，原本她也没有放在心上。

现在想来却觉得有些奇怪，这伤口究竟是怎么来的，什么时候留下来的？这看上去像是刀伤，但是从愈合情况来看，又好像是受伤之后，有人给她涂抹了什么药膏，让这伤口恢复得极快，以至于自己都没有怎么察觉到。

而且奇怪的是这伤口处出现了一些细细小小的线纹，这样的线纹不应该是被刀伤到留下的。

虽然现在还说不好其中有什么联系，但想来这刀伤之后，自己就做出了许多怪异的举动。

临渊部的族中有阅历丰富的长者，枫祈想着或许可以向他们请教一下这究竟是怎么回事。

如果这个刀口真的有问题，那么她现在还是不要轻举妄动为好，要装作无事发生，一切照常进行。可是既然她已经想到这一层，无论现在有没有得到证实，都让她后背一凉。今日昀泽提醒她，那么是否他也发现自己身边也被人动了手脚，发现了什么特别之处，所以才令他如此怀疑。

那么靖王殿下和鎏云长公主那边呢？

是否也出了问题？

枫祈不知道，但是她想着如果出了问题，昀泽不会不去提醒靖王殿下还有鎏云长公主的，这两人是他在皇室之中很亲近的人，这一点枫祈是了解的，就像是昨日他在甬道里提醒靖王殿下那场刺杀有问题一样。

只是，目前来说，枫祈并没有察觉到北靖府里有加强戒备的迹象。

总之，这段日子，她还是小心为妙。

而且，她还要想办法让临渊部也多加小心。

毕竟临渊部知道了幽灵谷洞穴的事情，说不定已经走漏了风声。如果真的如昀泽所说，有人勾结洛和大王的旧部，并且这支力量一直找不到，或许就藏着昔日的屯兵之地。那么临渊部的处境将会很危险，因为他们或许会认为临渊部既然知道这一处的屯兵之地，那么就会知道其他的屯兵之地，这会让他们的巢穴变得异常危险。为了保证他们巢穴的安全，势必会对临渊部动手。

至于怎么动手，枫祈不知道。

只是这世上的事情，人心的险恶，往往是超乎人的想象的。

她不敢冒险，只能够以糟糕的结果来应对。

她必须要将此事告知阿姐，一定要多加防范。

只有围墙修得坚固了，狼群才进不来。

枫祈闭上了眼睛，稳了稳心神，但她的额角还是渗出细密的汗珠，胸口剧烈地起伏着。

一种强烈的恐惧感又快要将她淹没，那是她在幼年时留下的阴影。

她以为洛和大王死后，她就不用再面对那样的恐惧了，那样随时随地会被洛和大王杀死，或者被洛和大王前来劫掠的手下杀死。

她告诉自己，临渊部之前可以从那样的阴霾走出来，现在也可以，将来也可以。

这世上最困难的不是阴影本身，而是丧失了走出阴影的勇气。

这句话是部落里的长者曾同她说过的，她一直记在心里。

是的，只要不丧失勇气，一切都会好起来的。

枫祈在心里告诉自己。

六

夜已经深了。

春禾一个人坐在铜镜前,拿着梳子正在慢慢地梳头。

侍女已经被她遣出去了。

今天她风光得很,太子殿下心情甚好,几乎赏了这座小院里的所有下人,而且她的屋子里还有不少太子殿下送来的礼物。

可是铜镜中的春禾却一点也高兴不起来。

这时,铜镜里除了春禾自己的身影,还多出了一个人影。

春禾看着铜镜里的人,发出一声冷笑:"人们常说晚上不要照镜子,照了镜子,容易看到不干净的东西,果然如此。"

多出的人,是一个黑衣男子。他怀里抱着剑,对于春禾的嘲讽,倒是并没有生气,反而平静地说道:"既然知道,那你还大半夜照镜子?"

听到这句话,春禾再也绷不住了,她将手里的木梳子往梳妆台上狠狠一摔,猛地转过身来:"我只是在后怕,我的这颗头颅,今天差点就不在我的脖子上了。我差点看不见它了。你们的手段真的好毒啊,把我推出去送死。"

黑衣人慢慢走到她的身前,居高临下地看着她:"怎么是推你送死呢?你看看,不是让你直接获得了太子殿下的宠爱吗?让你直接在太子殿下的身边站稳了脚跟。"

正说着,黑衣人从梳妆台前拿起了一支珠钗,细细地欣赏着。

"放屁。"春禾低声骂道。

黑衣人目光一冷。

但是春禾却没有丝毫退让的意思,而是直接对上了他的眼睛,她继续冷嘲热讽道:"太子在我身边醒过来了,我却对发生过的事情一无所知。若不是你们对我动了手脚,怎会如此?你们不跟我商量,就这么做,势必是要拿我去替你们遮掩什么。但是你们行事如此粗暴不仔细,可见情势危急,摆明了若是出现了问题,就把所有的事情栽赃到我的头上。若是真的出了什么纰漏，太子也只会要我的命，是也不是？"

黑衣人沉默了。

春禾知道自己所料没错，万幸的是太子殿下没有发现问题，对她竟然还是百般体贴。她只是在庆幸，除了情人蛊，她还在他身上用了一点其他的东西，以此来迷惑他的神志，不然的话，这次搞不好她可真的要大祸临头了。

春禾站起身来，看着黑衣人，语气更柔媚了，但也更冷了："我不得不提醒你，当初说好了，我们是合作，都是一条船上的人，要活一起活，要死一起死。还有，以现在太子对我的态度，你们还是不要再对我不利了，这样做，对大家都不好。"

春禾挑眉，也在挑衅。

事已至此，歪打正着，但是结果并不算太坏，现在还有利益牵扯，他们还不至于到了撕破脸皮的时候，所以黑衣人便也忍下了她一次又一次的无礼。

黑衣人看着她："是，你说得对。对大家都好，那自然是最好的了。这次是一个误会，事发突然，我来也是为了想让我们能够继续合作下去，不要都还在水里，便把船给凿沉了。你说是吧。"

春禾看着他，心中冷笑。如今他过来说这一番话，不过是看她还有些利用价值罢了。不过现在，她势力单薄，倒还犯不上现在就跟他翻脸。

"好，那最好不过了。"

黑衣人松了一口气："那便不打扰你休息了。"

随后，便转身离开了。

春禾看着他离开后，依然余怒未消，她坐到床榻前。

想起之前的事情，她不过是一个江洋大盗，被逼无奈之后，走入绝境的时候，才遇到了他们。他们说会给她一条生路，一条能够救她性命，还可保她以后荣华富贵的生路，就是要让她利用自己的魅术接近当朝太子，否则便立即送她到官府去，等到了今年秋天，她的头颅便会在菜市口被斩落。

其实，她第一次听到这个要求的时候，觉得甚是可笑，一个江洋大盗、一个当朝太子,怎么也不可能就此联系起来吧。

这群奇怪的人,为何会找上她?

可是,当一个人无路可走,又太想要活的时候,哪怕告诉她跳悬崖有一线生机,也都会闯上一闯的。

他们埋伏了太子,还安排了那一场舍身相救的戏码,随后又趁机在太子的身上种了情人蛊,再加上她的魅术,起初的时候,确实很管用,太子在那一刻的确受到了她的迷惑。

而且这段日子以来,她发现太子对她实在是很体贴关照。

那样风雨飘扬的江湖时光,仿佛渐渐淡去了前尘往事,她不用再每天担心仇家的追杀、官府的围剿,在这里安逸得让她心生贪念。她贪恋着这里的安稳、受人庇护,还有那似乎一触即发、便可摸到的权势。

她甚至一度忘记了自己来到这里的任务,开始谋求如何利用自己现在手中所拥有的,让太子离不开她,她也能够一直在他的身边。

直到那个叫枫祈的女子出现,打破了她的梦境。

因为她很明显地察觉到了太子对枫祈的关心,甚至连情人蛊和魅术都无法控制的关心。

她绝对不允许事情走到她无法控制的那一步。

所以,她决心斩掉这个麻烦。北靖府的鎏云长公主是个用蛊大师,她那里有许多稀奇古怪的蛊虫,这是她早就知晓的。原本她是想在鎏云长公主那里搜罗几只毒蛊,放到枫祈的身上,慢慢地让枫祈死,就算日后查起来,查出了蛊虫,那也只会发现是从鎏云长公主那里得来的,与她林春禾又有什么干系呢。

可是没有想到,她在那里竟然发现了一对情人蛊。

她便想到了一个极为有趣的法子。

除了枫祈,她发现太子对这位靖王殿下实在是信赖亲昵,但是这位靖王殿下深不可测,她每次看到他,心里总是有些害怕。若是她想要往上爬,获得高位,控制太子,那么就绝对不能够让太子过于相信靖王殿下。

这里明明有一个现成的可以离间太子和靖王感情的机会,她可不会白白放过。

所以,她将花蛊种到了靖王的身上去了。

没有什么比面对自己心爱的女人和自己最信任的部下的背叛,更能诛杀人心,更能唤起一个人的憎恶与仇恨了。

想到此处,林春禾的嘴角便扬起了一抹微微的笑意。

黑衣人从林春禾的住处走出来的时候,回眼看了看她的房间,不由得发出了一声嘲讽的冷笑。

随后他轻轻一跃,施展轻功,离去了。

走在这边城空荡荡的街道上,随后他转进一条巷子,进了一处宅院。

就在他露出了一丝疲惫,准备伸手去摘脸上的面罩的时候,却忽然发现身后有异动。他回身抽出剑来,指着树干处的阴影,寒声道:"谁?"

"呵!"那阴影里传来一声女子的嗤笑。

黑衣人听出了那个声音,随后急忙单膝跪了下去:"主人。"

原来那女子不是在树的背后,而是坐在树干上。一袭水蓝色的衣衫从树上滑落了下来,正好落进了月光里,水蓝色的衣衫之下,露出一双脚,纤细白净的脚踝,纹饰繁复精美的鞋面。

那双脚颇悠闲地晃荡着。

"起来吧,不必如此拘束。去见过林春禾了吗?"坐在树上的女子问道。

黑衣人站起身来:"是。"

"她一定气极了,但是目前还没有打算与我们撕破脸吧。"女子接着说道。

"是。主人所料未差,目前林春禾就算不相信我们,但是她还没有和我们翻脸的资格。此番我又去逼一逼她,只会让她更加惶恐不安,更加想要摆脱我们的控制。"说到此处,黑衣人的语气变了,满是暗暗的嘲讽。

"这世上的人啊,但凡有点心性的,一旦有了反抗的余地,谁会心甘情愿地接受控制呢?可是,她既然已经成为我手中的棋子,又岂能让她脱离整盘棋局呢。"女子也笑了,"不过说到底,我真是喜欢她,喜欢她这股自作聪明的劲,帮我们把所有的事情都处置得妥妥当当的。日后靖王知晓了,也不会怪我的。"

实际上,林春禾所走的任何一步,都是走上了他们预设的道路。

他们早已知晓林春禾将情人蛊中的花蛊下到了靖王的身上。

其实,这也是他们的想法而已。靖王喜欢那个叫枫祈的女子,原本此事颇为棘手,想来会费一番功夫,但林春禾既然想要动枫祈,他们也乐得成全。

所以,她便小小动了一点手脚,暗中引导着林春禾去寻找到情人蛊。

否则就凭林春禾的本事,她又怎么可能突破北靖府的防守,轻松进到鎏云长公主的房中拿走蛊虫;又怎么可能突破靖王身边的暗卫,顺利地来到了靖王的身边,下了那样的花蛊。

如今那女人的野心越发膨胀起来,这样才好呢,因为恐惧,所以极度想要摆脱他们的控制,那么势必就会让林春禾主动去做很多事情。

树上的女子又接着说道:"对了,想办法让她把鎏云长公主解决掉,那个公主实在是有些碍事。她太麻烦了,让人心生厌倦。"

说到此处,女子便幽幽地叹了一口气。

这时,从院子的墙头,忽然跑进来一只小白貂,小白貂顺着树干爬了上去。

女子冷声道:"有人来了,你到屋子里躲一躲。"

黑衣人一愣,立刻便明白过来主人的意思了。

他没有半点迟疑,转身进了房内,将房门关好。

他刚一走,墙外便跃进来一个身影。

正是靖王。

靖王冷眼扫了一圈小院,目光在房门处停留了一瞬。那房门露出了一条小小的缝隙,随即他便又转过眼去了。

靖王走到树下,负手而立,沉声说道:"你是不是还跟洛和的残部余孽有来往?"

女子没有想到靖王一进门便直接问出这样的问题,她只是将脚缩了回去。没过多久，从树上跳下来一个女子，她戴着帷帽，虽看不到面容，但是身姿纤丽，一看便知是一位佳人。

在靖王面前，女子也不敢贸然对他说谎，她叹息道："是，但也是为了族人好，为了给族人提供一个安全保障。他们无人庇护，他们无法在正常的环境中生活，只得迁到更远的地方，这北境并不是到处都是安全之地，所以……"

靖王打断了她，看着她："所以，你认为洛和的残部能够给他们带来安稳？这就是你的真心话？这就是你的全部所求？"

女子沉默了片刻，或许是因为靖王的逼视让她有些难以忍受，她侧过身去，只是说道："我知道你总是看不上我的手段，可是我早就跟你说过，你顾念朝廷，可是朝廷绝对不会顾念你的。无论你付出什么，在他们的眼里，一切都是应该如此，理应如此，他们不会感恩、不会感念的。相反，只要你有那么一丝一毫的不满，就会成为他们口中你在谋反的实证与罪证。到了那个时候，就会将你送上刑台，千刀万剐。你莫要忘了，你身上的余毒是怎么来的？"

靖王看着那个女子，目光沉静如水，似乎连半点波澜都没有掀起。他淡然说道："我所做的一切，不是为了他们对我的感恩感念，而是我想这么做。我想要族人能够更好更安稳地生活下去，不要再受到任何无端的伤害，而不是为了挑起更多的矛盾与纷争。该承担罪责的人已经死了，我们不能去迁怒那些无辜的人。"

听到这句话，女子忽而放声大笑，似乎因为癫狂，她的声音变得有几分尖厉："无辜的人？他踏着我殷氏一族的血登上了皇位，他的儿子还高高坐在龙椅上，他的子孙还享受着荣华富贵。而你，却已经忘了祖辈的仇恨了，怎么，竟然真的如此心安理得地认贼作父了？"

这句话深深地刺痛了靖王。靖王闭上了眼睛，他的神色出现了难得见到的痛苦："但是，这不该是北境的百姓所要承受的代价。洛和残部在北境烧杀抢掠，我一直清剿不尽，你敢说不是你暗中作梗。你今日之所行，与他昔日之所行，又有何不同。"

靖王不再说话了。

之后，靖王叹了一口气，他睁开眼，叹息道："该做的事情，我一件都不会少做，之后我也绝不会留在此处，你放心便是。"

女子也不再说话。

过了一会儿，她的情绪似乎有所缓解，她走上前来，牵住了靖王的手腕，说道："好了，我们不要吵架了。你我在这世上，原本就是孤魂野鬼，无依无靠的，难道如今还要真的翻脸不成？"

靖王神色有些疲惫，他摇了摇头："不要再维护洛和的那些残部。这是养虎遗患。多说也无益，我要回去了。"

女子点了点头。

靖王转身，不过就在他要离开的时候，忽然抬手，从袖子里射出了一支袖箭。那袖箭以极快的速度穿透门缝，只听见里面的人闷哼了一声。

女子惊道："你这是做什么？"

靖王冷眼看着里面的人："没什么，警告而已。要是再让我发现他偷偷溜进我的住处，下次就不是一支袖箭那么简单了。"

靖王一震衣袖，没有丝毫犹豫，转身离开了。

女子还愣在原地，这时门打开了，黑衣人捂住胸口，弓着身子从里面走了出来，他的额头上满是虚汗。

他走到女子面前，摊开手掌，上面是一支没有箭头的袖箭："靖王殿下还是手下留情了。"

女子只是望着靖王离开的方向说道："他是镇守一方的将帅，平日里行事自然是小心谨慎的，这些事情，岂能轻易瞒过他的眼睛。这次是他手下容情了，下一次还是不要轻易潜入他的住处。"

随后，她又轻叹了一口气："幸好，他没有发现身上花蛊的事情。"

黑衣人皱了皱眉头，还是心有余悸："若不是主人从旁协助，我又暗自跟了过去，给春禾善后，在行事中露了马脚，靖王也不会一朝之间怀疑到主人的头上来。属下办事不力，还望主人惩处。"

正说着，黑衣人便单膝跪了下去。

女子转身："没什么好惩处，是我让你去办的，也怪不到你的头上。现在，靖王已经发现了你，你就不要留在此处了，还是尽快离开吧。"

黑衣人点了点头："属下这就离开。"

七

皇后突发了急症。

昀泽打算即刻动身回京，不再在边境多做停留。

不过近日有一件事情，却是让他欣喜的。

知鞍已经脱困，并且顺利回到了他的身边。这次知鞍带回来一条非常重要的线索，是有关洛和残部的，他们似乎有朝廷的人在背后支持。

知鞍同昀泽说起这件事情的时候，昀泽脸色立刻便沉了下去。

就算是太子什么也没有说，以知鞍的聪慧还是猜到了几分，太子心里究竟在忧虑什么，但是这件事情须得太子做决断。

昀泽转身站在书案前，食指在案几上轻轻地叩动着。这边境一向由北靖府控制，朝廷的势力与洛和残部余孽有来往，那么凭借北靖府在边境的势力，其背后之人并不难猜。

但是，对于昀泽来说，他还是不太相信这件事情真的与皇叔有关系，或者说是皇叔在北境纵容这一方势力。

"我不相信是皇叔。"沉思许久之后，昀泽转过身来，说道。

知鞍说道："我也不相信是靖王。只是这背后的曲折，我们必须要弄清楚，这也是给靖王殿下一个交代，给太子殿下一个交代，免得因此事生了嫌隙。"

这个道理昀泽何尝不懂，对一个人一旦生了心结，这个心结若是不能及时解开，只会越结越大，就算是没有事端，最后也会闹出事端来。

更何况，这个人还手握重兵，身系社稷安危。

不可不察，不可不慎。

这件事情，他需要好好地想一想，究竟要如何处置，才够稳妥。

知鞍看出了太子的心思，只是太子回京在即，此事拖不得。他说道：

"太子殿下,不如臣将查到的有关洛和残部的几处窝点的消息小心透露出去,看看靖王殿下如何处置。如果此事与靖王殿下无关,那么靖王殿下一定会想法严加惩处,并且还会提醒殿下多加注意身边的人,免得被人利用。"

昀泽想了想,觉得这倒是一个很好的办法,可以帮助皇叔洗脱身上的嫌疑。

是,比起怀疑,他更相信皇叔。

他希望自己可以一直相信皇叔,皇叔永远不会让他失望。

昀泽明日便准备动身了,准备动身的时候,他不忘将春禾也带上。此人留在此处终究是个隐患,不如想办法将人带走,监视起来。

至于枫祈,他在走之前,很想见她一面,他想着最好一同将她带回京去,这里情况太过复杂了,他担心他不在她身边,她又像上次那样莽撞地一人便冲进去救皇叔,人哪里会次次都有那样的好运气呢?

不过,这念想终究是落了空,因为枫祈现已不在北靖府,她在昨天傍晚匆匆忙忙回到了部族里去。

昀泽想着这样也好,那里是她的家,都是她的亲人,总归会有人来保护她。

为了以防万一,他将自己所带不多的护卫留了不少给枫祈,在暗中保护她。

昀泽没有过多耽搁,给枫祈留了一封书信之后,又向皇叔和姑姑做了告别,便匆匆忙忙地离开了北境。

前不久,枫祈托阿姐去打探有没有什么东西会让人的手臂呈现那样的伤口,族中也有博闻的长者,或许能知晓其中的秘密。

不过这件事情还没有头绪,临渊部里又发生了另外一件怪事,所以枫祈才急匆匆地离开了。

有一天,阿姐带人巡查的时候,在一处山谷之中发现了一个临时搭建的部落。

里面有人居住,还有守卫,那些守卫就是阿姐他们之前在边境交锋的人,也就是洛和残部。

时机难得,看样子这群人是准备在这里短暂停留后便要离开的,所以阿姐趁机偷袭了这里,想将那批洛和残部一网打尽。

但发现那些临时居住的人都是普通人之后,阿姐没有伤害他们,还将他们带了回来,临时安顿好。

枫祈回去的时候,也看见他们了。

此事蹊跷,阿姐不想此事有太多人知晓,便将人秘密安置在别处,而不是在临渊部里。

不过,枫祈觉得很奇怪。他们穿着岐山部的衣服,长相完全不像是北境的部族,也不像是那些外乡的商客,看上去像是中原人,但好像并不会讲中原话,也不会讲岐山部的话。他们说的话,枫祈听不懂,族里也没有人能够听懂。

所以,无论问什么都问不出来。

那群人还很警惕,话特别少,看样子是不想露出什么马脚来。

枫祈和阿姐觉得这件事情实在是太不寻常了。

他们为什么要冒充北境岐山部的人呢?又是从哪里来的?又为什么和洛和残部扯上了联系?

看样子,他们也不像是受到了洛和残部的威胁啊。

洛和残部大多数是骑兵,劫掠也好,攻击也好,来无影去无踪,做事迅速,从来不会拖泥带水,更不会带着这样的累赘。

这究竟是怎么回事,枫祈和阿姐也一时间闹不明白。

不过,枫祈倒是想到了一个弄清楚他们身份的办法。

一天夜里,枫祈跟阿姐带着马队突然来到这片营地。一行人神色匆匆,来到营地里,高声道:"有洛和残部来袭,现在人手不足,不用管他们了,将他们关上就行,其余的人随我去迎敌。"

原本守在这里的守卫,被撤走了八成。

到了半夜的时候,有人满身是血地跑回来:"快走吧,洛和残部好生厉害,已经杀到了我部族中,快、快随我去迎敌啊。"

正说着,那个报信的人便昏倒在地。

留在营地里的守卫们顿时全部慌了手脚,有人议论着:"万一冲过来怎么办?凭这里的人,怎么能够抵挡?不如现在逃命要紧。"

正说着,营地里的人便全部撤走了。

被锁在屋子里的人见没有守卫了,便有人在黑暗里说道:"他们都走了,我们要不要想办法离开?这是绝好的机会。"

"是啊,临渊部的人向来与北靖府走得很近,若是让北靖府的人知道了我们的下落,恐怕朝廷不会轻易放过我们的。"

"是啊是啊,先走为妙,这里的部族相互联系,说不定他们的援军很快就来了,等他们打赢了,那个时候我们就走不了了。"

里面的人用中原话七嘴八舌地议论着。

过了一会儿,有人开始冲击着门板,大门被撞开了。

人们相互扶持着往外走,走了将近一个时辰,他们终于停了下来。天色虽晚,但是月光皎洁,倒也可以看清前路。他们顺着地图,根据星辰的指示,能够辨别方向。

"殷语,你去前路探一探,大伙儿现在都累了,让他们歇一歇。"其中一个中年男人对着一个年轻人说道。

那年轻人二话不说,抽出腰间的佩刀,便往山坡上走去了。

这时,荒原里突然传来群狼的长啸声。

这里的人顿时慌乱起来,心都揪了起来。

方才只想着逃命,倒是忘记了晚上会遇到各种野兽的可能,若是葬身于野兽之口,那可真是不值当。

他们将女人和孩子围在中央,寻找着趁手的兵刃。

狼嚎声越来越近了。

不多时,只见周围围上来一匹匹狼,眼睛绿幽幽的,寒意森森。

就在这个时候,忽然听见一声清脆的竹啸声。

从不远处的草垛里钻出来几个身影，拦在了人群的前面。众人一看，这不就是方才关押他们的临渊部的人吗？

那几个人点燃了火把，又拿着弩箭对准了狼群，试图驱赶这些狼。

为首的中年人已经察觉到今晚的事情似乎有问题。

但是事到如今，他们独木难支，想要活下来，最好先跟眼前的人合作。

狼群渐渐围拢过来，这时只听见远处传来一阵急促的马蹄声，随着马蹄声渐近，有箭矢飞来驱赶着狼群。

马队很快就来到了他们的面前，为首的是枫祈和纯瑜。

中年男人一看到她们，顿时什么都明白过来了，面色青灰。

这群人被重新送回了原处。

不过这一次回来之后，他们似乎受到了很大的打击，所有的人都郁郁寡欢。

在纯瑜看来，他们不像是因为被抓回来而难过，而是因为他们似乎对透露了自己的身份而万分沮丧后悔。

那天晚上，他们逃走之后，一路上有人开始放松警惕，言语和行踪便开始暴露。根据悄悄跟着他们的探子收集到的消息，他们是中原的殷氏后人，这只是他们其中很小的一部分，似乎还有大部队在这里。

他们似乎要离开这里，去到什么地方，而洛和残部就是来接应他们的。

殷氏和洛和残部的关联，枫祈想不明白，阿姐和阿爹也从来没有听说过。

洛和大王当年手底下的人从来没有过殷氏的人啊。所以在阿爹看来，这应该是近几年才冒出来的事情。

此事颇不寻常，阿爹和阿姐也决定先不要将此事上呈到北靖府。

不过，接下来该怎么办，他们也一时间没有了头绪。

这天晚上，阿爹、阿姐和枫祈围坐在堂内。

枫祈嘴里塞了一块饼，很是疑惑地说道："殷氏一族？看样子像是一个大族，我怎么在京城的时候没有听过这样的人家呢？不过，大渝向来氏族众多，也可能是其他地方的大族啊。只是为什么他们要千里迢迢地跑到北境来？"

阿姐也摇了摇头，她对于京城的一些事情更是不知情了。

阿爹坐在一旁，皱着眉头，若有所思，过了许久才缓缓说道："我好像很久之前听过这件事情。那个时候，你们两个都还没有出生呢。有一个姓殷的中原人来到这里，我跟他有过一些交情，倒是在一次醉酒的时候，他跟我提起过关于大渝的事情。"

那个人也没有说得太过详细，只说殷氏一族曾经被先帝发配流放，因为先前大渝出现皇室内乱，宦官与外戚乱政，是先帝带兵最后平息了战乱。

殷氏一族跟当年的事情有牵扯，至于是什么样的原因，其实当时并没有确切的传闻。但是之后殷氏一族没落，其三族被发配蛮荒之地，永世不得回朝，其一路死伤者众多。

后来随着时间的流逝，很少有人提起那桩事情了。

现在看样子，殷氏一族很可能因为多年不得归朝，与当地的一些部族通婚了。他们的后人之中便会说起那些部族的语言，所以，他们看着是中原人，但是说的却是其他的语言，想必是为了防止被枫祈他们的人听出来吧。

可为何这群人会出现在这里实在是古怪得很，而且还跟洛和残部扯上关系。

照理来说，他们原本已经没落了，又能够给洛和残部带来什么好处呢？

洛和残部似乎并不想要伤害他们，甚至就连这些人也在隐隐地期待着洛和残部来救他们，将他们带走。

纯瑜认真地听完阿爹的话，思忖道："那会不会是背后有人跟洛和残部的人做了交易，如果保护他们的安全，就能许诺他们什么好处？"

阿爹的目光深沉起来："能够有实力跟洛和残部讲条件的并不多，戴罪之身，还能够这么大规模地、不动声色地经过边境的更是少之又少。"

他开始觉得事情棘手起来了，他站起身来，在屋内踱步。

纯瑜也意识到了事情的严重性，现在这批人无论留不留下，其实都很麻烦。

现在不光是他们知道了对方的身份，对方也已经知道了他们的身份。

纯瑜有些后悔，当初如果不去袭击那批洛和残部，就不会招惹到现在的麻烦，如今骑虎难下，真不知道该如何是好。

那天晚上，枫祈出主意想要探听他们的身份，假意放他们走的时候，便已经做了两手准备，一来是想摸清楚他们的底细，二来也是看看情况，毕竟他们的身份没有在临渊部面前暴露，就此离开，说不定也是好事，可是偏偏那天晚上出现了狼群。为了救人，她们顾不得许多。

枫祈听出了其中的隐患，她想了又想，觉得这件事情未必没有转圜的余地："昀泽是太子，他平日里就着手管理朝政，大渝王朝里错综复杂的关系，他最清楚了。他是未来的储君，我们或许可以找他来想想办法，帮帮忙。而且，靖王殿下也是很好的人，很值得信赖。"

阿爹和纯瑜在听完枫祈这番话的时候愣了愣。

其实如果太子和靖王能够从中调和，那是再好不过的事情了。

只是，他们还是有些担忧。

纯瑜走上前来，蹲下身，手按在了枫祈的肩膀上："枫祈，你说太子殿下是你的朋友？他信得过吗？"

枫祈很认真地看着阿姐："阿姐，我信自己。而且，阿姐，你想想，太子殿下是储君，常年在京城，这次是他第一次外出巡边，他是最不可能与这件事情牵扯上关系的人。"

纯瑜愣了一下，随后明白了枫祈的意思，她眉眼中带着暖暖的笑意："好，那这件事情就交给我们枫祈去办吧。"

枫祈拍了拍胸脯："这件事就交给我来处理吧。"

阿爹看着眼前的两个女儿，这件事情究竟该怎么做，其实谁也没有万全的方法，她们所说倒是一条出路。如果自己的女儿没有看错人的话，或许这是最好的解决办法。

他有忧虑，转念一想，他的两个女儿已经长大了，纯瑜更是已经成为部族中优秀、值得信赖的首领了。或许，他要试着去相信她们，相信她们的决策，不要再把她们当作小孩子看待。

"好，无论发生什么事情，阿爹总会站在你们身边支持你们的。"他看着两个女儿说道。

不过,阿姐还是建议,这件事情绝对不能张扬出去,特别是事情尚未明朗,要比之前更加严密地守住这个秘密。

昀泽已经回京去了,枫祈准备亲自回一趟京城,当面将这件事情跟他说清楚。

枫祈想着事不宜迟,早些说早些好。

在枫祈准备动身的时候,族里一位精通药理的阿婆让人来告诉枫祈,她已经知晓了枫祈手臂上的伤口是怎么回事了。

枫祈当即去到了阿婆的家中。

一进屋,枫祈便闻到了一股浓浓的熟悉的草药味。

这位阿婆年事已高,但精神依旧很好,随和慈祥,这里的人遇上了什么难治的病症都会过来找她。她每天会接待不少患者,有的时候,她的儿子还会驾着车送她去上门诊治。

枫祈小的时候,总喜欢牵着自己的小羊,到这位阿婆的房子周围玩。

这位阿婆生活简单,屋中养着一只白猫,也上了年纪。那只猫体形要比一般的猫大出不少,一双碧蓝色的眼睛,平日里不好动,慵懒地躺着,对谁都是一副爱搭不理的模样。

枫祈一进门便走过去,欢快地摸了摸它毛茸茸的脑袋。

阿婆带着枫祈走到了木桌前,上面有一卷发黄的卷轴,还有一个不知道装了什么东西的木瓶子,瓶口用塞子塞住了。

阿婆打开卷轴,缓缓说道:"小枫祈,前些日子你让我帮你查的东西,我已经知道了。如果我没有猜错的话,你很可能被人种上情人蛊了。"

阿婆说着,拿出一面铜镜。她坐在枫祈的身后,让枫祈掀起自己的衣衫,枫祈从铜镜里,看到自己的后腰处有一处古怪的青色胎记。

枫祈有些诧异:"阿婆,我可以保证,我这里绝对没有胎记啊。这是怎么回事?难道是什么时候被撞到的乌青吗?"

阿婆摇了摇头:"不是什么乌青,而是情人蛊在人身上留下的印记。"

情人蛊是一种蛊虫，顺着经脉游走，最后它落到人的腰部，那里就会出现一个印记。只是这个印记不会存在太长时间，不加注意的话，用不了多久便会消散。它看上去很像乌青，实际上并不是。"

阿婆边说着，边抬手在枫祈的腰上按了按："如果是乌青，你怎么会感受不到疼痛呢？也正是因为如此，它很容易被人忽视。如果我所料没错的话，这应该是情人蛊中的蝶蛊。情人蛊是一对双生蛊，又名'蝶恋花'。传闻，蝶蛊会对花蛊忠贞不渝。"

枫祈心头一凉："忠贞不渝？"

这听起来实在是太骇人听闻了，如果不是出于心甘情愿，那么这跟一具受人摆布的活傀儡有何不同。

阿婆看着枫祈，有些犹豫，斟酌着自己应该怎么对她说："小枫祈，你已经长大了，有些事情你必需要知道，这世上险恶的事情不少，须得多加防备。这虽然叫作'蝶恋花'，但是根本不像它的名字那般美好，也不是什么忠贞不渝。它具有迷幻作用，特别是种了蝶蛊的人，对于种了花蛊的人，它会放大人的某些欲望，甚至让人丧失理智。一旦到了某些时候，时机成熟了，花蛊的血便可以用来喂养蝶蛊，让蝶蛊再也没有办法离开花蛊的血存活，否则会终身活在痛楚里。"

枫祈的心又凉了半截："那么可有什么办法来应对呢？"

阿婆叹了一口气，收了铜镜，坐到了枫祈的对面："没有，花蛊若死，蝶蛊不活。若想不受控制、不受影响，最好的方式就是花与蝶永不相见。"

枫祈越来越惶恐，究竟是谁对她下了这样的蛊虫，实在是恶毒至极。

阿婆看着枫祈脸色不好，只是安慰道："你可知道花蛊在何处？如果被种了花蛊的人肯帮你，或许还有一线生机。只要在你出现神志迷幻之时，愿意克制，并且绝不给你喂血，之后不复相见。"说到后面，阿婆的声音渐渐小了下去，这样的话，她自己都没有办法说服自己。

如果一个人要对另外一个人下情人蛊，那必定是有所图谋的，又岂会轻易放过。

可是症结就是出在这里，枫祈脸色苍白，摇头道："我不知道是谁啊，我不知道啊。我什么时候被下了蛊我不知道,花蛊在谁的身上我更不知道啊。"

枫祈眼中悲愤含泪,她紧紧地攥着双拳,身体也忍不住颤抖起来。她绝对不愿意违背自己的意志,去做别人的活傀儡。如果真的有那么一天,她想着她一定会、一定会……

想到此处,枫祈闭上了眼睛,泪水顺着她的脸庞流了下来。

阿婆看到她如此,心里不落忍。她温言道:"小枫祈,先莫要难过,此事倒也没到山穷水尽之处。只是若要解除,可能会付出一些代价。"

枫祈眼中一亮:"婆婆,你有办法?"

阿婆叹了一口气,从袖子里拿出一个卷轴递给了枫祈。枫祈打开卷轴,上面写着的是一些药草之类的,看样子是一张药方。这药方枫祈不大看得懂,但里面有几味药却是具有毒性。

枫祈有些疑惑地看着婆婆,不知道她这是什么意思。

阿婆则又拿起桌子上的木瓶子,说道:"这个瓶子里有一枚药丸,此药丸有剧毒,据说可解蛊虫之毒。当年师父知道有这样的东西,费了许多心血,着手研制了一颗,只是后来遗失,我又恰巧机缘巧合得到了一些材料,便也做了一颗,功效如何我并不知道,究竟是可救人,还是会杀人?"

阿婆的内心很矛盾,她在想着自己将这个秘密告诉枫祈,究竟是对还是错。

可是当她看到枫祈脸上流露出来的决绝之态,她又担心到那个时候,这个小姑娘会把自己逼到绝境,既然如此,还不如放手一试呢。

枫祈看着那个木瓶,目光有些微微挣扎,随后她终于下定了决心,双手接过阿婆手中的木瓶,郑重地行礼道:"多谢婆婆。无论后果如何,我定当一力承担,没有什么好后悔的。"

阿婆有些无奈,说道:"不到万不得已,孩子,你千万不要这么做。老婆子我精神头尚好,你姑且再等上一些日子,说不定我就想到好办法了。"

枫祈笑道:"婆婆你松鹤延年,我就等着你的好消息啦。"

枫祈将木瓶收到了腰间的小包里,时辰已经不早了,不能再多耽搁下去了，她起身道："婆婆，我还有些事情要处置，就不多留了。只是，今日之事，我希望婆婆可以帮我保守秘密，切莫将此事告知我的阿爹、阿姐，我不想让他们担心。"

阿婆思索了片刻，最后点了点头，说道："我晓得，你放心吧。"

枫祈又行了一礼："婆婆，你留步，不必送我了。"

说着，枫祈便往外走。阿婆跟着枫祈，将枫祈送出了门外，一直看着枫祈骑着小红马飞奔远去，她还站在门口，双手交叉于胸前，向上苍祝祷着："愿沧坞女神护佑小枫祈，护佑我们的孩子们，祈愿一切的灾殃都远离他们。"

八

枫祈打算先去北靖府，不过在半路上，她开始有些犹豫。她是在北靖府里被种了情人蛊，可见里面并不安全，谁知道那些潜伏者在何处。

若是她仓促前往去寻找靖王殿下，对方对她发难，又该如何。

就在她犹豫的时候，看见靖王殿下的马队离开了城池，不知道向何处去了。

靖王向来公务繁忙，忙起来的时候，很可能好几日都不会回府，这件事情，枫祈在北靖府的时候早就听说过了。

所以靖王什么时候回来，她也说不准。

枫祈想着那件事情不能耽搁太久了。这靖王殿下不在，北靖府也没有去的必要了。

不如，她即刻出城，前往京城，正好打对方一个措手不及，等他们反应过来的时候，说不定她已经想到办法回来了呢。

况且，这里还有阿姐他们在呢，如果真的遇到什么事情，阿姐会想办法处理妥当的，也会去联络靖王殿下的。

想到此处，枫祈便决心不再犹豫拖延了，即刻动身前往京城。

枫祈一路隐藏身份，日夜兼程地往京城赶。

可是在离京城还有一段路的时候，枫祈被拦了下来，当地州府下令关闭东边的城门，所有进京的人都被拦了下来。

枫祈觉得古怪，这是从来没有出现过的事情啊。

为什么当地的州府要阻拦人们进京？

枫祈在那里逗留了两日，直到第三日，州府才打开了城门，可以顺利通行。

到了京城的时候，枫祈被眼前的情况吓住了。

只见京城全城素缟，似乎有什么重要的人过世了。

后来枫祈才知道是皇帝驾崩了，太子于灵前继位，近日才开始发丧。

没想到京城出了这样大的变故。

现在枫祈想要再见到昀泽，恐怕不是那么容易了，她只能先回到府邸。

昀泽登基了，这实在是太突然了。

当初昀泽走的时候，还只是跟她说他的母亲就是皇后突发急症，要他速速回京，可是现在却变成了这番情形。

枫祈想着，很可能当初是皇帝突然出了什么问题，可是太子殿下还在边境，不在朝中。如果中途出了问题，怕是会动摇国本。为稳固大局，也为了防止消息走漏，才假意说是皇后突发急症，召太子回京看望，实际上是为了秘密召太子回京继位。

枫祈有些难过，昀泽向来很敬重自己的父亲母亲，如今突遭此等变故，想必这个时候他一个人很是伤心吧。可他是太子，现在是新君，无论多么悲伤，都必须要振作起来，去稳固大局，去处理很多很多的事情。

作为朋友，她很想在这个时候见见他，安慰一下他。

哪怕她所能做的并不多，她也想着能够做点什么，让他不要那么难过。

可是，她知道，她现在根本就见不着他。

所以，她只能静静地等待着。

在京城一直等到了第八日的时候，枫祈才有机会见到昀泽。

她进了皇宫，被人带到了一处休憩之所。

身着素袍的昀泽静静地站在池塘边，阳光洒落在他的周身，像是披上了一层炫目的白雾。

短时间未见,如今的昀泽,却让枫祈觉得如雪山巍巍,如沧月茫茫,令人心生敬畏,也心生疏离。

枫祈下跪行礼道:"枫祈拜见陛下,吾皇万岁。"

昀泽听到声音,回身望来,只见枫祈规规矩矩地伏在地上。

他这几日疲惫黯然的眼眸,终于有了一丝光亮。

他走上前来,将枫祈扶了起来:"这里没有旁人,你不必如此拘束。"

枫祈抬起眼来看他,那样温和温暖的眼眸,还是那个当初她认识的昀泽。

只是如今身份悬殊,她不得不顾及。她看着他的脸庞,如今消瘦了不少,棱角分明,褪去了稚气,多了几分男子的成熟威严。枫祈叹息道:"望陛下莫要哀思过度,多加珍重。"

昀泽嘴角扬起了一丝笑意,但怎么看都像是带着几分苦涩:"我明白,你莫要担心。"

他拉着她坐到一旁树下的石凳上:"你怎么突然回京了?"

枫祈看着他,便将在边境的事情一五一十地告诉他。

昀泽听罢之后,目光沉了下去。他垂着眼眸,像是自语一般:"殷氏一族出现在北境,还是那么多人一起。能神不知鬼不觉地将这么多人都送过去,好本事啊。"

随后,昀泽又冷笑一声:"这北境到底还有多少了不起的事情,真是越来越有意思了。对了,这件事情,有多少人知晓?"

枫祈说道:"除了我们临渊部,就只有你知道了,我没有告诉其他人。"

昀泽松了一口气:"这就好。现在你在明,敌在暗,不能有半点差池。"

枫祈点了点头,她也是这么想的。其实还有一件事情,她一直记挂在心间,只是此事她实在不知道该怎么开口。

昀泽看出她目光有异,似乎是在犹豫什么:"枫祈,有什么话当讲则讲。"

枫祈咬了咬唇,斟酌着措辞,最后终于下定决心,问道:"陛下,陛下身边那位林姑娘,陛下是否、是否很喜欢她?"

昀泽怔了一会儿，他不知道为什么枫祈会突然问起此事，只是这事竟然让他有些紧张起来。他上前了一步，望着枫祈的眼睛："我不喜欢她。留她在身边，是因为此人行事古怪，似乎是有意接近我，所以我想要查出她背后的人。"

枫祈听到此处，倒是顿时慌乱起来："如果真的是那样，陛下，你要当心，当心情人蛊。"

昀泽惊诧道："情人蛊？你怎知……"

枫祈没有等他说完，连忙道："情人蛊又名蝶恋花，是双蛊，一为蝶蛊，一为花蛊。花蛊可以控制蝶蛊，后果不堪设想，陛下你一定要当心啊。要防止他们对你不利。"

昀泽只是静静地等待枫祈说完，神色没有丝毫的波澜。

枫祈停了下来，看着昀泽，心头忽然升起了不好的预感："难道说陛下你已经、已经……"

昀泽有些无奈地点了点头，事已至此，唯有面对。

昀泽说道："等我发现的时候已经太晚了。而且花蛊就在林春禾的身上，她还悄悄给我喂了血药。"

枫祈有些绝望："怎会如此啊？那该怎么办啊？"

昀泽双手搁在她的肩膀上，试图安慰她，他脸上带着淡然的笑容："不要害怕，事情还没有到你想的那么糟糕的地步。你忘了，我的姑姑，就是鎏云长公主，对于蛊物了解颇深，情人蛊她应该会有办法破解的。现在朝政渐稳，不久后姑姑也要回京了，等到了那个时候，我再将此事告知姑姑。"

说到这里，枫祈忽然想了起来，当时她听到婆婆说起情人蛊的时候，只觉得很熟悉，自己似乎在哪里听说过。经过昀泽这么一提醒，她倒是记起来了，多年前她跟着昀泽一起去了畅春阁后，他还向她演示了关于畅春阁里面的一切究竟是怎么发生的，她当时就在昀泽的书房里见过关于情人蛊的记载。那个时候昀泽说过，这些书籍是从鎏云长公主那里拿来的。

鎏云长公主的本事自然是有目共睹的，枫祈心里又稍稍放松了一些。

是啊，怎么倒把鎏云长公主忘记了，真是心乱让人糊涂啊。

昀泽见枫祈的脸色稍稍好了一些之后，又接着说道："其实对于情人蛊，用它要挟，也是有缺陷的。如果身中蝶蛊的人，势力强过花蛊，那么花蛊这样的威胁手段就不成立了。花蛊很可能被豢养起来，成为蝶蛊的解药。所以，现在我没有太大的危险。"

可话虽如此，枫祈还是有顾虑："花蛊之血毕竟不是真正的良药，只能缓解，如果时间一长，依旧会给人造成巨大的损伤。此事万不可拖延才是。"

这个道理昀泽何尝不明白，他第一次发作的时候，险些克制不住，缓解之后，依旧是头痛欲裂。他如今是帝王，担着天下，一着不慎，恐怕要殃及无数，这才是他最为担忧的。想到此处，他便恨不得将背后的人碎尸万段。

幸好，他的皇叔眸舒是个得力之人，若他日他有什么不测，这谢氏江山不至于无人可守，以至于朝政动荡，生灵涂炭，愧对万民，愧对先祖，愧对父皇。

所以，昀泽心里早做了打算，倘若他神志不清，便会传位于皇叔眸舒。

就在这时，有内监过来禀报，说皇上的药物已经准备好了，是否现在用药。

枫祈觉得有些奇怪："陛下，你是生病了吗？"

昀泽笑着摇了摇头："不是，是为了克制情人蛊。我查阅了一些关于情人蛊的资料，宫中又有太医把关，从古籍之中找到了可以克制蝶蛊发作时的药物，不必再饮什么花蛊的血。只是治标不治本，若是可以跟百草丹一起服用，那才是最好的。但这百草丹实在是难寻啊，其中有一味药材，据说十多年前便已经绝迹了。等姑姑回来了，看能否想出好办法来。"

说到此处，昀泽叹了一口气。

"百草丹？"枫祈对此有些好奇。

昀泽带着枫祈走到内室，从架子上取出了一个方子，递给了枫祈："就是这个，这些药材可遇不可求啊。你别看配出来的是毒药，但只要辅助我现在吃的药物，那就没有任何问题。只是如今也不知道要多少年才能够凑齐。"

枫祈看着上面的药材方子，眸中一亮，这不是婆婆给她看过的制药方子吗？她手里的那枚丹药，不正是昀泽所需要的药物。

她心下一喜，这可太好了，真是柳暗花明啊，原来这世上真的有万全之策，解救良方啊。她欢喜地对着昀泽说道："陛下，这药丸我倒是有的，临渊部里有一个医术高超的婆婆，她机缘巧合下，就有这么一颗。我这就回去将此物拿来。"

昀泽听到这里，愣神了许久。

枫祈看他面无表情，只当是他不相信，便急忙证明道："你不信我有这样的药物吗？"

昀泽眸中温和沉静，有清风徐徐之感，让人也跟着安定下心神来。他摇了摇头，微笑道："我自然是信你的。只是此事来得太过突然了，我有些百感交集罢了，一时间不知道该用什么方式去面对。我想过很多种结果，从来不敢想会是这样的结果，这让我觉得不真实得像是一场梦一样。"

说到后面，昀泽的目光忽然哀愁起来。这是他在父皇过世后，第一次在人前露出这样的神态。这些天他身体像是紧紧地绷着一根弦，不敢有丝毫的松懈，因为一切来得太过突然，他还没有做好任何的准备，整个帝国的重担就全部交付在他的肩头。他有过短暂的畏惧，害怕自己还承担不了这么大的责任，害怕自己辜负期待。但是那样的畏惧他知道绝不能让它在心里蔓延，所以很快他就振作起来，因为还有很多事情等着他去做。

那段时间，偶尔夜深人静的时候，他迷迷糊糊地睡着了，总是会做一些奇奇怪怪的梦。他梦见自己还是太子，每日进宫向母后问安，父皇也会从旁考校他的学问，指点他如何处理政务。阳光从窗格里落了进来，暖洋洋地罩住了父皇，他偶尔还会偷偷懒打个哈欠，被父皇揪着后衣领站了起来，好像一切都没有改变。

可是醒过来的时候，他看到的只有冷冰冰的大殿，长风灌了进来，冻得人直哆嗦。

他还会梦到自己准备出发去巡边的前一天，他跑到母后的宫里，小声向母后询问，他巡边回来，父皇该要他娶太子妃了，他日若要娶太子妃，能否娶他喜欢的姑娘。

母后便笑着答应下来，说是会在他父皇面前给他说说情的，还说自从皇叔昨舒的未婚妻还未过门，便因为意外染疾去世了，之后昨舒也无心去迎娶什么新的王妃，她想着把昨舒的婚事也一并提上日程。

他梦到他顺利地回来了，带着枫祈一起，还有皇叔也回来了。

可是醒过来的时候，他不得去面对自己眼前的困境，身中情人蛊，不得解脱。

有的时候，他在看到这些好事发生在自己身上的时候，总是会下意识地告诉自己，这或许是一个梦境，很快就要醒过来的梦境，又何必空欢喜一场呢。

此时，不管是不是梦，他都不想在乎了，他觉得一股疲倦感蔓延到心头，只想在此时歇息片刻。他走了过去，什么也没有说，只是轻轻地将枫祈抱在怀里，头埋在了她的颈窝间。

枫祈愣了愣，下一刻，她轻轻叹息了一声，也抱住了昀泽，抚了抚他的背，无言地安慰着他。

那些痛苦，她明白。

那些短暂的脆弱，那些短暂的对依靠的寻求，也不该成为什么不可饶恕之罪。

他们就这样紧紧地抱在一起，像是亘古时光里，两棵相依相偎的树，花叶相互交错着，任时光流淌，任山河变迁。

过了许久，昀泽才松开手。

他看上去好多了，他的眼眸清亮了几分，笑道："谢谢你，枫祈。"

枫祈看着他也笑了："你会没事的。"

枫祈的目光柔和又明澈，如见春之百花、夏之凉风、秋之月、冬之雪。

人间美景，大抵如此了吧。

昀泽看着她的眉眼，一时间有些失神。

枫祈看着他的目光，心里有些发烫，连忙松开了他，往后退了几步。

她理了理额前有些凌乱的头发,说道:"陛下,此事不能等,我这就回去将药物送过来。只是,有一件事情,我想请求陛下答应。"

枫祈说到此处时,语气忽然变得极为认真严肃起来,她对着昀泽郑重其事地行了一个大礼:"陛下,自从临渊部归顺大渝之后,绝无反叛之心,若出了什么事情,其中定有隐情,还望陛下明察。"

枫祈这话说得突然又奇怪,这让昀泽心里隐隐有些不安,只是将她扶了起来:"好端端的,怎么说这样的话?究竟怎么了?你还遇到了什么难事吗?你与我说。"

枫祈眼中含着泪水,但脸上却依旧挤出一丝笑意。她摇了摇头:"没什么,只是想到北境发生的事情,我有些担心,也有些害怕自己应付不过来。"

昀泽抬手轻轻地给她拭去眼角的泪水,眼中有些心疼:"别担心,我在你身边呢。"

他正要同枫祈再说什么的时候,内监来禀告,说是有大臣求见。

枫祈见他有国事要处置,便行礼告退了。

昀泽也去忙朝政了,不过在他离开之前,他给了枫祈一块可以随时进宫见他的令牌,就不必走那些烦琐的章程了。

枫祈匆忙返回府里。在此之前,她心里是难过的,因为这些天来她一直有预感,北境的事情不会轻而易举地解决掉。她也一直在忧心自己身上的情人蛊,她害怕有一天被人利用,伤害了自己不愿伤害的人,那该怎么办。

如果有一天,她真的被对方威胁了,再服下药物的时候,会不会太晚了。所以,她想着进京见过昀泽之后,便找个时机将此丹药服下。她想要赌一赌,是良药还是毒药,生死便是一瞬之间。

可是当她知道了昀泽手里的药物加上她手里的药物,便可万周全地化解掉情人蛊,不用担心任何风险,她心里十分高兴。

只是,这药物只有一颗。

她决定将药物给昀泽吃下去。

因为,昀泽比她更能够帮助临渊部,临渊部这次所涉之事实在是太过复杂，其背后的势力不容小觑，一不小心，便是举族之危。

如果这个世上还有谁能够有力量，也愿意帮助临渊部，想来只有昀泽了。

因此，她不能让昀泽继续受困于花蛊之血，其中变数实在是太大了。

而且他们都是她所爱之人啊，她想要保护他们。

若是上苍眷顾，她可以逃过被花蛊控制的命运，等到婆婆或者鎏云长公主找到破解之法。

若是不能，她也绝不后悔今日的决定。

枫祈拿了药，便直接进宫了。时间对于她来说，很是宝贵，她不想节外生枝，夜长梦多。

等她进了宫，昀泽还没有回来，她便在那处宫殿的小庭院里等着。

就在她等候的时候，忽然看见有个内监大步流星地走过来，怀里抱着一堆奏章。

那内监似乎是走得急了，不小心绊了一跤，就摔在了枫祈的脚边，奏章掉落了一地。

内监似乎有些慌了，连忙跪下去收拾。

枫祈见状，也走过去帮忙。

可就在她捡奏章的时候，却见其中有一本奏章上写着"临渊部聚众谋反……鎏云长公主被杀……"的内容。

那一刻，枫祈如坠冰窖，她看着那份奏章，正准备拿起来好好看一下的时候，那内监却迅速将奏章合上，抱着东西，迅速离开了。

枫祈怔在原地，脑海中一直回旋着"临渊部聚众谋反……鎏云长公主被杀……"这几句话，一时间她只觉得天旋地转，半天都使不出半点力气来，甚至也没有办法进行下一步的思考。

过了许久，她才缓缓起身，只觉得后背已经被冷汗浸湿了。

她的身体微微有些颤抖，眼前发黑，好不容易才看清楚了周围的环境。

她确定自己方才应该没有看错。

可是，这怎么可能呢？这到底是怎么回事？

无论如何，她都要先把事情弄清楚再说。

她往宫外走的时候，不想在半道上遇上了知鞍。知鞍一袭官服，似乎正准备进宫面圣。

知鞍见到枫祈，正准备同她打招呼，却见她有些六神无主的，也没有注意到自己。他觉得有些奇怪，走过去喊了枫祈好几声，枫祈才站住了。

枫祈脸色有些煞白，看到知鞍的时候，眼神还呆呆的、愣愣的。她望着知鞍，反应了一会儿，才问道："知鞍，你怎么在这儿？"

知鞍看她神情不对，于是关心道："我正准备进宫奏事呢。你怎么了？是身体不舒服吗？"

枫祈连忙摇了摇头："没有啊，我很好，我就不打扰你了，我先告辞了。"

知鞍原本还想同她说话，可是枫祈似乎并不想理会他。只是枫祈走了几步之后，突然折返回来，她将手里的一个上了机关锁的木盒子递给了他，说道："这件东西请你帮我转交给陛下，说是他要的东西，我给他带来了。因为怕出现差池，所以用了机关锁，这上面的机关锁他会解。你拿给陛下，他就全明白了。"

知鞍接过盒子，在眼前端详，可是看了半天都不知道这盒子里究竟装着什么东西。他正准备询问的时候，枫祈不知道何时已经走远了。

她走得很快，似乎有什么要紧的事情。

知鞍叹了一口气，将盒子揣在袖口里，便转身进宫去了。

九

临渊部谋反。

事情未明之前，身在京城的枫祈一定不能就此脱身，最好的结果就是就地圈禁，或者直接下大狱，等候发落。

所以，无论如何，她要在朝廷下达旨意之前赶紧离开，回到北境去。

她要把事情弄清楚，现在只有她能够调查清楚究竟发生了什么事情。

枫祈做了一番乔装，披星戴月地往回赶。

在靠近北境的边城时,她已经察觉到,这里确实出事了。

进城门时,盘查极为严格,若是她贸然前去,恐怕一定会被察觉。

于是,她一直躲在城外,伺机而动。

后来,她遇到了在城中开酒肆的临渊部的人,之前她第一次回到这里时,就是在这店老板家吃的饭。

这店老板也做了伪装,但还是被她认了出来,看样子有些鬼鬼祟祟,小心谨慎的。

她一路跟踪店老板,到了僻静处,才现身。

店老板看见她,吓了一大跳,随后竟然欢喜得落泪,一边拿袖子抹眼泪,一边说道:"原来二公主你还活着啊,这可太好了。"

部族里的人就算是归顺了大渝,可还是会习惯性地称呼她为二公主。

枫祈拉住他,只是问道:"这究竟是怎么回事?"

店老板叹了一口气。

原来枫祈走后,北境就出事了,据说临渊部与洛和残部一直在暗中勾连,有利益往来,他们一直出卖商队的情报给洛和残部,洛和残部收到情报之后,便会打劫商队,之后再与临渊部瓜分。

只是这一次不巧,正好遇上了鎏云长公主。鎏云长公主原本是要去山谷中寻找某种珍贵药物的,竟然撞见了临渊部与洛和残部的交易,被发现后,临渊部便要杀人灭口。

原本祁邺部听闻公主殿下迟迟未归,便受命带队来寻找,正好看到了临渊部对鎏云长公主灭口。

但是对方人多势众,祁邺部便不敢恋战,只想着逃脱。

临渊部的人追不上祁邺部,知道一旦祁邺部逃脱,势必会报告给北靖府,等到北靖府带兵清剿,无论如何都没有办法与朝廷对抗。

而临渊部带队的人,正好是纯瑜。

这件事情传到了北靖府,北靖府的人赶到的时候,已经没有人的踪影,他们还在现场发现了鎏云长公主的马车、鎏云长公主与护卫的尸首。

枫祈听得怒火中烧:"简直胡说八道。我阿爹还有族人还在呢,我阿

/ 167

姐谋反作乱，勾结洛和残部的人，难道不顾族中的人性命了？"

店老板却是长叹一声，告诉枫祈，纯瑜逃离之后，其实又返回到族中，按照外界的说法，似乎是因为此事已经被点破了，便想要召集临渊部的军队起兵对抗。

可是没有想到朝廷的军队快了一步，已经将临渊部包围了，纯瑜无奈之下才掉转马队，离开了。

朝廷的军队捉拿不及，让他们逃脱了。

所以，现在临渊部的人被就地圈禁。

而且，北靖府还在临渊部之中，发现了一批外乡人。这批外乡人不知道来历，但似乎是被临渊部软禁在此处的，现在朝廷正在调查。

之后，便封锁了一切消息。所以，其余的事情，店老板也不知道了。

在城中的临渊部的人也被抓的抓，关的关，监视的监视，就防着纯瑜万一想要逃跑，或许会联络城中的族人。

他现在还能出来，是因为他妻子的两个妹妹嫁给了城中的军官，他们一家已经多年没有回过临渊部，早就在城中定居了，所以他们一家只是被禁足了而已。近日来，他的一个好友在城外生了病，无人照看，他这才托关系出城带些药材和日常用品过去。

没想到，正好遇上了枫祈。

店老板只是劝道："二公主，你赶紧逃吧，千万别回去，现在满城都在通缉你呢。"

枫祈眼中满是哀恸："难道你也认为是我们临渊部聚众谋反？"

店老板心中痛苦，枫祈话音刚落，他便急切地说道："我不信啊，可是我人微言轻，对方又一口咬定，现在首领下落不明，能有什么办法啊。那祁邺部又岂是什么好东西，当初跟着洛和，无恶不作，没少欺压其他部族，后来各部族归顺了朝廷，洛和也倒台了，他们也顺势投降了。我看说不定是他们有问题，才反咬一口呢。"

店老板越说越激动，脸涨得通红，似乎认定了就是祁邺部暗中使坏，恨不得现在冲上去打祁邺部一顿。

枫祈看着店老板的模样，又恢复冷静的神情。其实她刚才的确有意试探了一下店老板，见店老板的反应，应该不会将她的行踪暴露出去。

在这里待的时间过长并不是什么好事情，枫祈便与店老板分道扬镳了。

店老板走后，枫祈又转到另外一片小树林里逗留了片刻。

可是她刚准备离开，忽然察觉到周围有异动，她立刻警觉起来，抽出剑来，准备御敌。

从一旁的树丛里窜出五六个人影，身着劲装，戴着面具，看身形，功夫皆是一流。

枫祈心中暗自叫苦。

这时，有一个人走上前来，他的剑并没有出鞘，似乎在示意枫祈，他没有什么敌意。

那人忽然摘下面具，露出了真容。

枫祈看到他的脸，不由得惊呼："是你。"

这人是昀泽的贴身护卫，枫祈曾经在昀泽身边见过他，名叫聂封。

这群人虽是护卫，却也是死士，只对昀泽忠心耿耿。

聂封看着枫祈，没有杀意，但是也并不友善。他抱拳道："枫祈姑娘，得罪了。陛下还未回京之时，我们原本是奉陛下之命暗中保护姑娘的，只是后来不小心跟丢了，如今找到姑娘了，还请姑娘随我回京吧。"

枫祈思量着他话中的意思，想着应该是之前昀泽让他们留下来保护她的，只是之后她悄悄回了京，他们便不知道她的下落。后来北境出了状况，他们又寻不到她的踪影，应该也没有接到昀泽的下一道命令，所以便一直留在此处。

现在北境出了这么大的事情，都说临渊部谋反，此等罪名不小，他们不敢随意包庇，但是又必须要遵循昀泽的命令保护她。所以，对于他们而言，现在最好的结果就是将枫祈带回京城，让昀泽亲自发落。

枫祈知道，自己此刻若是回了京城，怕是再也不能回到北境来了。况且现在硬拼，自己也绝对不是他们的对手。

枫祈面上露出轻松的表情，说道："我可算找到你们了，我还担心进不了城没有办法联络你们呢！"

聂封看着她，依旧带着审视的意味，他并不是那种随便被人三言两语就能说动的人。

"哦？"

枫祈从怀里掏出了一块金牌。这块金牌是昀泽给她的，原本是想让她之后进宫畅通无阻的，这也给了她极大的权限。

"我已经进宫面见过陛下了。"

当年聂封常跟在太子身边，对于宫中的事务又极为熟悉，那块金牌究竟意味着什么，不言而喻。

这金牌极为稀有，若不是帝王极为信任之人，怎么会赐下此物。

先帝不会赐给枫祈这样的东西，而当今的陛下还是太子的时候，便一直与枫祈交好，这件事情聂封是知道的，而且枫祈的确有一段时间消失在了北境，如果这段时间她回宫去了，这倒也说得通。那么皇上将此物交给她，倒是极有可能的。

聂封小心地接过金牌，细心查探之后，确认此物是真的，便又双手奉还："枫祈姑娘，方才多有得罪。"

枫祈松了一口气，这护卫并不知道实情，枫祈所说的话半真半假，他又被这货真价实的金牌唬住，看样子目前绝对不会为难她。

枫祈说道："这北境出了事情，陛下让我回来暗中探查。你们一直在此处，可知道究竟发生了什么事情？"

聂封神色严肃："临渊部谋反的事情确实有蹊跷。"

这倒不是聂封徇私情，或者说因为枫祈的关系有所避讳，他向来是个秉公处置的人，只会说出自己所看到的、所听到的事情，他的确是这么认为的。

枫祈追问道："这话怎么讲？"

聂封将这段时间北境发生的事情，大致与枫祈讲了，内容大致上与店老板所说的相吻合，不过有一点，却与店老板说的有出入。

聂封说道:"其中疑点太多了,不太好说。只是有一点,我觉得很奇怪,如果当时纯瑜首领袭击了鎏云长公主的话,又遇上了祁邺部的人,此时已经败露,她最好的做法应该是立马离开,而不是返回临渊部自投罗网。而且从事发地点到纯瑜首领返回临渊部的路程来计算返回的时辰,也是对不上的,她起码晚了半个时辰。兵贵神速,迟则生变,她不会不明白这个道理。如果要回来联络部族谋反,她来得实在是太慢了。所以中途这半个时辰,纯瑜去了哪里,又发生了什么事情?如果临渊部与洛和残部相勾结,那么得来的赃物如今在何处?如果没有弄清楚这些事情,说临渊部谋反,为时尚早。"

枫祈听得浑身发冷,如果聂封分析得不错,那么这件事情就是一个针对临渊部的巨大阴谋,对方精心布置,谋杀宗室,简直就是想要临渊部永无翻身之日。

一种前所未有的孤独无助、恐惧、压力向枫祈压过来,有那么一瞬间,她有些喘不上气来,甚至让她想要晕厥过去。

但是下一刻,她又立马清醒过来。她告诫自己,绝对不能现在就倒下,若是她也倒下了,那么临渊部又当如何呢?

她必须冷静下来,好好地想一想,下一步究竟该怎么办。

聂封现下是更加倾向于她的,这是她的优势,不至于让她在这里孤立无援。

她也想过,要不要现在求救于靖王,但是她又想到此事牵扯到谋反,牵扯到了鎏云长公主。靖王与鎏云长公主向来亲近,而鎏云长公主如今横死,他应该十分悲痛,未必会听信自己的说辞。不然,他也不会下令将所有的临渊部族人全部收押。

自己此时露面,靖王也会因为她跟临渊部的关系,为了避嫌,禁止她查探关于临渊部的任何线索。

更糟糕的是,还有一批躲在暗处的人,那批给她下情人蛊的人,一旦发现了她的踪影,对方岂会轻易放过这个机会。

所以,现在她所能依靠的就是她自己,还有这批昀泽留给她的护卫,至少目前来看，这批护卫还是向着她的。

如今，阿姐下落不明，她要想办法找到阿姐，找到了阿姐，或许就能够明白当时究竟发生了什么事情。

不过在此之前，枫祈还有一些事情要去确认。

枫祈转头对着聂封说道："聂大哥，我想着北靖府的人，一定打扫过战场，那么在战场上的尸体，现在应该会有专门的地方存放吧？"

聂封说道："是。"

枫祈道："聂大哥，你能否带我去看一看那些尸体？"

聂封思索了片刻，应道："好。"

十

运回来的尸体，暂时还停放在冰室里。

除了公主的尸身，其余人都先暂时存放在此处。

趁着夜色，聂封带着枫祈潜入进来。

枫祈看着这些尸体，通过着装判断，里面有祁邺部的、临渊部的，还有洛和旧部的、公主随从的。

时间紧迫，枫祈立刻着手查验这些尸体身上的伤痕。

最后，她发现了一件极为奇怪的事情。

这些尸首身上，有的有两种不同的兵刃造成的伤口，有的则是有三种不同的伤口。

从伤口可以大致判断出来，是不同部族的特殊兵刃所造成的，也就是说这些人在生前，起码面对的是两拨或者三拨不同的对手。

同时，那些遗落的兵刃也一并被带了回来，都被作为证物放在了冰室的架子上。

通过与这些兵刃的比对，枫祈越发确信了自己的判断。

枫祈指着临渊部的一具尸体，对聂封说道："聂大哥，你看这些伤口，不觉得很奇怪吗？这是由三拨不同的人持着不同的兵刃所留下的。"

聂封凑近一看，他是武学行家，对于各路兵器更是了如指掌，这一看，便看出了端倪。

他点了点头:"的确如此。"

枫祈拿过上面标有洛和残部字样的兵刃走了过来,在那具尸体前比对着:"你看,这是洛和残部特制的大刀所留下的伤口。"

聂封细细一看:"枫祈姑娘,你想要说什么?"

枫祈说:"聂大哥,此事有隐情。若是临渊部与洛和残部相勾结,要去杀掉公主,而被祁邺部撞破,那么为什么临渊部族人身上会有洛和残部的兵刃所留下的刀伤呢?按理说,只会有公主随从和祁邺部的兵刃留下的伤口啊。"

聂封闻言,在冰室里转了一圈,之后又有了新的发现:"可是,公主随从的身上也有临渊部的兵刃留下的伤口,若是临渊部真的有冤屈,那么为什么会去袭击公主的护卫呢?"

枫祈接着道:"聂大哥,这也是我正想同你说的。你好好看一看,公主随从的伤口也有问题,一些是生前留下的伤口,而有一些则是在人死后一段时间里被补了刀,这样的伤口呈现出来的痕迹是不一样的。"

枫祈说着,便引着聂封过来查看。

聂封一看,那伤口不一样,果真如此。

枫祈心中悲愤,这件事绝不是看上去的那么简单。

聂封如今心里越发有些动摇了,不过他向来只看证据,不会预先设立立场。他接着问道:"那么公主身边还有一个丫鬟,那天她也是跟着公主一起进山的,那个丫鬟被人砍了一刀,当时就昏了过去,可能众人以为她死了,便没有管她,后来那个丫鬟被人一起抬了回来,发现还有气儿,就被救了回来。那个丫鬟说跟着公主亲眼看见了临渊部与洛和残部有勾连,临渊部便想着杀人灭口。她是证人。"

枫祈面色依旧很沉着:"聂大哥,虽说我是临渊部之人,确实比谁都更想洗脱临渊部的罪名,但如果的确是临渊部所为,证据确凿,那么任我巧舌如簧也改变不了事实。只是现在还有诸多疑点,那个丫鬟也好,祁邺部也好,终究只是一面之词,那么临渊部的人呢?现在没有抓到任何一个临渊部的人，带回来的都是死人，他们没有认罪，没有口供，这件事情就不该轻易地下论断。"

聂封看着她："你想做什么呢？"

枫祈眼神坚定："我阿姐还有临渊部的部下，现在依旧下落不明，我想着要先找到他们，比任何人都要先找到他们，否则我担心，以对方的手段，或许不会让阿姐他们留下活口，那么这件事情的真相就永不见天日了。鎏云长公主死于谁之手，也永不见天日了。那些欺瞒陛下、逍遥法外的恶人，还会继续欺瞒陛下，给国朝埋下祸患。所以，我需要你们的协助，帮我去找到我阿姐。"

聂封没有说话，他在思考，在权衡。他虽然认为此事疑点诸多，但也并不太同意枫祈的贸然行动。最重要的是，见过金牌之后，他一路又思量了许多，觉得枫祈虽然带着陛下的金牌，可是其中还有一些说不通的地方。若是陛下真的让他们协助她办理此案，那么为什么没有除了金牌的手令呢？又为什么让她孤身一人来到此处，而不加派使者呢？

这一切的一切，都透着古怪。

他有理由相信，枫祈没有对他说实话，至少没有说出全部的实话来。

只是，今天晚上，他愿意前往，也是想要看看她究竟要做什么罢了，如今她又提出这样的要求，他不得不好好地想一想了。

枫祈看着他半天不说话，眼眸闪烁，也明白了几分。

聂封是何等人也，那块金牌又能够欺骗他到几时呢。

她请求他带她来看尸体，一方面是为了多了解一下当时究竟发生了什么，以好做下一步的打算；另一方面也是为了找寻到更多有利的证据来说服聂封，因为聂封迟早会知道，他现在又盯着自己盯得紧，她是再难逃脱他的掌控了，与其如此，不如好好地想想办法，真正地说服他帮助自己。

事到如今，枫祈索性打开天窗说亮话了："聂大哥所料不错，那块金牌的确是皇上给我的。我去过京城，他给了我金牌，让我随时可以进宫见他，不必受到任何礼仪的约束。是我自己得知临渊部出了事情，这才独自一人悄悄跑了回来，就是为了查明真相。"

聂封被枫祈突如其来的坦白有些说蒙了,他以为她不会这么快承认。

枫祈目光清寒,接着说道:"人常说将在外君命有所不受,那是因为战场上形势变化万千,需要将军因势而动。现在机会转眼即逝,聂大哥总说想要为陛下效忠,如今有了一个大好的机会,为陛下查清真相,免得受到奸人的进一步蒙蔽,但聂大哥却因为个人得失犹豫不前,这不是真正的忠诚。"

聂封无言。

枫祈则是进一步逼上前来,眸中有些赤红,好似疯魔:"而且,聂大哥,我举族皆被收押,我阿爹他们也在国朝的控制之下,若是罪名坐实,临渊部杀害皇室成员,勾结洛和残部,那便是灭族的大罪,如此不白之冤,如此举族之祸,我身为人子,岂可坐视不理。所以,你不必担心我要诈,剑悬于顶,我的亲人在你们的手里啊。而且,聂大哥,你得到的命令是保护我,如果错过这个可以证明清白的机会,我会当场自刎于此,你要带走我,便带走我的尸体,我说到做到。"

枫祈说到后面,字字铿锵,字字锥心。这些天她强忍着巨大的悲痛,苦苦坚持着、支撑着,就是为了能够救下临渊部的人。

谁也不能阻止她,除非身死魂灭。

聂封看着枫祈这般模样,心中震撼。

听完枫祈的话,他并不是没有半分感触,他自己也在进行着激烈的天人交战。

最后,聂封长长地呼了一口气,下定了决心:"好。但是枫祈姑娘,我就帮你去寻找你阿姐的下落,如果当真是临渊部所为,我并不会对你手下留情的。"

枫祈听完之后,泪水终于夺眶而出。她深深一拜,哽咽道:"多谢聂大哥成全。"

从冰室里出来之后,枫祈他们略作休整,赶在黎明之前,启程出发了。

因为多浪费一刻,阿姐就多一分危险,临渊部也多一分危险。

/ 175

一行人骑着马深入到北境的腹地。

根据聂封得来的消息，他大致描绘出跟丢纯瑜的地方。

枫祈想着，阿姐知道她不在北境，也会预料到若是她回来，必定不会善罢甘休。她是阿姐现在唯一信任的人，又是唯一能够帮助临渊部洗脱罪名的人。

那么阿姐一定会想办法在沿途留下什么标识，告诉她自己的踪迹。

枫祈在阿姐被跟丢的地方附近一直来回巡视，想要从中发现什么记号。她想着就算是阿姐离开了，但很有可能会悄悄回来做上记号。

果不其然，枫祈在一处石壁上发现了刀刻的符号。

她心中一喜。

这些符号是她和阿姐的秘密，小的时候，跟部族里的其他少年比赛狩猎时，她们时常用这种符号相互通信。

顺着符号，枫祈一行人走了三天三夜，终于在一处峡谷的山洞里找到了阿姐和部族的人。

他们人疲马乏，缺医少药，躲在此处已经好多天了。

纯瑜看到枫祈的时候，整颗心都亮堂起来了。

只是现在纯瑜身边剩余的人马不过十余人，还大多受了伤。

枫祈和聂封他们赶紧给他们治了伤。

枫祈拉着阿姐，连忙问道："阿姐，这究竟是怎么回事啊？"

纯瑜只是担忧道："阿爹和部族的人他们没事吧？"

聂封接话道："目前来说都还好，但是之后会怎么样，谁也说不准。纯瑜首领，这究竟是怎么回事？"

纯瑜看了一眼聂封，方才一进来的时候枫祈就已经向她介绍过聂封了。既然是太子的人，又在此时出手相助，还是枫祈带着过来，目前是可以信任的，这是一个好机会，所以她不能隐瞒。

纯瑜将事情的原委全盘托出。

那天他们按照惯例去巡视，发现了洛和残部的踪迹，便顺着踪迹去探查，可是没有想到在山谷里发现了洛和残部与鎏云长公主的车马。

当时，看情况似乎是鎏云长公主被劫持了。

对方都是悍匪，将鎏云长公主围起来，便想着动手杀人。

情急之下，她便顾不得许多，直接带人冲了出去，去救助公主。可是她还是去晚了一步，她冲杀到公主身边的时候，公主已经倒在了血泊之中，没了生机。

随后，他们便与对方产生了激烈的冲突。

她知道那个时候，公主生还的希望已经非常渺茫了，还是让剩余的护卫赶紧护送公主离开，他们留下来阻挡住洛和残部的追杀。

先前，她的人是占了上风的。

可是后来，祁邺部的人不知道从何处冒了出来。

他们行事极为古怪，基本上除了自己人，便是一通乱杀，不管对方是临渊部的人，还是洛和残部的人。

当时她就觉得有些不对劲。

随后，洛和残部支撑不住，决定退出战场，而明明已经占尽优势的祁邺部，却也在这个时候，竟然不恋战，突然掉转马头。

如此行事，实在是古怪。

那个时候，纯瑜才反应过来。祁邺部向来与临渊部不和，如今祁邺部在此时离开，又有方才的举动，加上出现得太过巧合，很可能是早有预谋，伺机而动，或许是想要对临渊部不利，趁机反咬一口。

当时的局面实在是太过混乱了，先前公主的护卫驾车离开，说不定祁邺部是为了拖住他们的人马在此处，说不定，此时他们就会赶上公主的马车，将公主的人一网打尽，也让临渊部失去了人证。

所以，当时纯瑜没有再多做停留，也没有继续去追击祁邺部的人，而是赶紧去护卫公主的车驾。

奇怪的是，他们追了一路，公主的车驾竟然离奇地失踪，不知去向。

纯瑜四处搜寻，思忖着就凭他们现在的人手，根本很难找到公主的下落。

无奈之下，她准备先回部族去，去调集人手。可是她才走到半道上，身后就有公主的护卫追了上来，说公主还活着，但是他们害怕洛和残部追击上来，所以将公主先藏了起来，还派人在回临渊部的途中暗中等候。若是遇上了赶回去的纯瑜首领，便赶紧把人先带过去，之后他们合兵一处，一起回到临渊部去。

当时，纯瑜还觉得此事很奇怪，她明明看到公主脖颈中了一刀，血流满地，怎么会还活着呢。

但是那护卫说，那是公主不为外人道的保命障眼法，公主不是寻常的皇室贵女，是炼蛊师。江湖之中多奇人异士，有一些旁人看不破的秘法。纯瑜当时也没有多想。

当他们找到公主的时候，见公主好端端地站在马车前，微笑着看着她。

纯瑜便从马背上翻身下来，准备向公主问安。可就在这个时候，公主的护卫忽然对纯瑜他们发动了攻击，当场便有不少人受伤坠马。

纯瑜又惊又奇，连忙下达命令戒备，但是当时临渊部保持着极大的克制，只是防备，并没有主动进行攻击。

纯瑜想不通，为何公主会突然对他们发难。

可公主的回答却是令她始料未及的，公主说道："临渊部勾结洛和残部，诱使本公主落入陷阱，没想到事情败露，临渊部的人便想要将本公主和洛和残部的人一起灭口。要不是祁邺部的人赶到，本公主当真是要命丧于你们临渊部的手中了。"

这话说得毫无道理，这一通指认，纯瑜更是不能认。

而就在鎏云长公主说完之后，祁邺部的人恰好赶了过来。

纯瑜见对方人多势众，只好先率兵离去。

她准备回到部族里的时候，没有想到遇上了朝廷军队的袭击，对方不分青红皂白，便开始对他们射杀。无奈之下，她只能赶紧离开，凭借着多年来对地势的熟悉，好不容易才摆脱了追兵，这些天便一直躲在这里。

纯瑜想着，或许枫祈能够逃过一劫，如果枫祈逃脱，一定会想办法查清楚这件事情，所以她便派人悄悄地在沿路留下记号，将枫祈引了过来。

沧坞女神庇护，枫祈总算安全地来到她的身边了。

纯瑜说完之后，聂封与枫祈的脸色越发沉郁。

不过，两人的心事却是完全相反的。

十一

枫祈相信阿姐。

聂封却是心中冷笑，银光一闪，他忽然抽出刀来，对准了纯瑜："纯瑜首领这谎话编得也太过可笑了吧。"

聂封突如其来的举动，让在场的人都愣住了。不过下一刻，跟随而来的护卫也抽出了刀，对准了临渊部的人，临渊部的人也是一副准备随时应战的模样。

气氛一时间剑拔弩张起来了。

纯瑜倒是很平静地望着聂封："不知道聂护卫这是什么意思？"

聂封冷眼看着纯瑜，又看了一眼在一旁默不作声的枫祈，说道："想必枫祈姑娘心中也有疑惑吧，不如你给你阿姐解释一下，这究竟是怎么回事？"

枫祈知道聂封的脾气，若是不能给他一个能够说服他的理由，他是不会善罢甘休的。

因为枫祈信任阿姐，所以她坚信只要弄清楚其中的疑团，一切便会真相大白。

于是，枫祈便将他们所得到的关于鎏云长公主死亡的事情，全部告诉了阿姐。

枫祈问道："阿姐，鎏云长公主的尸体确实是在你们与洛和残部，还有祁邺部交手的地方发现的。鎏云长公主身旁还有一个侍女，是她说亲眼看见临渊部的人杀了长公主，公主就是脖颈被砍了一刀死亡的，而公主所有的随从都死在了那片山谷里。可是阿姐你说之后你又遇到了长公主，那个时候长公主还没有死，又在中途与你们碰面，这怎么可能呢？而且，根据公主的死亡时间，还有当场的出血状况，公主就是死在那里的，所以从时间上来看，她根本不可能与你见面，然后再回到山谷的。还有，差不多那段时间，北靖府的人已经接收到了信号传讯，派人前往山谷，封锁了山谷。

如果公主回到那里，一定会撞到北靖府的人。"

听到公主已经死了，纯瑜却是脸色煞白，她难以置信，也不能够接受。

纯瑜再一次向枫祈确认："公主真的死了？"

枫祈点头道："是，而且公主身边的侍女指认了你们，说是你们杀了公主。阿姐，你再好好想想，其中有没有漏掉什么？"

纯瑜闭上眼睛，神色沉重。过了一会儿，她叹了一口气，摇头道："没有。要么那天我们临渊部的人都活见鬼了，要么有两位鎏云长公主，一位死在了山谷里，一位还活着跟我对峙。"

临渊部中有人悲愤道："首领所说句句属实，沧坞女神在上，我们绝对没有半句虚言。"

可现在已经不是信不信的问题了，是拿不出丝毫的证据来。

聂封也不为所动。

纯瑜思索了片刻，突然转身往里面的石室走去，从里面拿出一堆绢帛来。

纯瑜抱着绢帛出来，说道："我躲在山洞里，一直想不通其中的缘由，又担心时间一长，我会忘记什么重要的细节，所以我趁机将我所记得的画面都画了下来。不过，我也实在是不明白其中的症结，但是你们在此，你们聪慧过人，或许我们可以一起参详，从漏掉的细节中找出问题的所在。"

纯瑜将绢帛呈上。

聂封他们和临渊部的人一直处于一种对峙的状态，事已至此，刀已出鞘，双方都被架了起来。

聂封望着绢帛，也不知道这纯瑜究竟在搞什么鬼，他担心纯瑜使诈，思索着要不要去接她手里的绢帛。

所以，他们只能举着刀剑，身体就算再累再麻，也得就这么紧绷着摆足气势站着。

两边的人就这么耗着。

就在双方僵持不下的时候，枫祈拿过绢帛，小心地将它一一拼凑起来。

一共拼出了两幅场景的画作。

第一幅画是临渊部的人埋伏在山腰上，往下看到的场景，就是公主与洛和残部。

第二幅画是阿姐他们在半路上遇到了复活的鎏云长公主的场景，公主带着一部分随从。

聂封看了那两幅画，在看到最后一幅画的时候，其中有几个人的面容引起了他的注意。他忽然露出了疑惑的表情："这不对啊，这不是公主的随从，其中分明有几个是在逃的案犯。"

枫祈惊道："案犯？"

聂封点了点头："的确是案犯，这是一批朝廷要秘密抓捕的案犯，我曾经在京城的刑狱司里见过这些案犯的画像，他们是一个秘密组织，曾经暗杀过朝廷的命官。可是，这些人消失不见了。"

说到这里，聂封有些心情复杂地看着纯瑜："为防止打草惊蛇，这些画像从来没有公之于众，至少你是真的见过这些人。"

听到此处，枫祈忽然大惊道："那就有可能阿姐你们后面遇到的那拨人是冒充公主的，故意拖延时间，拖住你们的。可是他们为什么要这么做？"

聂封平静地分析道："临渊部也算是善战之族，如果纯瑜首领返回到部族中，势必会集结部族的部队去寻找公主的下落。如果是那样的话，朝廷的军队赶到的时候，如果贸然收押，或许会激起部族中的人反抗，造成不必要的伤亡。但是纯瑜首领不能按时返回，朝廷的军队忽然袭击，只要控制住老首领等领头的长老们，便可顺势控制住整个部族。而流落在外的纯瑜首领，所带的人并不算多，用不了多少力量就能将其控制住。"

"原来如此。"枫祈恍然大悟，"聂大哥，你分析得极对。"

聂封皱了皱眉头，对于枫祈他们，还是保持着一部分疏离态度："按照逻辑分析是这样的，但这也只是你们的一面之词，事情究竟如何，下论断还为时尚早呢。这只能说明纯瑜首领见过这些案犯，并没有证据证明当时公主还活着呢。"

枫祈心中像是堵着一口气，看来这聂封还是没有完全相信她们。

就在这个时候，有两个人慌慌张张地跑了进来："首领……首领，不好了，有人追过来了。"

这突然冲进来的人，让聂封顿时警觉起来。

纯瑜先一步制止道："这是我之前派出去打水的，现在才回来。"

那两人一进山洞，看到了那么多的陌生人，也吓了一跳，不过下一刻看到枫祈，顿时欢喜起来，想来是枫祈带来的救兵呢。

纯瑜让两人先喘口气，之后才问他们究竟发生了什么事情。

其中一人说道："我们出去取水的时候看到猎鹰了。就是那天我们见到的公主身边带着的那只猎鹰，它在这附近的山头盘旋，我想着一定是它发现我们的踪迹了，他们很快就会找到这里的。我们赶紧走吧。"

猎鹰？

这是经过专门训练的猎鹰，是人的眼睛。

一旦被它们发现，它们很快就会将人引过来。

枫祈也紧张了起来："阿姐，我们现在赶紧走吧。"

纯瑜却是垂着眸，站在原地一动不动，思索着什么，之后她似乎已经下定了什么决心。她走到聂封的身边，直直地看着他："聂护卫，公主的确还活着，其中有问题。现在我有一个自证的机会，只是希望聂护卫把你所看到的一切在太子面前陈情，我临渊部上上下下冤屈。我，死而无憾。"

枫祈听到阿姐说什么死而无憾，心顿时揪了起来。她一把抓住阿姐："阿姐，你在说什么啊，什么死而无憾，我不要你死啊。"

纯瑜看着自己的妹妹，眼中无限温柔，却也无限悲愁。她强忍着泪水，摸了摸妹妹的发梢："枫祈，你长大了，不可以再任性了。阿姐知道那很难，可是你要明白，你现在必须要这么做，那是临渊部几万条性命啊。你要活下来，你要跟聂护卫一起回去，把这里的事情传递出去。你要保护好阿爹，保护好临渊部，这是你的责任。"

枫祈根本听不进去阿姐说的话，她只是死死地抓住阿姐，害怕自己一松手阿姐就会消失在自己面前。她此刻说不出话来，只是一个劲流泪。

纯瑜却是狠心将枫祈的手一把甩开，转头望着其他的临渊部族人："我的弟兄们，我虽然是你们的首领，可是我们一起血战沙场，我们早就是骨血相连的亲人了。而此刻，有奸人诬陷我们临渊部，朝廷不明真相，我们的家人现在被控制住了,随时会因为那场阴谋而丢掉性命。可是沧坞女神垂怜,在最后的关头送来了救星,让我们可以洗去身上的污名。现在那名公主就在外面,她带着强于我们数倍的敌人来了。我们不要逃了,我就在此处应战,让聂护卫好好看一看他们的真面目,也让聂护卫知道我们并没有说谎。只是,此战我们再无生还的可能,但是为了我们临渊部的清白,为了我们的亲人们,我们必须如此。临渊部的好儿郎们,你们愿不愿意与我一起战斗?"

临渊部,没有一人在这个时候选择后退,他们神色坚定,高声道:"我们愿意誓死追随首领!"

枫祈此时已经完全失去了理智,她拦在阿姐的身前:"就算为了证明公主还活着,也不必如此啊。阿姐,我们想想其他办法好不好?求求你了,阿姐。"

纯瑜铁了心不去看枫祈,她怕自己一看枫祈,就舍不得枫祈了,就再也忍不住自己的悲伤,可是现在并不是沉溺悲伤的时候。

"枫祈,对方人多势众,这次来一定是要剿灭我们的。我带人冲出去,引开他们,你们才有机会活,他们并不知道你们在此处。这是最好的办法,也是唯一的办法,不要感情用事。我们的时间不多了。还有,枫祈,我很高兴,很高兴最后我还能见到你一面,我们没有什么好遗憾的了。"

枫祈见阿姐态度坚决,她用袖子粗鲁地擦了擦眼泪,说道:"阿姐,我跟你一起去,我不要离开阿姐。"

纯瑜听到这句话后,再也忍不住了,反手点中了她的睡穴。

枫祈身子一软,便倒了下去。

纯瑜立刻紧紧地抱住了她,将她揽进自己的怀里。

纯瑜捧着枫祈的脸,只是看着她,仿佛要将她刻到自己灵魂深处去。

纯瑜要最后一次好好地看着自己的妹妹,可是她无论如何也看不清楚枫祈,因为她的泪水像泉水一般渗了出来,大滴大滴地落到了枫祈的面颊上。纯瑜心里难过至极,仿佛下一刻就要撕裂开来一样,因为这对枫祈实在是太过残忍了,让枫祈亲眼看着自己的至亲离她而去。

她只是一遍又一遍地在枫祈的耳边呢喃:"对不起,对不起,对不起,枫祈,是姐姐不好,都是姐姐不好,姐姐不应该这么对你,这么伤害你,是姐姐不好。你要好好活着,一定要好好活着。"

一旁的聂封看着眼前颇悲壮的场景,也是万分哀痛。

可是,他也明白,现在局势危急,生死存亡之关,须得做出取舍。

纯瑜抱了抱枫祈,随后她仰头望着聂封。聂封蹲下身来,只是看着她,静静地等待她说话。

"聂护卫,我把枫祈交给你,希望你好好照顾她,也希望你把今天所看到的、所听到的,转告给太子殿下。"纯瑜对着聂封说道。

聂封郑重道:"纯瑜首领,在下一定转达。"

纯瑜将枫祈交到了聂封的手里,随后释然一笑,带着临渊部族的人冲了出去。

聂封在纯瑜走后,安顿好了枫祈,带着几个亲卫准备上山埋伏起来,正好看到有一大队人马朝着这边赶了过来,看样子正是洛和残部的人马。对方气势汹汹,人数众多,兵强马壮,正是抱着一定要赶尽杀绝的态度来的。

而为首的一骑,是一个身着白衣的女人,那女人正是本该故去的鎏云长公主。

聂封他们看得清清楚楚。

纯瑜的人马已经朝着西北的方向冲了出去,把那些人都引开了。

纯瑜等人就像是一只被折断羽翅、快要坠下云端的鸟儿,身后的毒蛇紧追着,随时会将他们活活地绞死。

聂封有些沉重地闭上了眼睛。

十二

枫祈醒过来的时候,只见万顷月光,山川冷寂。

她坐在马后,被人紧紧地捆在背上,风像刀子一样刮过她的脸颊,生生作痛。

当她发现是聂封的马队在荒野之中急行时,她如梦初醒一般挣扎起来,不住地追问:"阿姐,我阿姐呢?我阿姐呢?"

聂封微微侧过头来,默默无言地看了她一眼。

枫祈忽然意识到了什么,她想下马,可是身体动弹不得,她突然在马背上号啕大哭起来,哭得撕心裂肺。

聂封不知道该怎么安慰她,也不能在此时劝解她,因为任何语言在此时都显得太过苍白无力了。

那件事情太沉重了,也太沉痛了。

她能够哭出来,总比憋在心里要好受得多吧。

聂封心里只有一个念头,将她安全地带回去,平平安安地带回去,不负纯瑜首领之托,也不负临渊部族人的牺牲。

一路下来,枫祈不知道自己哭晕过去几回了。有的时候她感觉自己像是坠进了一个可怕的梦魇之中,怎么都醒不过来;有的时候她感觉自己落进了一个深不见底的冰窟之中,寒冷与黑暗几乎要将她吞噬掉。

偶尔,她忽然想起究竟发生了什么事情,还会猛地惊颤几下,冷汗不止。

她不开口说话,整个人都处于一种极度的惊恐与不安之中。

聂封只是用皮裘毛毯紧紧地裹着她,强迫着喂了她不少的水和食物,这一路几乎是背着她走的。

等快要到边城的时候,枫祈才稍稍缓和下来。

他们准备一路赶往京城,不在边城逗留了。

聂封带人去准备了一些路上要用的东西,枫祈在城外的破庙等他们。

只是没有想到,变故来得这么快。

枫祈所在的破庙被一群身份不明的人围住了,对方身手极好,很快便将破庙里的人制伏了,枫祈被人堵上嘴、蒙上眼睛带走了。

等她被人揭开眼前的布,能看清楚眼前的场景的时候,却不由得怔住了。

"靖王殿下?"

她现在竟然在北靖府,靖王的书房里。

/ 185

靖王脸色冷峻，只是看着枫祈，并没有上前来，问道："你为什么会出现在城外？"

枫祈愣住了。她从未见过如此冷漠疏离的靖王，一时间没有反应过来。不过她很快就明白了，是啊，临渊部还背着杀害鎏云长公主的罪名呢，部族上上下下都被收押了，他不会给自己好脸色，那才是正常的。

枫祈没有回应他，反而平静地问道："那靖王殿下现在抓到我了，准备怎么办？"

对于枫祈的回答，靖王眯起了眼睛，眼中露出一抹杀意，那微微的一星寒光，便会让人忍不住有些害怕。

"还不说实话。你放心，自然有人会来帮你说实话的。"靖王冷声道。

枫祈根本不明白他究竟在说什么。这个时候，有一个留着胡子的中年男人背着一个药箱进来了。枫祈被人蛮横地控制住，男人走到枫祈的面前，开始查验她的面部，又抬手摸了摸她的头骨。

枫祈不知道对面的人究竟想要做什么，但是这样的举动让她很难受，却又被人挟持住，根本动弹不得。

折腾了好一会儿，那人才停了下来。

他转身对着靖王说道："殿下，不是易容者。"

靖王眼中一惊，倒是不像方才那样满是敌意了，他只是让人都出去后，这才将枫祈松绑了，将她扶了起来，关切道："你真的是枫祈，你没事吧？"

这话说得很是奇怪，难道还有假的不成？

"我自然是枫祈了，靖王殿下，发生什么事情了？"枫祈问道。

靖王看着枫祈，沉沉地叹了一口气："你不露面，应该是已经知道了临渊部的事情了吧？"

枫祈倒吸了一口气，直到现在听到关于临渊部的事情，她还是不能完全控制好自己的情绪。她一手扶着桌子，慢慢地坐了下去，这才说道："是，我都知道了。"

"临渊部这次出事，有蹊跷。"靖王看着她脸色发白，便转身倒了一杯水给她。

枫祈眼中一亮，站了起来，拉住了靖王的手臂："殿下，你相信临渊部是被冤枉的，对吗？"

靖王看她有些激动，只是扶住她，说道："鎏云长公主的尸体有问题，那具尸体似乎被喂过蛊，之前的面貌可能与现在不同，但已无法复原了。"

枫祈的心抖了起来："靖王殿下的意思是，公主的尸身是假的。"

靖王点了点头："是假的，可很糟糕的是，我也没有办法证明这具尸身是假的。因为那种通过喂蛊的法子改变人的形貌的手法早就失传了，更多的人只是把它当作一件奇闻传说来看待，我也只是曾经见过相关的记载。所以，就算是假的，我也没有办法证明这具尸体是假的，因为只有人在活着的时候才能恢复易容前的样貌。"

枫祈又回想起阿姐之前说的话来，那越发印证了阿姐的说法，这公主有一真一假。

可是现在到底谁是真的，谁是假的，并不好下论断。

不过，既然靖王殿下也认为其中有问题，看他的态度有些偏向临渊部，或许他愿意帮助自己查清背后的事实。

枫祈想着或许自己可以把在北境查到的事情告诉他，可是话到嘴边，她却咽了回去。她想到了另外一件事情："殿下，刚才你进来的时候，为何会那般对我？"

靖王紧锁着眉宇："那是因为最近城中出现了一件怪事，有人长得跟你一模一样，不，那个人就是'你'。'你'在四处策反城中的临渊部，准备袭击北靖府，攻占北靖府，想将我抓来做人质，以此跟朝廷谈判，放了临渊部。"

"我？"枫祈疑惑不解，"这怎么可能呢？殿下，这背后绝对有问题，我怎么会做如此蠢事，抓了靖王殿下你，怎么可能与朝廷谈判呢。这只会让朝廷更加想要除掉临渊部才是，还会坐实临渊部谋反的罪名。"

靖王让枫祈莫要太过着急："我知道，所以我识破了。是易容，是有人易容成你的模样，在背后作乱。我抓到人的时候，差点还被她给骗了。

我的人在城外的破庙外发现了你，还以为又是一个易容的人，所以先前就让人进来查看，是否有易容的迹象。"

原来如此，枫祈忍不住打了一个寒战，看来对方是一定要置临渊部于死地啊，她有些急切地说道："殿下，临渊部有冤，殿下你不能不管啊，不能让奸人得逞啊。"

靖王叹了一口气："此事紧迫，临渊部的人杀害了鎏云长公主，这绝对不会被皇室所容许的，势必要惩治主犯。如果再找不到切实的证据的话，想必你父亲还有族人便会按律当斩了。所以，我们现在要去找你的阿姐，你的阿姐才是这件案子的关键点。如果找到你的阿姐，我们就可以从中得知一些事情的内幕了。"

枫祈一听他说起阿姐来，心中酸涩，正想说话的时候，却听见门外传来一声犬吠。

她顿时抑住了自己开口的冲动，心中闪过一念，靖王的书房她是知道的，靖王喜静，平日里书房外连半只鸟雀都没有，怎么会有狗叫声呢，这实在是有些古怪。她又用余光扫了一遍书房的陈设，发现这些陈设虽然与靖王的书房一模一样，可是太新了些。

这实在是有些古怪了。

枫祈警惕起来，她面不改色，装作什么都没有发现，只是摇了摇头。她眼中含着苦楚，拉着靖王的手，说道："殿下，你可知道我阿姐的下落啊？你帮我把我阿姐找回来好不好？"

摸到了靖王的手，枫祈心中一寒，彻底印证了自己的猜想。这靖王的手掌虽然有茧子，是常年习武之人的手，可是他的掌心却没有伤疤。那次她把靖王从幽灵谷带出来的时候，她给靖王处理过伤口，靖王的右手手掌处有一处刀伤，伤口很深，一定会留下疤痕的，但这个人的手掌却什么都没有。

她又想起之前这人所说的什么易容之类的，便越发起疑了。

她的脑海里不禁冒出了一个让人害怕的猜测，眼前的人或许就是易容者。

他易容成靖王殿下的模样，又伪造了这处书房，故意用易容的事透露出来，长公主之死有蹊跷，一定是想办法取得她的信任，从她的口中套出些什么话来，看看阿姐是不是还留下其他的线索，好方便他们杀人灭口，毁尸灭迹。

那么，那座破庙呢？

如果聂封他们回到了破庙里，有人又假扮成她的样子等在那里，那该怎么办呢？

聂封他们岂不是有危险？

不行，她要想办法将信息传递出去，不能让聂封他们有事。

枫祈说道："殿下，我知道我阿姐在哪里，她肯定是躲起来了，我们临渊部在北境有一处隐秘的地方，专门用来藏身的，其他人根本就不知道。若是我阿姐不见了，她一定是到那里躲起来了。我这就带你去。"

"靖王"急切地、一步步地朝着枫祈靠近："好，我们这就走。不过，枫祈，与你一起来的那些人究竟是什么人，看样子并不是临渊部的人啊。"

枫祈一怔。这个问题是一个陷阱：如果对方知道聂封他们的底细，这么问就是在试探她；她要是撒谎了，必定会引起他们的怀疑；如果对方不知道聂封他们的底细，这么问也是在试探她，想摸摸聂封的来路。只是这话不好回应，枫祈见他们敢易容成靖王，还对靖王的书房知道得如此详细，那有很大的可能，对这里的一切了如指掌，一旦她的话中露出了什么破绽，也会为对方所察觉。

枫祈也表现得极为疑惑，她真诚地看着对方："这件事情还请靖王殿下帮我详查。我不认识他们，但他们好像认识我。我是不小心被他们抓到的，他们让我配合，否则就要把我交给北靖府。我担心自己也被关了起来，所以也不敢违抗，只想着先顺着他们，等到时机成熟了再想办法逃走。靖王殿下，北境各部族我都能分辨，我看他们不像是北境的人，这件事很古怪，靖王殿下一定要好好弄清楚啊，说不定他们跟冤枉我临渊部的人是同一伙人呢。"

那人也表示了赞同，看神情似乎没有怀疑枫祈："你放心吧，这件事情我会查清楚的,只是现在我们还是去找你的阿姐吧。"

枫祈说道:"好。"

不过在出去之前,"靖王"叫住了她,说他是秘密将她带进来的,现在贸然出去被人认出来了不好,毕竟现在临渊部出了事。他让她蒙住头,不要让人看到样貌。

枫祈心中冷嘲,蒙住头不过是害怕她一出门就认出这里的地界不对罢了,毕竟他们怎么可能原样弄出一座北靖府来呢。

枫祈笑了笑,只说还是他想得周到,便配合他们,将自己的头盖住,什么都看不见,任由对方牵着上了车,出了府。

马车驶出去很远了,她才被允许摘下头上的黑布口袋。随后她下了马车,那里已经有马队在等候了。

现在他们还在城中。

枫祈下了马车,忽然驻足不前,神色有些尴尬。

"靖王"极力掩饰着自己的不耐烦,只是问道:"你怎么不走了?"

枫祈有些支支吾吾:"殿下,我肚子有些疼。我想……"

人有三急,这样的情况也是没有办法的。

"靖王"微微皱了皱眉头,说道:"那好,你快点。那条小巷子拐角的尽头处,有茅房。"

枫祈转进一旁的小巷子,"靖王"向身边的侍从使了一个眼色,让其暗中跟了上去。这条小巷子是一条死胡同,出口处只有这里,所以他们便守在了这里。

枫祈早就知道对方派人跟了过来,她转到"靖王"看不到的地方,使用了藏在发钗里的银针,趁他们不备,将那两人全部撂倒。

她从他们的腰间摸出了一条飞索和一把匕首,还拿走了一把剑。像他们这样的人,枫祈是了解的,身上所带的各种装备不少,所以她早就盘算好了,等到他们跟了进来,便将其悄悄制伏,再利用他们身上的东西翻过这里的高墙逃跑。

随后又将聂封给她的传信焰火点燃。这个信火是聂封给她的，为了识别身份，她的焰火最为特殊，所以只要聂封看到了信号就会明白破庙里出事情了，自然也不会相信庙里的人是她。

做好这一切之后，枫祈利用飞索翻过了高墙，落进了一个宅院中，随后又从人家后宅的后门抽身离开。

信号焰火在空中发出一声响亮的爆炸声，还有一片红色的浓烟盘旋在天空之上，久久没有散去。

这信号焰火的声音极为响亮，"靖王"那群人自然是听到了。

他们一看到焰火，便已经明白事情出现了变故。等到他们冲进来，看到躺在角落里的侍从时，才确定枫祈已经逃跑了。

为首冒充靖王的人，眼中露出凶光。这里的地形并不复杂，很难隐藏，翻过墙穿过一处民居，就是一片宽阔的旧城遗址。就算枫祈现在逃脱了，他也能很快将她捉住。

不过，现在看样子，他们的身份已经暴露了，枫祈又是完全不配合的样子，那么已经完全没有让她再活着的必要了，因为从她嘴里套不出什么有价值的东西。而且看样子那信号是准备把她的同伴引来，那么就要在救兵到达之前除掉她。

那人发狠道："杀了她。"

如今看着这张扭曲凶戾的脸，就算是与靖王长着同样的面容，也完全无法将这两个人联系到一起。

不过现在，他也完全不需要再伪装这张脸了。他摸了摸后脑勺，从后脑勺处抽出了几根针，随后他喝下一瓶什么药物，又将黑色的帽兜罩住了脸，整个人紧紧地裹住黑袍子。那黑袍子之下，像是裹住了一条蠕动的长虫。过了一会儿，他拿下帽兜，便已经恢复成自己原来的样貌了。

他带着人利用飞索，飞过了高墙，朝着枫祈逃跑的方向追去。

十三

当枫祈看到眼前这一大片低矮错落，又几乎是一览无余的旧城废墟时，心都凉了半截。

她知道这里，但在她回到北境之后，却一次都没有来过这里。

她原本以为可以利用这里的地形，同他们周旋一时半会儿，但是现况比她想象中的要艰难得多。

不过，她的人生里从来就没有"轻言放弃"这几个字，哪怕只剩下最后一口气，她也不会向他们投降。

她竭力往一些有掩护的地方跑去。

在他们还未追上她之前，她不会与他们交手。

可是对方来的速度实在是太快了，快到超乎她的预料。

或许是因为方才乘人不备的偷袭，让枫祈得手得比较容易，让她对对方的实力有些误判，他们绝对是硬茬，个个功夫都不弱。

而此时，他们也发现了枫祈的实力并没有那么强，所以他们就像是一群鬣狗一样，选择围住那只逃跑的鹿，然后再享受绞杀猎物的乐趣。

因此，枫祈被他们围住的时候，他们并没有立刻冲上来将她杀死。

枫祈心中一沉，她预料到自己会被抓住，但这太快了，实在是太快了。

她只是本能地抽出剑来，保持着防御，可是这样的防御实在是如薄纸一般，一捅就破了。

为首的男人冷笑道："十刀，只给你们十刀，让她在第十刀的时候死。谁来第一刀？"

身旁的人"咯咯"地笑着，纷纷表示想要砍这第一刀。

枫祈面色发白，为首的男人她一眼就认了出来，就是阿姐画中的一个人，也是聂封说的，是朝廷的要犯，看来是这群人没有错了。她心里恨极了，但她还是极力保持着理智："你们不是想要知道我阿姐的下落吗？杀了我，你们就永远不知道她的下落了。"

男人听她这么说，却有些想要发笑，但他脸上的肌肉抽搐得让人觉得恐怖："你是说纯瑜？那可真是一个漂亮的女人啊。你大概不知道吧，她几天前就已经死了，是我们的人杀了她。我们之所以留着你，不过是想着纯瑜那个女人太聪明了，说不定会留下什么重要的东西，把它们悄悄藏起来。

你是她的妹妹,了解她的,所以让你带着我们去找。可是现在你已经发现我们的身份了,那么你自然是不会乖乖地带我们去找了。那么,我们留下你,也已经没有必要了。"

从他的嘴里听到阿姐被杀,枫祈还是忍不住暴怒:"我,要你们死。"

话音未落,枫祈便像是一头豹子一般扑杀过来,剑意森寒,直对着那人的要害而来。

"第一刀,我成全你。"

男人举起刀,也朝着枫祈砍来。

为首的人出刀,身后的人便没有再凑上来。

枫祈原本就不是这男人的对手,可是靠着仇恨与愤怒,还有灵巧的身姿,竟然生生地与他过了几十招。

男人终于被激怒了,找到机会之后,他抬手举刀猛地朝着枫祈的面门砍来。枫祈举剑去格挡,只听见一声刀剑相撞的裂响,她的虎口一痛,已被这力量震得裂开,鲜血直流。为了卸掉这股猛力,她往后退了好几步,最后撞到了一堵矮墙上,跌坐在地上。

这一击实在是厉害,让枫祈根本没有力气再还击了。

那人并没有给枫祈机会,直接举刀朝着她的脸劈来。

就在这时,远处飞来箭矢,朝着那人射来。那人为了躲开箭矢,只好收力,闪身躲避。

原来是聂封带着五人已经赶过来,他们冲开了对方的包围,来到了枫祈的身边。

聂封正准备回城外的破庙时,便看到城中的那束焰火,他虽然不知道究竟发生了什么事情,但是可以预见枫祈一定是出事了。

所以他先带着人匆匆忙忙地赶过来,又传了信,让剩余的人也赶过来。

万幸的是他离这里不算太遥远,一切都还来得及。

聂封护在枫祈身前,没有回头,只是急切地询问道:"没事吧?你受伤了吗?"

见聂封没事,枫祈露出一丝笑容,幸好赶上了。

她擦了擦嘴角的血迹，坐在地上，有些虚弱地说道："聂大哥，他们厉害得很，你们快走吧，你们不是他们的对手。他们在破庙里易容成靖王的样子掳走了我，我担心他们在破庙安插人，易容成我的模样，怕你们遭到暗算，这才放了信火。见你们无恙，我也就放心了。你们别管我，我的脚骨折了，肋骨好像也被撞断了，我跑不远了，你们快走。"

聂封心下一惊。

易容成靖王？

而且他也认出了面前的人，就是朝廷要抓捕的要犯，也是纯瑜首领画中跟着鎏云长公主的人。

看来这北境当真是暗流涌动，下面不知道藏着多少见不得人的阴谋。

"我既然来了，就一定要保护你。"聂封眼中满是决绝。

枫祈的眼泪落了下来，她想让他们走，能走一个是一个。

可是她话还没说出口，那群人就扑了上来。

枫祈平生所遇到的危险并不算少，可是像这样直面生死、直接对决的恶战其实并不算多。

对于走惯了刀尖，面对过更大场面的人或许不算什么，可是这一天却在她的心头落下了巨大的阴霾。

很多年后，当她身处皇宫之时，想到今天，依旧是满身的冷汗。

那是艳阳高照、清风徐徐的一天，也是至暗至寒、刀风剑雨的一天。

她望着眼前的人一个接着一个地倒下，他们拦在她的身前，像是筑起了一座堡垒，堡垒之外恶兽在撕咬着，血雨溅落下来，天地在那一刻都变成了一片赤红色。

她只是嘶声喊着："你们走啊，你们走啊。"

聂封不知道替她挨了多少刀，最后终于支持不住了，跪倒在她的身前。他的剑锋上满是豁口，就如此刻的他，也许下一刻，就会完全碎裂。

枫祈抱住他，用身体支撑着他。

聂封在她耳边轻轻说了一句话，一句只有她能听到的话，随后他露出了一丝如释重负的笑意。

枫祈听罢，先是一怔，随后便又忍不住落下泪来。

当她以为或许逃不出去的时候，那人也杀红了眼，准备就此解决掉枫祈的时候，一支穿云弩从远处射来，将他当场射杀。

枫祈回头望去。

真正的靖王带着人马来到她的身边。他是得到城中传来的密报，破庙处有人设了伏击，都是高手，可是那群人一发现自己暴露之后，就赶紧跑了，官府的人去追了，而且旧城有一群身份不明的人在那里厮杀。

他觉得此事不寻常，便带来了几百好手赶了过来，正好看到了枫祈就在此处。

他原本是想下令抓活口，可那些人皆是死士，全部服毒自尽了。

枫祈此刻再也支撑不住，昏厥过去了。

靖王见状，连忙将人抱了起来，其他的人查验是否还有活的，带回去医治。

靖王将枫祈秘密带回了一处临时的别院。

他站在床前，看着大夫为她诊治。她依旧没有醒过来，发着高烧，像是坠进了怎么也醒不过来的噩梦，嘴里不停地说着胡话。可是那些话断断续续的，他一句都没有听清楚，唯一清楚的就是恐惧，深深的恐惧。

靖王心中痛楚，短短几日不见，那个自由快乐的姑娘究竟经历了什么，会被折磨成这个样子。

这段日子，他在北境一直找不到她的下落，他快要急得发疯了。

他想过很多种可能，她或许在听到临渊部出事之后，便自作主张地去寻找她的阿姐。可是纯瑜现在境况十分危险，若是她在寻找纯瑜的沿路或者在找到纯瑜之后与人发生战斗，凭借着他们剩下的人，根本不是对手。

又或许她在某个不知名的角落里，听闻噩耗之后，整个人病倒了，又没有人在她的身边，她就这么昏昏沉沉的，万一又遇到了危险，她应付不及。

那段时间，他几乎不能闲下来，他闲下来就会胡思乱想。

临渊部这次出了这么大的问题，其实他自始至终是不相信的。他在北境多年,对于临渊部的状况了解最深,其中一定有什么隐情。但死的是鎏云长公主,若是他不赶紧先控制住临渊部,莫说朝廷那边不好交代,若是临渊部判断不清,受人教唆,真的做出了什么悖逆之举来,那个时候场面更不好收拾。

所以,他索性先下手,将局势控制住。

靖王想着,一定是自己的举动让她产生了误会,所以她才会躲着一直没有出来见他,以至于差点让她断送了性命。

不过,他很能理解她的心情。

况且,现在这北靖府他自己都说不好出了多大的纰漏,他身边被安插了多少双眼睛、插了多少钉子,若是枫祈贸然前来寻他,她未必能够安然。

所以这些日子,他一边处理着北境的事务,一边抓出这些眼线,还要想办法去寻她。

这处别院,是他的一处私密庭院,里面的人都是他经过千挑万选的心腹之人,绝对可靠。

只是他也不能在这里停留太长时间,他安顿好枫祈之后,便返回到北靖府中去了。

今天闹出了这么大的事情,他想一定会有人很想见他。

而他,也正好想要会会那个人。

十四

夜,深了。

靖王一个人独自站在庭院里,闭目养神。

没过多久,一阵清风拂过,有人来了。

靖王没有睁眼,冷然道:"你还是来了。"

他的身后站着一个戴着帷帽的紫衣女子。

女子笑道:"知道你在等我,我自然是要来的。"

靖王睁开眼,回过头,望着紫衣女子道:"把你的帷帽拿下来。"

紫衣女子没有犹豫,便听从靖王的话,将自己的帷帽拿了下来,露出了一张脸，一张本来此刻应该躺在棺材里的人的脸。

她就是鎏云长公主。

真正的鎏云长公主。

是啊，只有她才有这样的本事。在北境多年，深耕多年，他又对她那么毫不设防，所以她才有机会做下这么大的局，在他身边埋下那么多的眼线。

靖王目光冷得像是冰："我早就警告过你不要动临渊部，为什么还要陷害临渊部？为什么要'死'？"

鎏云长公主看着他，美目流转，神情温和，笑道："你不要这么生气啊，你想知道什么，我一一告诉你便是。"

她好像在试图安抚他。不过只有靖王知道，这不过是她的一个习惯性的、从来也不会真正带有歉意的举动。

鎏云长公主解释道："老皇帝死了，新皇帝肯定是要召你回京奔丧的。现在国朝不太平，他一个黄毛小儿，哪里有信心真的坐稳这江山？你手里有兵权，是宗室之中最有实力的人，他肯定忌惮你。这次你回京，他一定不会轻易放你回来，但这北境出事就不一样了，若是这些部族蠢蠢欲动，你就不得不留在此处，为国朝镇守了。我们的族人还没有完全转移完，你还不能离开北境呢。不是我刻意选了临渊部，只是他们运气不好，恰好撞了上来罢了。况且，你现在也知道了，他们私自藏了我殷氏一族的人在部族中，他们究竟要做什么呢？所以，他们并不冤枉。这样的险，我们不能冒。"

靖王面无表情地看着她。

鎏云长公主见他不为所动，接着说道："至于我为什么要'死'？一来我是这里最有价值的人，能够让人获得最大罪名的人；二来嘛，我也实在是不喜欢这个身份。我本来就不是什么鎏云长公主，只是恰好与这位公主长得一模一样罢了。当年这位公主在南境死后，我就顶替了她的位置，这些年装腔作势的，我实在是烦得很，早就厌倦了，我根本就不喜欢他们那一家子，我只是想做回悦雅罢了。若是老皇帝还没有死，其实我也是想借着林春禾的手杀鎏云长公主的。不过嘛，结果都一样，就是要把北境搅乱一点。只是我也没有想到，这事情要比想象的顺利得多，有意思得多。"

靖王一步步地朝着悦雅走过去:"哦,你的意思是这一切都是为了我好,为了族人们好。"

悦雅依旧带着那种凉凉的笑意看着他:"难道不是吗?我只是想要你更加强大一点,永远不要再任人鱼肉罢了。"

靖王垂眼看着她:"任人鱼肉?如果你是担心任人鱼肉的话,其实早就没有多少人能够欺辱你我了,而且族人们也可以好好地转移出去。而不是像你如今这般,为了你自己在北境的权势不被人破坏,而让其他更多无辜的人搭上性命,也不惜让整个北境重新陷入纷争来为你铺路,你也希望我在此处一直为你保驾吧。"

悦雅听到靖王捅破了她的心事,收起了笑意,露出了自己此刻最真实的态度:"是又如何呢?难道这不是对我们都有利的事情吗?"

靖王看着她,他有些自嘲地笑了,或许自己永远不曾真正地了解过她,这真是荒唐啊。

下一刻,他突然扣住了悦雅的命门,冷声道:"既然如此,那我只好把你交给朝廷,让朝廷看清楚,你还活着,不是临渊部的人杀了你。你放心,我是不会让你死的,我会帮你圆过这一次的局,但是只有这一次。至于你豢养的那些洛和残部,我绝对不会留着他们,会将他们彻底根除。还有,你这些年在北境的势力,也会解散。"

悦雅对于靖王突然的举动,先是震惊,不过随后却又吃吃地笑了。

"果然如此,主人所料没错,你是动过想要把她交出去,来解这场困局的心思的。"女子笑道。

靖王奇道:"你说什么?"

女子抬起另外一只手,撕下了一块带着血的面皮,带着几分森然恐怖。

靖王一惊,松开了她,随后她立刻喝下了一瓶药物,将自己罩在了衣袍里,那衣袍剧烈地抖动着。

没过多久,当她再一次出现的时候,已经变成了另外一副模样,就连声音也变了。

她不是鎏云长公主,更不是悦雅。

"你!"

女子对着靖王带着几分挑衅意味地行了一个礼:"靖王殿下莫怪。这是易容术,是主人让我扮成她的样子的。主人早就料到靖王会这么问,所以派我来为殿下解惑。"

靖王心中诧异。这易容术他早有所耳闻,但能够易容成这样的,他却是头一回见到,竟然差点连他都骗过去了。

他不由得心中一沉。

女子似乎看出靖王的疑惑,接着说道:"主人说了,如果靖王殿下不同意她的做法,便让我露出真容来。主人只是想要告诉你,她拭目以待,看看朝廷会不会领你的情。北境一安,便是他们鸟尽弓藏之日。而且,主人说了,你们才是命运相连之人啊。"

靖王冷冷道:"你这是在要挟我?"

女子道:"不敢,我只是如实转达主人的意思罢了。如果靖王殿下不高兴,我的命靖王殿下可以随时拿去。而且,主人还想告诉你,你不用担心临渊部那位枫祈姑娘,她中了情人蛊,情人蛊又名蝶恋花,想必殿下并不陌生,她身上是蝶蛊,而殿下身上是花蛊。她永远都不会离开殿下的。殿下大可将她藏起来。"

蝶恋花?

情人蛊?

听到这个名字,靖王心头狠狠一颤,这意味着什么,他怎会不知。

靖王的声音降到了冰点,一把捏住了女子纤细的脖子:"解药在哪儿?"

女子没有反抗,甚至连一丝反应都没有,她只是说道:"主人说,没有解药。解情人蛊的一味药引在十多年前便已经绝迹了,再也配制不出来了,所以这世上再也没有解药了。"

靖王心里恨极了,他厌恶这种被人算计、被人摆布的感觉,但是他此刻也深深地明白,眼前的人说的应该句句属实,因为这没有撒谎的必要。

他渐渐松开了手。他不像方才那样气势逼人,可就是这样的平静,却让人真正觉得心寒血冷、毛骨悚然。

女子本能地往后微微退了一步。

他转过身去,声音漠然:"好,容我好好考虑一下。不过,你回去告诉你的主子,既然想让我配合,就不要把易容术用到我的头上,我不喜欢替身,更不喜欢被别人当作替身。先前,她能够做那么多事情,是因为我没有把她当作敌人。如果让我发现她再敢在我身上用这一招,那就让她试一试,我会如何像对待敌人一样对待她。"

对于靖王就这么说到替身的事情,女子倒是没有多吃惊。

因为枫祈被靖王带走了,这件事情主人已经知道,不过只是不知道现在枫祈在何处,那么很可能就是枫祈将替身的事情告知了靖王,所以靖王得知此事并不奇怪。

只是她有些疑惑,以靖王的脾气,如果知道了易容替身的事情,那么她刚一进来的时候,应该对她早有警觉。

因为有人能够易容成他的样子,势必就有人有可能易容成主人的样子。

可是,靖王刚开始似乎并没有对此产生任何怀疑。

这让女子越发猜不透靖王心里的想法,也越发忐忑。

过了一会儿,女子方才行礼道:"是。我一定转告。"

女子又在庭院中站了片刻,见靖王不再说话,这才施展轻功,悄然离去。

女子走后,靖王才转过身来。

方才他不过是突发奇想罢了,女子竟然能够易容成悦雅,那势必悦雅有可能派人易容成他的样子,说不定这一次枫祈被引到了旧城处,差点被杀,就是有人易容成他的样子。悦雅最了解他,所以派人易容成他的样子,倒是很容易。

他刚才说那话,原本是想诈一诈对方,这一诈,果然证实了自己的猜想。

不过,方才那个女子说了悦雅让他拭目以待,他有些不安,究竟她还做了些什么他不知道的事情,才让她有底气这么说。

他必须要把事情弄清楚。

而且,现在还有一件难事摆在他的面前,就是情人蛊,他要如何和枫祈说明这件事情。

十五

枫祈醒过来的时候，发现自己在一处陌生的房屋内。

而屏风后面还有一个人影在那里，虚虚的，看不清楚。

外面的人似乎听到里面的动静，便走了进来。这一走进来，枫祈才看到是靖王殿下。她全身依旧提不起半点力气来，也疼得厉害，腰间被木板束缚着，看样子是有人给她处理了断裂的肋骨。

靖王手中端着一碗热腾腾的汤水，看到枫祈睁着眼睛看着他，他的神情顿时柔和下来，走上前来，关切道："你别动，你现在受着伤。"

枫祈看着靖王，没有说话，依旧是一副警惕的模样，其中还有怀疑审视的意味。

靖王看着她这副神情，立刻猜到了，一定是有人冒充了他，她吃了亏，所以才会有这样的表现，同时他也明白她所忧虑的事。

靖王只是说道："枫祈，我是真正的靖王，你别害怕，那个冒充我的人已经死了。保护你的那个护卫还活着，但是他受了重伤，现在还没有醒过来。"

靖王走上前来，将碗放在床头的小木桌上，随后坐到了床前的椅子上。

枫祈抬眼，看着靖王手掌间的伤痕，心才放了下来，这伤痕的位置与走向的确是靖王殿下的。

不过靖王没有认出来昀泽身边的近卫，想来是因为聂封当时受了伤，满脸血污。

枫祈没有将聂封的事情告诉他。

见枫祈还是不说话，靖王也没有说话，她不开口，他也不想逼迫她，他只是静静地陪着她。

过了很长时间，枫祈才说话："殿下之后打算怎么处置我呢？作为临渊部的罪人。"

靖王一怔，随后缓缓开口道："临渊部没有罪人。"

听到这句话,枫祈有所触动,可是经历了这么多,她现在很难再相信其他的人,哪怕这个人是故人。她平静地说道:"刺杀鎏云长公主的,怎么会不是罪人?"

靖王见她没有半分退让和转圜的意思,所以他也直截了当地告诉她他的想法:"现在有一个事实就是,鎏云长公主确实死了,有人做证,就是临渊部所杀,还看到了临渊部的人与洛和残部的人在一起。就在前日,我们还找到了临渊部与洛和残部勾结分赃的一处财物藏匿点。我说临渊部没有罪人,是因为这分明就是一个精心布置的圈套。毕竟北境的人都知道,与洛和残部结怨很深,或者说助朝廷清剿这批人很得力的就是临渊部了。洛和残部的人怎么也不可能与临渊部的人联合。不过我现在也拿不出证据来。我虽然现在还拿不出证据来,但是我也不会把一个无罪的人强行拉去定罪。"

他这话枫祈挑不出错处来,鎏云长公主的尸身的确被发现了,她的死已经坐实了,现在还有人证与物证,所以在外界看来,这一切都是无可争辩的。

可诚如靖王所说,临渊部与洛和残部的结怨,也是让临渊部最不可能与洛和残部联合的。

所以,现在根本没有办法破局。

而唯一能够破局的就是,鎏云长公主没有死。

只是现在枫祈细细想来,又觉得这件事情极为奇怪,如果鎏云长公主没有死,却要假死,又或者说有一真一假两位公主,那么她们这么做的目的又是什么呢?

只是为了针对一个临渊部吗?

枫祈觉得这件事情没有那么简单,可又实在是想不出其中的关节所在。

她曾经想过,朝廷会怎么对待临渊部,哪怕是昀泽肯帮她,但又能找什么理由来帮她呢?毕竟这可是刺杀皇室的重罪啊,对方还是北境的镇守者,若将此事轻轻揭过,那么朝廷威严何存呢?

她不敢想,她也害怕昀泽到了那个位置上,在权衡利弊之时,会不会选择牺牲临渊部。

哪怕是即使聂封将鎏云长公主可能还活在世上的消息传到皇宫,皇帝是否会彻查。

这是聂封在受伤昏倒之前,悄悄在她的耳边告诉她的。那个时候,聂封一定以为自己活不成了,所以想要告诉她,让她放心。就在阿姐出事的那一刻,他就派了人提前飞马回京,将所有的证据还有他的手书上呈皇帝。

只是就算如此,枫祈还是有些担心朝廷会不会选择去遮盖这一桩皇室的丑闻?

毕竟皇室对这样的事情似乎很是忌讳。

枫祈之所以会这么想,是因为之前在她去幽灵谷救靖王殿下的那晚,她听到了一桩宫闱秘辛。

那个时候她太累了,所以有些昏昏沉沉地趴在靖王的身边睡着了。说是睡着了,其实也没有完全睡着,因为那个时候,她还是有意识的,毕竟她强迫着自己不能睡着,她害怕靖王出事,她想要让自己提起精神来,去守着靖王。所以靖王把他的身世说给她听的时候,她全部听到了。可就算是她听到了,当时她也不敢有所回应,也不能有所回应,甚至永远只能把这些话埋在那个令人几乎绝望的夜晚。

皇家当时为了掩盖一桩丑闻,甚至差点杀掉一个无辜的婴孩,哪怕这个婴孩还是自己的血脉。

那么,对于现在的临渊部、现在的鎏云长公主呢,朝廷又会如何?

枫祈不敢想。

到了此时,枫祈又觉得有些无望,一滴泪顺着她的眼角滑落了下来:"所以,还是没有办法。"

靖王心中难过,他抬手轻轻擦掉枫祈眼角的泪水:"事情还没有到最后一刻,你不要轻言放弃。你容我想想办法。无论如何,你要保重自己的身体才是。"

说到此处,靖王看着一旁的热羹,抬手摸了摸碗边,现在已经不烫了:

"你很长时间没有吃东西了,先吃点东西好吗?"

枫祈现在也是饿了,靖王说得没错,要是她把自己的身体熬垮了,又有什么用处呢,她又怎么对得起阿姐的牺牲呢。

她虽然不想吃,但是她强撑着身体,决心一定要吃一些东西。

靖王将她小心地扶了起来,让她靠在自己的怀中,一点点地喂她吃东西。

吃了东西,枫祈感觉好多了,她不知道自己是又乏了,还是怎么样。

总之,还是那个样子,靖王的怀抱让她觉得说不出来的舒服安逸,靖王就像是一片柔软的、被阳光烘烤过的云朵,让她忍不住想要扎进去,沉进去,陷下去。

他看着闭着眼睛的枫祈,一个劲地往他的怀里钻,像是一只贪恋怀抱的小猫,如此亲昵。她的唇吻着他的手心,如此柔软温热,他的指腹摩挲着她的唇瓣,他的心尖都忍不住战栗起来了。

而枫祈脑子浑浑噩噩的,她在一片白雾中,模模糊糊看到一个身影,她心中有些恐惧,只是朝着那个身影奔跑过去:"你……你不要丢下我一个人,好不好?"

一滴泪砸落在靖王的指尖。

他先是一怔,随后一种说不出来的苦涩与痛苦袭上心头,让他如坠冰窖。

他僵在那里,一动不动。

他知道,这是情人蛊在起作用了。

靖王有些痛苦地闭上了眼睛,这样的情景,让他心口像是被刀扎着一样难受。

他想起前不久写信给皇后,皇后曾经不止一次地催促他的婚事,先前他总不放在心上,这婚姻之事,在皇家内部总是一眼能够望到头的,很多时候能够相敬如宾便已经是极好了。他早就知道了那样的结果,所以既不排斥,也没有什么波澜,像是一汪死水一般。

后来觉得自己太忙,加上那位准王妃病逝之后,他就再也不愿意提及此事,也不想再违背自己的心意。

可是在他与枫祈在北境相处的这些日子,却仿佛让他的人生多出了一些新鲜的可能来。他认为自己的确是应该有个家了，不必形单影只、独来独往了。所以在皇后催促的时候，他便写了信告诉皇后他想要成亲了，而且已经有了心仪的女子。他甚至透露出来就是北境的女子，皇后与皇上曾经说过如果有心仪的女子，便答应一定为他赐婚。

那一次甚至连他们兴致都很高，便直接写了赐婚的旨意，只要等待着那位姑娘的出现就好了。

所以，他从未想过其中会有什么波折。

而且想到今后的日子，他总是嘴角不自觉地上扬，就连心情也轻快起来了。

有的时候他会一个人不自觉地站在书房里那张北境的地图前，这张地图上标注的都是有关军事的东西。他的手指顺着蜿蜒的山脉和狭长的河道，在地图上来回摩挲，倒是发现了一些以前看不到的东西。

他仿佛看到了夏风顺着长河直下，吹开了大朵大朵鲜艳的夏花，在绿油油的草丛间开得自由而舒展，棉花一样的白云堆积在天边，阳光灿烂而灼烈，落到湖面之上，湖水越发碧蓝，涟漪泛起了碎金子一样的光芒。而湖边的山林被这阳光冲洗过，越发呈现出一种鲜亮夺目的绿来。那里可以建一座别院，在夏日的时候，便可以带着枫祈一起去消暑。因为到了傍晚，那里的夕阳一定美极了，他们可以垂钓，到了夜晚，无垠的月色可以包裹住一整个美梦……

如果是她想到别处逛逛，这个时候北境已经平稳安泰了，南方也好，海边也好。

他想珍惜她、保护她，他也曾在梦中为她折下了春日里的第一枝桃花，别在她的发间。

这些东西，他小心翼翼地想着、收藏着，想等到有一天可以与她一起去实现。

他也曾想过她这般依偎在自己的怀里，可如今这梦境与现实重叠在一起，却让他犹如万蚁噬心一般难受。

为什么会落到如此境地呢？

他不明白，明明他可以用一生来好好爱她，可以慢慢地等她卸下心防，接纳他。

而绝对不是现在的样子。

就好像精心培育着一棵尚未长成的树，你明明在期盼着那一树的花开，可是某一天，树就这样被人连根拔起了，还被人做成了精美的根雕，摆放在了书房的架子上。

见枫祈已经平静下来，他慢慢地、小心地将她重新放回床上，给她盖上被子。

靖王站在枫祈的床前，只是看着那个沉沉睡去的人。真的要如此吗？

他目光渐渐地变得冷毅起来。

最后，他终于下定了决心。

靖王一甩衣袖，抬脚往门外走去。

十六

北境来了一位神秘的客人，这个人从京城带来了一份密报。

靖王得到消息。

皇帝准备在国丧之后，处置临渊部的前首领，并且要夺走靖王的兵权。

这是意料之外，却又是情理之中。

三天后。

枫祈离开了北境，赶回京城。

十七

丑时三刻。

北境深处，一处坐落在山巅的宫殿。

悦雅一袭深蓝华服，站在天台上，风吹起霓裳，似妖似仙。

天河浩渺，满天星斗，灿烂生辉，仿若触手可及。

她抬手，虚虚地让一颗星子在手掌间转动，仿若捏住一颗棋子。

皇帝此生注定要受制于一枚小小的棋子，那是皇帝逃不脱的命运。

一枚小小的棋子，就能够牵动整个王朝的中枢，想来便觉得有趣。

悦雅已经得知枫祈回京了，还带着一份情人蛊回了京。

听到这里，悦雅高兴极了，她知道枫祈想要做什么，所以，她在暗中协助了枫祈。而且她已经得到了一份密报，枫祈那件事情已经成了。

那就是枫祈在春禾的身上种上了蝶蛊，并且威胁春禾最好按照自己说的去做，否则她一旦被喂了血药，一定会让她痛苦万分。

悦雅选择了以临渊部为饵，就是为了引起边境的动荡，北境的部族都知道，临渊部向来对于朝廷甚是臣服，又怎么可能与洛和残部为伍呢。

朝廷查不出真相，为了颜面，仓促给临渊部定罪，他们便在暗中制造一些事端，势必造成北境人心惶惶，至少不会像先前那般如此信任朝廷。

可是若是不定罪，那么证据确凿，影响恶劣，若不处置，就此揭过，恐怕对于朝廷的威严也是极大的损害。

况且，她曾经收到过密报，皇帝要处置靖王与临渊部。

这其实是一石二鸟之计，趁着处置临渊部的事情，将靖王晔舒的兵权暂时裁撤，将他也调回去，毕竟晔舒与临渊部关系十分紧密，他自然也是逃脱不掉干系的。

这"干系"有多大，该有什么样的"干系"，这背后自然可以好好算计利用。

皇权的猜忌，势必不会轻易容忍靖王晔舒拥有这么大的兵权。

更何况，晔舒还自己跳了进来，悦雅知道他喜欢枫祈，可是从未想过这刀山血海里竟然还能养出一颗情种来，真是稀罕有趣极了。

这件事情倒引起了不小的震动。

因为晔舒想要保护枫祈，便拿出了当年那道赐婚圣旨来，想要请皇上和太后允诺赐婚。

这一来是保护枫祈，二来是想要借此保护整个临渊部，拖延时间。

晔舒这一手，倒的确是让对方乱了阵脚，因为朝廷查出来他有问题，跟他自己光明正大公然地承认，其实很不一样。

他公然承认，是为整个临渊部请命，说其中确有冤案，也公然为自己尚未被调查便喊起了冤屈。

这件案子的影响范围越来越大，背后的情况也越来越复杂。

势必得小心查办。

而且就算是此事拖着，想办法把事情先调查清楚，那也没有什么用处。

因为皇帝已经没有多少时间了。

拖延时间，这对于悦雅来说才是最重要的。

就是那颗棋子起了重要的作用。

情人蛊，蝶恋花，其中还有一重剧毒在里面。

这一点几乎没有人知道。

如果一个人中了蝶蛊和花蛊两种蛊，虽然不知道能够存活多久，但是只要不吃血药，便不会有太大的问题。

而在花、蝶两蛊的加持之下，那血药会变得十分猛烈，被喂食血药的人虽然还能维持生命，但是渐渐会变得暴躁疯狂，最后神志不清，做出一些乖张出格的事情来。

国朝的朝臣们怎么会真的甘愿忍受让一个疯子来做皇帝呢？

那么只剩下唯一的选择，就是靖王昁舒。

这就是牵一发而动全身。

所以，就算是枫祈不对林春禾使用蝶恋花，她也会想办法在林春禾的身上再施加蝶恋花，让皇帝神志逐渐丧失。

不过，悦雅想到一些更有趣的事情，就是她从春禾那里听闻昀泽喜欢枫祈，她去证实过此事，又想到两人在京中一起相处了三年，想必是有情愫在的。而昁舒又对枫祈念念不忘，光靠情人蛊没什么意思，须得让枫祈心甘情愿地与昀泽斩断情缘才是。

于是，悦雅想办法将这件事情透露给了枫祈。

救临渊部的路，只有一条，只要枫祈想要临渊部活，那么她一定会那么做的。

因为，别无他法。

对于枫祈，悦雅是在给她机会。

这场悦雅亲手谱写的大戏，可真是热闹非凡啊。

她期待着它落幕的那一天。

以最为华丽、震动天下的方式落幕。

寅时一刻。

一份密报被送上了高台。

这是她今天晚上一直在等待的密报。

悦雅打开密报的卷轴。

> 皇宫中出现猫鬼案。
> 事涉帝王新宠，太后震怒，执意要逐林春禾出宫。
> 朝臣之中也有许多人反对皇帝宠爱妃嫔太过，要求将人逐出皇宫，其中也不乏太后的授意进谏。
> 皇帝震怒，甚至连杀三位大臣。
> 林春禾畏惧朝野压力，自请出宫。

看到此处，悦雅却是轻然一笑。皇帝会做出此等事情来，想必是那蛊物的后遗症在起作用了。它会使人神识昏聩，在一瞬间做出一些失去理智的事情。

而林春禾自请出宫，当然不是畏惧朝野压力，而是另有其因。

皇帝后来虽然已经知道了情人蛊的事情，但是他命人配制的药物不过是在缓解发作罢了，最终还是会屈服于花蛊的血药之下。

同样，林春禾身上的蝶蛊也发作了。枫祈威胁她，让她去求皇帝，求皇帝让她出宫，并且把枫祈接了进来。

枫祈要进宫，很简单，就是向外界释放的一个信号罢了，皇帝不会轻易动临渊部。

只是悦雅从未想过,自己先前见过的那个单纯可爱的小姑娘,如今怎么会狠成这样,悦雅只是感叹人心是如此禁不住考验。

枫祈因为担心皇帝还会对临渊部不利,竟然再一次在皇帝身上下了蝶蛊,在她自己的身上下了花蛊,想要像林春禾那样用血药控制皇帝。

悦雅从来没有遇到过这样的情况,她平生善用蛊毒,但也想不到这样的用法。她甚至有些好奇,皇帝昀泽在两份不同的花蛊与血药的加持下,会呈现出一种什么样的结果。

有那么一刻,她有些同情起昀泽来了。

如今东境战事又起,北境也似乎有隐隐的不安之势,国朝的安定太平最为重要,所以靖王暂时不会离开北境。

至于临渊部,因为尚未抓到首犯纯瑜,所以此事尚需调查清楚。

悦雅心中冷笑,就算她现在把纯瑜的尸体丢到他们面前,恐怕朝廷也不会认的。

因为这不过是枫祈与皇帝的交换条件罢了,给她一段时间,好让她想办法抓到自己,以此来证明临渊部的清白。

而抓人,自然是靖王晔舒了。

想到此处,悦雅不由得长长地叹了一口气,晔舒啊晔舒,一代战神,过尽千关,却偏偏折在了这美人关上,真不知道究竟是谁中了那情人蛊的蝶蛊呢。

人在局中,总是看不清现实。

既然如此,她就帮帮他,好好帮一帮他断舍离。

她该如何才能让晔舒明白,这世上没有人会选择他。

只有她,只有她才是真正在帮助他,选择他,与他命运相连,休戚与共。

卯时。

皇宫,殿外冷月银霜。

枫祈身着轻薄的青色衣裙,如墨一般的长发散在地上,独自一人躺在殿内的地毯上,像是从枝头凋落的花。

此时的她，灰败而残破。

她冷得发抖，可是她却任由自己浸泡在这样的寒冷中。

她手掌间的伤口已经结了血痂。

就在不久前，皇帝来过了，他的情人蛊发作了，他来到她的寝殿，粗暴地将睡梦中的她从床上拖了下来，随后当着她的面，划破了她的手掌，以解蛊毒。

他的眼中带着冷到极点的恨意与报复，盯着她，仿佛要将她活活撕碎一般。

自她入宫以来，他用尽了一切除了弄死她之外的法子来折磨她。

在短暂的恐惧过后，她剩下的只有成为灰烬般的平静。她看着他，竟然吃吃地笑了起来。她抬手抚摸着那双眼睛，像是抚摸一只死去的鸟儿，也像是在抚摸死去的自己。

那么短的时间里，那双眼睛竟然变成了这般模样，所有的温情，仿佛早就成了前世的记忆。她凑近了些，口中呼出白雾："你知道的，我以为我可以相信你的，我以为我可以的。可是你还是为了皇室的颜面，想要杀掉我阿爹，要牺牲临渊部。所以，你也不要怪我这么对待你。"

他也抬眼看着她，也笑了，嘴角还残留着殷红鲜艳的血，诡异又疯狂："所以，你就背叛我、暗算我？"

枫祈深吸了一口气："是啊。我早就跟你说过，不要伤害我的家人。"

昀泽惨然一笑，他站起身来，慢慢地走出了宫殿。

这世上的一切，原来都是那么脆弱不堪。

跪在殿门口的内侍，只是瞥了一眼纱幔后躺在地上的枫祈，随后瑟瑟发抖地跟了上去。

过了不久，有宫人进来，给枫祈披上袍子，随后将她扶上了床。

她命人不许点灯，她害怕光芒照到现在的自己，她只想蜷缩在黑暗里。

再过不久，天就要亮了。

可是这天啊，亮不亮，与她又有何干系呢。

反正，她又看不见。

/ 211

她抬手,从枕头下摸出了一根玉簪子来。那是晔舒临走之前给她的,里面藏着一种可以致人假死的药物,那是为了以防万一之用。

不过,晔舒不知道她与林春禾情人蛊的事情,他只是担心万一她触怒皇帝,好给自己留下一条退路。

而她的进宫,在他的眼里,只是以为她是皇帝的人质。

因为她拿着情人蛊进京之后,很快就被皇帝的人捉到了,秘密关押起来。晔舒知道这件事情之后,便立刻在皇帝面前为她说情。

这样的举动,很难不让皇帝生疑。

在她进宫之前,晔舒曾经找过皇帝。

晔舒说给他一点时间,他会给皇帝一个满意的答复,但是现在北境不稳,他会处理好北境的事情,同时他会给皇帝想要的一切。

而临渊部的事情,晔舒也答应过她,会做出妥善的处置。

但她还是不相信,到了如今,她已经不敢再把所有的希望寄托在别人的身上了。

就像是她还在北境的时候,有人给她送来情人蛊的花蛊,并且告诉她,这一对情人蛊的蝶蛊就在林春禾的身上。

该怎么用,能怎么用,就任由她自己决定。

她挣扎过、纠结过,最后选择在自己的身上种上了花蛊。

人说饮鸩止渴,大抵如此。

荒唐,可悲,又无可奈何。

可是,只要还有一线希望,她总想着试一试。

她蜷缩在被子里。今天晚上,她实在是太累了,她闭上眼睛,泪水从眼角滑落下来,她不去管它,只是沉沉地睡过去了。

她,实在是太累了。

入睡后,她做了一个梦,梦见她一个人在巨大的冰冷的宫殿里穿行,这里像是一座巨大的迷宫,无论如何,她也走不出去。

后来,她来到一座宫殿,富丽堂皇又空荡荡的大殿。

殿内,她看到林春禾坐在椅子上,怀里抱着一只白色的猫。

林春禾低着头，抚摸着怀里的猫儿，嘴里哼着古怪的歌谣。

　　她似乎没有看见枫祈进来。

　　枫祈走了过去，林春禾突然抬起头来，枫祈一惊，她的眸子，像是猫儿一样的眸子，不，是跟她怀里的猫儿一模一样的眸子。

　　林春禾就是用那样的眼眸看着枫祈，她笑着，露出了一对尖尖的虎牙："我知道你在想什么，只可惜，你永远都达不成你的目的。"

　　林春禾说完，她怀里的猫儿突然朝着枫祈扑了过来。

　　枫祈吓了一跳，慌忙举起袖子来挡。

　　可是下一刻，她发现根本没有什么猫儿扑上来。那只猫儿已经不见了，眼前的林春禾却是躺在地上，鲜血染红了她华美的衣衫。

　　林春禾，死了。

　　这突发的所有一切，把枫祈吓得不轻。

　　她猛地惊醒过来，头发都被冷汗浸湿了。

　　她坐了起来，喘着气，心还跳得厉害。

　　原来是梦啊。

　　一缕缕晨光，从窗格里照射进来，灰尘在光里飞舞着。

　　枫祈起身，赤着脚走到了窗格前，伸手去接住了那缕缕光丝，有些痴痴地望着那光芒在她冰凉的指尖流动着，她才感觉到一丝丝暖意，才感觉自己还活着。

　　只是，这样的时光实在是太久了，太久了，久得让人疲惫，不知道什么时候才能走到尽头。

第九章
影：此间·沉舟侧畔千帆过

◆

一

晔舒一路快马加鞭，赶往北境。

他们一路不敢有半刻的耽搁，担心皇帝趁此追了上来。

只要到了北境，他就算是真的安全了。

皇帝就不能轻易拿他如何了。

北境他经营多年，根深蒂固，兵强马壮，而且这里都是他的心腹部将，北境是忠是反，皆在他一念之间。

不过，这一念往何处，就在他决定离开京城的时候，就已经成了定局。

回到北境城池之下的时候，已经是明月高悬了。

关山冷月，长风万里。

晔舒勒马，抬头望着巍巍的城墙，目光决然，嘴角带着凉凉的笑意，兜兜转转，好像又回到原点。

徐天在他的身边，看着靖王，心下一抖。

他追随靖王多年，何时见过这般寒意锐利的目光，仿佛那一刻，了断了红尘所有的温情。

城墙之下的兵士，见到靖王回来了，连忙打开城门。

晔舒一夹马肚子，疾驰入城。

自从晔舒回来之后，便开始整顿兵马，他想着这一次，他一定是触怒了皇帝，想必再过不久，京城便会传来捉拿叛贼的消息了。

奇怪的是，京城并没有传来皇帝震怒的消息，倒是传来了朝中大臣的密函。

皇帝病势沉疴，时而糊涂，时而清醒。为了大渝国朝安稳，为了防止变故，大臣们想要拥他为帝。

晔舒看着那些密函，并没有理会，而是扔到了一边。

一旁的徐天看着靖王这般态度，心里只是有些忧虑，他犹豫了许久，最后终于问道："殿下，如果京城有什么异动，有这些重臣在朝中作为联络，那是再稳妥不过的事情了，为什么殿下不理他们呢？况且，现在国朝中，最有资格继承大统的人便是殿下了。"

晔舒却是意味不明地一笑，他从桌子上拿起了茶杯，慢慢地喝了一口："不着急，这件事情先看看再说，谁知道其中是不是有诈呢。我现在公然与他们合作，不就是落了早就想要谋反的罪名吗？等一等吧。如果事情真的到了不可挽回的时候，我再出面，那便是扶大厦于将倾，是功劳。"

徐天一愣，随后立即明白过来了，不由得叹服："殿下深思熟虑，是属下太过急躁了。"

可是，随着时间一天天过去，京城里传来的消息越来越多，皇帝时日不多，恐怕已经成了定局，但晔舒却还是一副平淡安静的模样，一点也不着急。

徐天越发坐不住了。他个人的安危倒是没有什么，但如果靖王迟迟没有行动，要是京城出了什么突发状况，因为这大渝又不是只有靖王这一位皇室后裔，这帝王的宝座诱惑实在是太大了，难免会有人想要兵行险着。一旦被别人捷足先登了，那么之后他们的处境势必会很被动，无论谁上台，结果肯定都是要想办法先解决掉靖王的。

就在徐天再一次准备去找靖王的时候，却看见靖王独自一人站在庭院里，庭院的桌子上摆着瓜果茶点，似乎是在等什么人。

晔舒见到徐天来了，只是让他别走，既然来了，不妨留下来一起等一等。

徐天心里有些不安，但是也不能拒绝靖王，便坐到一旁的石凳上。

一直等到天色将暮，星月东升。

晔舒还是一副安泰的模样。

最后，一阵风吹进了小院里，那风里还弥散着淡淡的香味，是女子身上的香粉味。

晔舒闭上眼睛，面色平和。

未过多久，墙外便有一人轻轻地飞落进来。

那人一袭绿衣，不过这一次，她没有戴帷帽和面纱。

来人正是悦雅。

经年未见，悦雅越发美丽动人了，这岁月给世上的一切都留下了痕迹，却唯独将她遗忘了一般。

徐天看到了悦雅，却是惊得几乎从凳子上跳了起来："鎏云长公主？"

晔舒睁开眼睛，瞟了一眼满是惊诧的徐天，嘴角露出了一丝嘲讽。他没有回头，也没有起身，只是自顾自地倒好了两杯茶水："这么多年了，你终于舍得露面了。"

悦雅走过徐天的身边，坐到了晔舒身旁的石凳上。她端起茶杯，在鼻前轻轻地闻了闻，笑道："你还是这样，这么多年了，还是爱喝这不值几两银子的苦茶。"

随后她又将茶杯放回了桌子上，只是望着晔舒："我来，是因为你在等我。"

晔舒打量了她一番："这一次，不会又是一个替身吧？"

悦雅怔了一会儿，她摇了摇头："不是替身，就是我自己。如果是替身的话，我知道你会不高兴的，你这个人有的时候脾气很好，有的时候脾气很坏。脾气坏起来的时候，你比我见过的人都要可怕。那个时候，就意味着再无转圜的余地了，你会毁掉这一切，毁掉我们苦心经营的这一切。所以，我知道你在等我之后，我就来了。"

她说得很真诚，她看着晔舒。

这世上，有的人多年未见，不是变得苍老或者成熟了，而是像一把在熔炉里锻造的剑。当它被千锤百炼的时候，至少它的身体、它的血液还是滚烫的。可是当它挺过了那千锤百炼，成为一把真正的剑的时候，你看到的只有坚硬、冰冷、锋利，随时随地都会将对方割伤。

如今，看着这一柄剑，悦雅却是五味杂陈。是她将他投入了熔炉之中，他的千锤百炼，也有不少是她亲手促成的。如今看着这样一个人，却让她很难高兴起来。

可是她转念一想，这世上原本就没有那么多让人高兴的事情，有所得必有所失，只要得到了自己最想要的，那便行了。

而晔舒在听到悦雅这番话后，赞同地点了点头，事情的确是像她说的一样，他的确是这么想的。

悦雅谋算了那么多那么久，费尽心机，无非就是想要让他登上帝位。

而说到底，现在最关键的一环却是在他这里。

若真的论起他的本心来，这帝位对于他来说，本身就是可有可无的，他原本就对它没有什么兴趣，若是有，不过局势所需，那也无妨。

况且，对于晔舒来说，他拥有很多，可是有的时候想想，真正属于他的却是寥寥无几。而且这一样接着一样的，又总在逝去，所以一念若起，他也可以将自己手中的尘世中的一切全部抛得干干净净。

所以，在这个时候，在这么关键的时刻，悦雅不敢冒险，她一定会来见他，也一定要来见他。

悦雅看着他，心里顿时了然。她问："你想要什么呢？"

晔舒也不想同她兜圈子了，他的手指点了点桌子："三件事。"

悦雅眉宇微微蹙了起来，她沉沉地呼了一口气："你说。"

晔舒说道："第一件，我想要知道你谋划的整个过程，包括皇帝现在的状况。"

这个要求并不过分，况且，她并不是想要隐瞒他，至少现在已经没有隐瞒的必要，晔舒知道的并不少，只不过不是全部罢了。如果欺骗他，让他发现了漏洞，这件事情恐怕很难收场。

其实，悦雅对晔舒几乎没有欺骗，只是她会有所隐瞒罢了。

她告诉晔舒，这个计划决定执行的时间并不算太长，原本她只是想着稳固晔舒在北境的地位，利用他们的职权之便，将所有的族人转移到塞外，之后他们愿意在塞外生活也好，或者可以通过外族人的身份重新回到大渝也好，只要他们自愿便好。这也是晔舒的初衷。

总之，至少族人们不再是戴罪之身了。

后来，她偶然得知了先帝的身体状况，还有先帝在驾崩之前的一段时间里，似乎对晔舒有过忧虑。

所以，那个时候她开始真正筹谋此事了。以前她虽然想过，要是晔舒凭借着靖王的身份登上帝位，那是最好不过的，但其中风险太大，太子势力稳固，她不敢贸然下手。

但是幽灵谷的事件让她看到一个漏洞，太子冒险脱离了大部队，只带着很少的随从，便赶往北境，悦雅在得知这个消息之后，便利用林春禾接近了太子。

先帝出事的事情，悦雅也收到了密报，所以便开始在北境酝酿那次临渊部勾结洛和残部杀害鎏云长公主的事件。

而京城那边。

林春禾先前在太子的身上种上了情人蛊，而后，枫祈也在林春禾的身上种上了情人蛊。常人很难抵御住花蛊和蝶蛊的双重折磨，到了一定时间，这两者的毒性便会开始蔓延，时日无多。

皇帝因为身上的蝶蛊，势必也会受到连累。

所以，就算是皇帝提前察觉到了情人蛊，也没有解救的办法。

不过悦雅并不想让皇帝因为过于绝望，而做出什么疯狂的事情，再者，他们在北境和朝廷的势力也尚需稳固。

她便让人透露出情人蛊可以解的消息，这些年来，皇帝也在暗中找寻情人蛊的解药。那些解药就算是配制出来，也不过是短暂缓解罢了。不过常人看不出来，还以为会就此好了，但很快，药效过了之后，便会引起更加剧烈的反噬。

这也就是为什么在晔舒离开京城，回到北境之后，会收到皇帝突然病重的消息。而且皇帝敢杀枫祈，也是因为他手中有了解药。

可是，皇帝并不知道，他手里的解药是假的。

晔舒的目光越来越寒凉，他看着悦雅，问道："那么既然这件事情已经万无一失了，那林春禾的死究竟是怎么回事？真的是枫祈杀了她吗？"

悦雅叹了一口气，他果然还是怀疑到这件事情上了。其实她也想过，这件事情怎么可能骗得过他呢。

悦雅说道："林春禾的死，自然不是枫祈所致。林春禾知道了皇帝配制出来的解药后，便说有一个秘密可以告知皇帝，只要皇帝也肯救她。这些年来，她被双蛊折磨得厉害。"

晔舒道："秘密？所以为了保存那个秘密，你们就杀了林春禾。"

悦雅却是轻蔑一笑："她能知道什么秘密啊。无非是鎏云长公主的事情罢了，她想告诉皇帝，当初鎏云长公主在北境养了不少的蛊物，还发现鎏云长公主用蛊物控制活人罢了。这是她偷情时无意间发现的，便以为抓到了什么天大的把柄。当时让她误打误撞地看到了，但是看到了又怎么样呢，她又没有证据。倒是她自己的身份，破绽百出，想要收拾她简直是易如反掌。"

说了半天，晔舒并不觉得悦雅说出了最后的真相，他有一种预感，这件事情很可能是针对他的："那既然如此，为何要杀她？"

悦雅看着他，柔声道："你别着急，也别生气。我这是为你好，枫祈那个姑娘看似活泼可爱，但心眼并不少。她肯定没有告诉过你，皇帝为什么会接她入宫吧。"

晔舒不明白为什么悦雅会有此一问。

不过，悦雅看到晔舒的表情却很是满意："她果然没有告诉你，控制林春禾的蝶蛊和皇帝身上的蝶蛊都是她所为，她为了让皇帝不要对临渊部动手，便使用这样的法子，所以皇帝更需要枫祈身上的血药。你想想，她跟皇帝在京城的时候，可以说是一起长大的，但在控制皇帝的时候，她可没有半分的心软。她是知道的，她的血药给了皇帝，会有什么样的后果，会给皇帝带来什么样的痛苦，她一点都没有在乎过。这女子不光如此呢，我让人在宫外杀了林春禾，让另外的人易容成了林春禾的样子，让皇帝知道了她身上的蛊物已经好了，皇帝大喜，便要接她回宫验证是否真的如此，她果然没有再犯病。枫祈不知道真相如何,但她知道如果林春禾说的都是真的,那么她就要完了。所以,她提着剑在众目睽睽之下杀了林春禾。最后,还想要自己假死逃避责任呢,真是又歹毒又心机深沉。可惜,毒妇怎么比得过疯子呢,她还是被皇帝杀了。"

晔舒听着悦雅说的话,只觉得自己的心都快冷下去了。他看着悦雅:"真的吗?真的是枫祈杀了林春禾吗?"

悦雅顿了顿,她不明白为什么晔舒会有此一问,她刚准备开口,可是晔舒冷笑着望着她,目光像是利刃一样扎了过来。她把想说的话又咽回去,斟酌了一下:"是。林春禾的死是我栽赃她的,可若是她没有起杀心,也不会带着剑去寻林春禾了,那剑总算是她自己的吧。她还想利用你对她的情义呢。你喜欢她,可是她配不上你,你还会为她所困,你将来是要做皇帝的,帝王怎么可以有软肋呢。你做不到,所以我在帮你做到。"

晔舒心中冷下去,他看着悦雅像是看一个怪物一样。他摇了摇头:"不,不是这样的。你栽赃她,是因为你想逼疯皇帝折磨她。而你知道我绝对不能看着她受到折磨,从而逼迫我尽快行动。你要枫祈的命,那是因为你不能容忍还有其他的人能够左右我。"

悦雅有些惊异:"你这话是什么意思?"

晔舒却是凄然一笑:"我小的时候落下过病根,每年只能靠着你配的药过活。每次我病发的时候,都是你送来的药让我缓解的,可是,后来我细细想来,你精通蛊物,这药物究竟是来救我的命的,还是用来控制我的人生的?"

说到后面,晔舒的目光越发冷厉起来,他站起身来,长长的阴影将悦雅锁在里面,仿佛要将她捏碎一样。

悦雅抬起头来,她的眼睛平静而淡漠,像是蛰伏在暗夜里的蛇,不过她的声音却是如此柔和:"这世上没有什么两全之事,那个时候,我要救你的命啊。"

所以,你总要有所牺牲和付出吧。

后半句话她没有说出口,她觉得自己没有说出口是出于怜悯,一个人如果知道了事情的全部真相,有的时候或许是一种残忍、一种残酷。

因为这个世界上,如果没有什么可以值得相信的,那对一个人绝对是巨大的毁灭。

所以,她情愿自以为是地给他编织了一个不那么残忍的世界,他们相依为命,只剩下彼此才是彼此的依靠,他们命运相连,无论做什么,为的都是一起活下去。

她为他好,她总是为他好的,哪怕她给他带来了满身伤痕。

以前,不都是这样过来的吗?

悦雅看着晔舒的面色越发铁寒,他的身体都在隐隐颤抖着,或许是愤怒,又或许是悲伤。

悦雅站起来,其实他能够回到北境,她觉得他就能够面对这一切了。她只是安慰道:"你以后还会遇到自己喜欢的姑娘的,你的路还很长,那个时候你富有四海,什么样的女子没有呢,很快你就能忘记她了。"

晔舒看着悦雅,他觉得自己有些悲哀,悲哀自己原来在这一刻才彻底对她绝望。

他有些无力地坐了回去,整个人都有些佝偻,像是一瞬间苍老下去了,他喝下那杯早已经凉透的苦茶。

一杯苦茶下肚,他的心倒是越发明澈:"你不仅用蛊物控制我,还用蛊物控制过很多人吧。现在想来,多年前,京城畅春阁里的幻蛊之事,也是你所为吧。"

悦雅点了点头,说到此事,她还有些气恼:"是,那不过是一点小小的试药而已,毕竟一次控制住一个人实在是太费时间了。如果试药成功了,可以省下我许多功夫呢。只是后来被昀泽坏了事,便耽搁下来了。"

晔舒没有说话。

悦雅见他不理睬自己,她只是走上前来说道:"晔舒,现在是绝佳的机会。箭在弦上不得不发,我们不能错失这样的良机啊。这个时候,你可不能犹豫,不能赌气啊。"

眸舒指腹摩挲着杯口，冷然道："要我跟你合作，可以。可是我不想当第二个昀泽，你在我身上下的蛊，你必须给我解药。你别告诉我，这无药可解。若真的是无药可解，那么我也没有必要再同你合作下去，毕竟受制于人，最后还没有好下场，这实在是无趣得很。"

悦雅听他这么说，却丝毫不意外。他要见她，其实她就已经预料到了一些事情，眸舒可能不会再像以前那样信任她了，她也不想让他这样抵触自己。

所以，她早就准备好了解药了。眸舒的病其实多年前就已经被她调理好了，后面也的确是她出于自己的习惯，在他的身上动了一点手脚，因为两者的症状类似，很难察觉出来有什么异同。

这样的习惯，她一直维持着，对于谁都是如此，就像是她教会手下的人怎么易容，可是也用药蛊控制住他们。所以每一次易容或者变回原来的样子，她手下的人都要吃下一瓶她专门配制好的药物。

她从袖子里拿出了解药，递给了眸舒："东西给你。眸舒，你跟昀泽不一样，我怎么可能会害你呢？我要是真的想要害你，又怎么会处心积虑地把这全天下最珍贵的宝座送到你的手里呢？我若真的只在乎自己，大可去控制昀泽啊。"

总之，现在无论如何都要让他登上帝位，这才是最重要的。

眸舒并不在意她说了什么，他只是拿起了那个瓶子，在眼前端详着。

"这是真的，我不会骗你的。"悦雅说道。

其实眸舒倒也相信悦雅在这个时候不会选择欺骗他，毕竟她这个时候需要他能够乖乖地听话些。眸舒将瓷瓶收到了自己的怀中，望着悦雅说道："好吧，第二件事，也算你做到了。不过，我想着，你肯把这瓷瓶给我，不过是因为你有能力可以随时再对我施蛊罢了。我说得对吗？徐天。"

眸舒忽然转头望向一直默默站在一旁的徐天。

徐天没有想到眸舒突然把矛头对准了自己，一时间又是惊诧，又是惊慌。他满眼疑惑地望着眸舒："殿下，殿下，这是何意？"

眸舒却是有些不耐烦地站起来，他已经厌倦了这样的伪装："何必再如此矫饰呢？最了解我身边布防的人就是你，可以轻而易举地知道我所有的生活细节和处境的人也是你，不然谁有那样的本事，能够神不知鬼不觉地在我身上种上情人蛊呢？"

徐天脸色顿时青了又白，白了又青。

他想要解释，却最终什么都没有说出口。

因为这一切都是实情。

晔舒仰头望着天幕，继续说道："两年前我得知我身中情人蛊的时候，我就怀疑到你了，所以我干脆找了一个借口把你调了回来。我想着你应该很早就来到了北境了，那个时候你就跟在还是鎏云长公主的悦雅身边，你也早就是悦雅的心腹了吧。这些年，你把我所有的事情和消息都传给了悦雅了吧。"

过了许久，徐天方才长长地叹了一口气："不错。我很早就来了，那个时候殿下还遇见了我，我就在房间里，殿下射了一支袖箭进来，不过那支袖箭没有箭头，我的命是殿下给的，这已经不是殿下第一次放过我了。"

徐天的语气里有愧疚，有悲伤。

可是晔舒眼中只剩下讽刺，因为当一个人选择背叛你的时候，他就早已做了决定，他的决定远远盖过了自己的愧疚与良心。

所以，晔舒很是漠然地看着徐天，他的内心已经掀不起半点波澜："所以，你现在可以回到你真正的主人身边去了。"

徐天的神色中有些痛苦，他知道他再也回不到靖王身边了。

事已至此，多想也无益。

过了一会儿，他脸上的痛苦之色已经消失了，他默默地走到了悦雅的身后。

悦雅看着晔舒那冷峻的面容，她没有生气，神色反而是温和的，像是在包容一个正在发脾气的孩子："好了，气也出够了，狠话也说过了。你不要便不要了吧。现在能否告诉我，你的第三件事情是什么呢？"

"这第三件事情，就是要你当着天下人的面宣判你的罪过。"

庭院里忽然传来了一声清脆的女声。

二

悦雅和徐天都惊住了。

未过多久,小院子的墙头忽然出现了不少伏兵,将这里团团围住。

庭院的房间大门打开,从里面走出来一群人。

枫祈、知鞍、聂封,最后面还有皇帝昀泽。

方才那句话便是枫祈说的。

悦雅看着这些人,顿时愣住了,那些早就该死的人为何会出现在这里?

她往后退了一步,徐天拦在她的身前,她只是摇着头:"这不可能,这不可能的,方才那屋子里明明没有人。"

悦雅确信里面是没有人的,如果这小院子里有其他的人,那么她一定不会进到院子里来的,因为她放出了自己的雪貂前去查看了。

"之前的确是没有人。"晔舒说道,"但这里有一条密道,他们后来都是顺着密道进来的。至于你的雪貂,它在院子里满处跑,其实也就是在帮你巡逻罢了。可是我们说着话,你说得太投入了,所以没有发现你的雪貂吃了我事先放在墙角浸了迷药的鸡肉,因此它早就昏睡过去了,自然不会发现这院子里的动静了。"

悦雅目光凶戾起来,她第一次在晔舒面前露出这样的面容:"晔舒,你竟然跟他们一起暗算我。"

晔舒很平静地看着她:"我只是不想让事情一错再错。"

悦雅怒极反笑:"你莫要忘了,你自己是谁。"

晔舒目光一寒。

就在这时,枫祈却突然走上前来,打断了悦雅的话,朗声道:"好久不见啊,鎏云长公主。不,或许我应该叫你一声悦雅,殷悦雅。"

悦雅的注意力果然被枫祈吸引过去了。

晔舒看着忽然走上前来的枫祈,先是一愣,而后才明白过来枫祈为何突然开口。她是担心悦雅说出他的真实身份,他不是什么皇室后人,而是殷氏的孩子,当年被换了下来,那个原本的皇室孩子已经不在这个世上了。

他微微叹了一口气。

对于枫祈的维护，他眸中有了暖色。其实她不必如此，那件事情他早就不在乎了，更确切地说他已经做好了面对这一切的心理准备，承担着一切的后果。这些年那件事情一直压在他的心头，让他愧疚难安。

悦雅看着枫祈，脸色十分难看。

枫祈却是微微笑着，她对于悦雅积攒的怨气已久，等这一刻的天光也等得太久太久了，所以她笑着的时候，眼中有无尽的畅快，还有泪光。

昀泽站在枫祈的身后，看着她这般模样，眼中露出几分心疼。他没有出声，只是默默地站着，他无言地支持着她，他就是她的底气，无论她现在想要做什么，他都会包容她。这些年，她过得实在是太苦了，这些他都看在了眼里。

知鞍和聂封则是一直在警惕地注意着这里的动向，以防止对方突然发难，或者逃跑，这一次，一定要将他们一网打尽。

"怎么觉得很奇怪吗？为什么我能够好端端地站在这里，为什么这里的人没有如你所想那般受到你的蛊物的残害？"枫祈边说，边往前走了几步。

悦雅只是看着她，现在倒是很好奇。

"因为我所受的苦都是真的，为了骗过你，我在自己身上下了药，看上去与种了蛊物的情况一模一样。"枫祈说道。

悦雅冷笑了一声："怪不得。我真的是小看你了。从什么时候开始，你们在我面前演了这么一出大戏的？你们又是什么时候发现的？"

悦雅目光冷冷地扫过在场的所有人。

枫祈说道："我自然是会一一告诉你的。"

其实在两年前，枫祈赶往京城的时候，就将北境发现殷氏部族的消息告诉了皇帝昀泽。那个时候，她正好收到了北境出了事的消息，临渊部杀害了鎏云长公主。

在宫道上，她遇到了知鞍，便将可以医治情人蛊的药物给了知鞍。

那个时候，知鞍急匆匆地进宫，却是带来一个消息——皇室当年在各处的密探，发现了一件十分不寻常的事情，就是殷氏族人好像被人在暗中偷偷调换了。

原本这殷氏族人在朝廷之中无关紧要，但密探还是将此事上禀了朝廷，所以先帝便命人继续追查。

这一追查，倒是真的查出一些重要的线索来了。

只是可惜，那个时候，先帝已经驾崩了，这个消息就一直被压了下来。

后来，知鞍无意间得知了此事，这一查，顿时惊出一身冷汗来。殷氏部族里有一个女子与当朝鎏云长公主长得一模一样，而且精通蛊术。不过这个女子在多年前已经消失不见了，据说是过世了，但密探查访的时候，却一直找不到她的坟冢。

他们还发现了一件事情。这殷悦雅曾经去过东境，她也是在东境的时候失去了消息，而当时的鎏云长公主正好也在东境。

鎏云长公主曾经不小心坠落悬崖，养了很长时间的伤，有不少事情也不大记得了，而驸马也是在东境过世的，这是举朝皆知的事情。

如果细细推敲，就会发现其中的古怪之处。

只是，凡事还是需要求证，密探查到悦雅身上有一处胎记，或许可以证实其身份。

当时知鞍便将此事上禀了昀泽。

昀泽当时才收到了在北境发现殷氏族人的消息，两者一联系，倒是发现了一些问题所在。如果当年鎏云长公主已死，而悦雅替代了鎏云长公主的位置，也不是不可能的。那么这些年来，悦雅在北境经营，把殷氏族人悄无声息地转移出去，那便能够说得通了，也只有她能够有这样的便利与权力。

他身上种了情人蛊的事情，他也曾经怀疑过这情人蛊究竟是从何而来的。

况且，他在北境中了情人蛊之后，鎏云长公主曾经来探望过他和林春禾，还给他们看过病。

鎏云长公主精通蛊术，怎么可能没有察觉到林春禾身上的蛊物，那就只有一种可能，就是鎏云长公主知道，并且她也有参与。

如今他又收到了这样的消息，心里越发疑心鎏云长公主了。

很快，北境又传来了一个消息，就是临渊部勾结洛和残部，杀害了鎏云长公主。

这实在是太巧合了。

为什么出事的偏偏是临渊部，一个最不可能谋反的部族呢？

而且那个时候北境谣言四起，说是皇帝震怒，一定会将怨气发泄在这些部族身上。当时还有传闻，有人供出了不少的东西，说还有其他的部族暗中勾结洛和残部。虽然其中大多是诬告，但诬告这种事情，很是麻烦，不一定能够迅速查清。

一时间北境人心惶惶，只看着朝廷会怎么处置。

长公主被杀之事，当时证据确凿。

不过随着北境密报而来的，还有一份奏章，晔舒为临渊部说情，称其中另有隐情。

看到这份奏章时，昀泽心里有过犹豫，因为北境的事宜，一向是由皇叔和鎏云长公主共同处置的。如果殷氏部族迁移到北境，那么不太可能瞒得过皇叔，所以他猜测皇叔应该也有所参与。

不过，他想着既然悦雅可以用蛊物来控制他，说不定也会用相同的手段来控制皇叔，皇叔说不定有什么苦衷。

晔舒在这个时候能够说出这样的话，他心里总算是稍稍有些安慰。

只是对于晔舒究竟是一个什么样的想法，昀泽也不太敢贸然断言。

后来枫祈和聂封在北境找到了相关的证据，鎏云长公主还活着的消息。

昀泽便当机立断，命知鞍前去北境，探查清楚那里的状况，赐他"便宜行事"。

那一场合谋便拉开了序幕。

当时知鞍孤身前去的时候，截获了靖王晔舒送到京城的一份密报。密报里，晔舒选择站在了朝廷这边，将他所知道的悦雅在宫中安插的棋子全部告知了皇帝，提醒皇帝要多加小心，因为一定还有他所不知道的暗棋。

/ 227

并且靖王也提出了一些如何引出悦雅的设想。

于是,那个时候,知鞍立刻当机立断,联系到了靖王,将皇帝的意思都告诉了他。

要想北境安稳,那是一定要抓出幕后的真凶,让真相大白于天下。

可是那个时候,悦雅早已经逃窜到北境的深处,要抓到她,又岂是容易的事情。因此,他们花费了两年的时间,开始了这一次的围猎行动。

也要在这一次,势必将悦雅埋在暗处的势力,以及北境洛和残部的势力一并彻底清除。

既然已经知道了悦雅最终想要什么,那就顺着她的意思走,让她以为自己得到了所有。

悦雅在京城的耳目被控制住之后,这些耳目便可以为昀泽所用,那些假消息源源不断地传递到了北境。

为了方便知鞍行动,皇帝借着血药的疯狂,"赐死"了知鞍,还顺手铲除掉长公主一直安插在朝堂上的两位大臣。

而知鞍和聂封,这些年来也深入到北境的腹地,想要找寻悦雅的踪迹。他们放出不少的饵,终于等到了一次机会,顺着饵线摸到了悦雅的老巢。

等到悦雅走后,朝廷的军队暗夜潜行,直接抄了后路,将她的老巢端得彻彻底底。

而悦雅却什么也不知道,沉溺在所有的一切都在掌中的喜悦中。她再一次现身北靖府,等着她的却是一个早就准备好的牢笼,把这只狡猾的狐狸彻底捉住。

悦雅听罢之后,只觉得大势已去。

她脸色灰白,踉跄了一步,摔倒在地。

"拿下。"知鞍呵斥道。

第十章
人生如逆旅，我亦是行人

◆

一

悦雅的案件引起了北境的震动。

其中不光是涉及北境的事情，还有悦雅豢养江湖死士，杀害不与她合作的朝廷命官，而且当年真正的鎏云长公主的驸马也是她所杀。

枫祈站在城墙之上，残光晚照，关山如血。

她的内心说不出来的平和，却也是说不出来的萧索寂寥。

这一切好像都没有变，这一切好像都已经变了。

昀泽不知道什么时候来到她的身后，他穿着一身玄色大氅，威武英俊，哪里有半点衰败颓色，他的情人蛊早在两年前就已经解了。

年轻的君主，生机勃发，是遨游在天际的龙，傲视着山河万里。

他将自己的大氅打开，从后面紧紧包裹住了枫祈。枫祈闭上眼睛，有些懒懒地依靠在他的怀里。

多少个日日夜夜里，他们就是这样相拥着，静静的。

"一切都已经过去了，你阿姐的事情，你不用担心，无论用什么办法，我都会想办法治好她的。"昀泽贴在枫祈的耳畔，半吻着她的发丝，安慰着她。

纯瑜还活着。

知鞍在悦雅的老巢里找到了她，她被关在了地牢里。悦雅之所以留着她，不过是想要让纯瑜亲眼看看她胜利之时。

纯瑜刚回来的时候，整个人有些痴痴呆呆的，连人都不怎么认得了，但有的时候却变得很暴躁，还有一种莫名其妙的恐惧折磨着她。阿姐那么坚强温暖的一个人，如今却变成那个模样，可想而知，悦雅平日里是如何折磨她的。

每每想到这些，枫祈心里就难受得厉害，她在私下偷偷地流过很多次的泪。

她总是背着人，害怕阿姐看到，还怕阿爹看到。

她怕阿爹看到后更加难过。

很多次，她都看到夜深的时候，阿爹一个人守在阿姐的床前，默默地落泪。阿姐夜里有的时候会惊醒，阿爹担心她做噩梦吓着，醒过来的时候看不到身边有亲近的人会更加害怕，所以阿爹总是要守着她。

后来，族中的阿婆给阿姐调养身体，昀泽和晔舒也请了很多名医来医治阿姐，送来了不少珍贵的药材。

不过现在阿姐好多了，阿爹每天陪在阿姐身边，就像她们小的时候一样。那个时候阿爹赶着车，带着阿姐去看林中的小鹿，去捉萤火虫，看星河湖泊，去垂钓，去骑马……

阿姐就坐在草地上，头上戴着枫祈编的花环，有的时候阿姐会吹起短笛。

阿姐吹短笛还是那么好听，那般明亮清澈，涤荡掉所有的烦恼忧愁。

阿爹说阿姐想不起来之前的事情就想不起来了，那些让她痛苦的记忆，她能够彻底忘掉最好了。

枫祈也是这么想的。

她希望阿姐能够快乐一些、轻松一些。

从此以后，就让她来做阿姐的阿姐吧。

"审了那么多天了，悦雅还交代了什么吗？"枫祈转过身，抱住了昀泽的腰，在他的胸前咕哝着。

"你想知道什么，直接去问知鞍吧。"昀泽抬手亲昵地揉了揉她的后脑勺。

枫祈抬眼望着他，目光中有些犹豫："靖王身份的事情，我想着……"

昀泽却打断了她，他的神情忽然变得认真严肃起来："我知道你想要说什么。其实皇叔的身份究竟是什么，我不在乎，我觉得他自己也不应该纠结于这件事情，他的人生选择通往何方才是最重要的。"

他说话的时候颇为笃定。

其实晔舒之前也来找过昀泽，说起他的身世来，昀泽只是安静地听着他讲完。其实晔舒是不是皇室中人，这件事情也已经很难求证了。

因为当年的事情，知者甚少，如今知道真相的又一个接着一个地离开人世了，只剩下悦雅了。

当年的事情，究竟是悦雅编织出来的谎言，只是为了让晔舒偏向她、信任她、依赖她，还是悦雅真的将那个孩子调了包，这些都讲不清楚了。

说起悦雅，昀泽却没有半点心思向她求证什么。此人惯会蛊惑人心，她现在恐怕很是迫不及待地想要在最后的关头还能反击一次，如果他们现在去找她，岂不是正好中了她的下怀。

昀泽心道悦雅说不定正憋了一肚子的坏水，想着能够在最后一股脑地丢出来，可是竟然没有任何一个人愿意搭理她，让她那一肚子的坏水烂在肚子里，说不定真的比杀了她还要更加折磨她呢。

对于昀泽而言，他更加信任的是一个他认识几十年的皇叔晔舒，他也信他自己。

所以，之前究竟发生了什么，他根本不在乎。

他只需要知道晔舒是他的皇叔，更是他的亲人。

同时他也不会让那些流言蜚语威胁到晔舒，伤害到晔舒。

殷氏族人从今往后不会再顶着罪人的名头，他们可以像正常人一样生活。

昀泽也不希望晔舒一直沉溺于往昔，因为这件事情，无论真相是什么，其实受到伤害最大的都是晔舒，昀泽不希望他背负着太过沉重的命运。

那个夜晚，他听着晔舒字字泣血般的悲凉与发泄，又怎么不是假戏中的真情呢。

昀泽又怎么可能听不出来。

昀泽为此感到难过，难过晔舒的命运，也难过自己的命运，他又何尝不是借着这个机会发泄出来呢。

因为曾经有人告诉过他,不要去拥有那些能够控制你心的东西,那些既是无用的,也是危险的。

只可惜,太晚了。

他尝到了痛苦的滋味,却也甘之如饴。

那就是枫祈。

他已经知道了枫祈身上的蝶恋花的蛊了,还知道了枫祈枕头下的毒簪子,只不过,他假装不知道罢了,因为那些枫祈并没有对他提起。

至于蝶恋花,枫祈只是中了蝶蛊,说也中了花蛊什么的,都是为了欺骗悦雅的。

只是那段日子,昀泽为了更逼真一些,那样的疯癫成魔让枫祈都倒抽了一口凉气。

有的时候她是真的吓住了,昀泽就悄悄地从寝殿里出来,翻窗户坐在枫祈的脚踏前陪她说话,有时同她说起各种奇怪的话本子,有时她想起之前的事情,还是伤心,便一个人躲在被子里低声啜泣,他就给她讲奇怪的笑话,一时间让她觉得有些哭笑不得,难受不得了,气得她抬手直拍打着床帐后面的人。他却总也不恼火,只是轻轻地笑着,到了后来只是捏住了她的手,握在掌心里,那个时候她才安静下来。

每一次直到她睡着了,他才悄悄离开。

因为他知道她会害怕,可是她不知道有的时候他比她还要害怕,害怕这空荡荡的皇宫真的只剩下他一个人了,那些欢愉、那些恋慕,只不过是一个模糊遥远的梦境。

因为那个人还告诉过他,如果你已经拥有了那些会控制住你的心的东西,就不要让其离开你,那就紧紧地握住它,把它攥在手心里。

他握着她纤细的手腕,像是握着随时会被风吹远的风筝的线。

那个时候,他还并不知道枫祈的心究竟是怎么想的。

但是,让他最担心的事情还是出现了。

林春禾要回宫的时候,他就知道那是一场局,肯定还会有别的事情发生,他已经戒备起来。不过,到最后还是没有料到枫祈被叫去了林春禾的宫里,他当时吓坏了，匆匆赶过去的时候，就看见枫祈提着剑，林春禾倒在了血泊里，他才稍稍安了心。正准备随便发泄一通，像平常装装样子的时候，他忽然看到枫祈拔下了头上的簪子来，他当时就明白了枫祈要做什么。

虽然事后枫祈告诉他，她只是想要把这把火烧得更旺一点，她不想再慢吞吞地等下去了，也实在是烦透了一直顺着悦雅被悦雅牵着鼻子走，但那一刻昀泽真的觉得自己的心在那一刹那被人狠狠地杀死了。

他一直以为那支毒簪子是枫祈的一种选择，一种以很好的方式将来可以摆脱妃子身份的选择，而且他认为晔舒把簪子给枫祈，也是出于这样的想法。

如果枫祈用了这支毒簪子，那么就说明她不会留下来。

昀泽怀着一颗极度悲凉的心与晔舒在大殿里对峙，那晚气氛紧张，伤心欲绝，可是碍于殿外还有人在偷听。

他时而真情流露，时而故作假戏。

他觉得那晚自己真的快要疯魔了。

后来，他想了许久，来到大殿里看枫祈，发现了晔舒留下来的痕迹，发现了她发鬓间的泪痕。

他终于做了一个决定，他给她喂了药，不过外人以为是毒药。其实那是解药，如果她真的想要走，他愿意成全她。

只不过，他如此绝望而深情的成全，最后却换来枫祈一顿臭骂。

因为枫祈醒过来能动弹的时候，发现自己在宫外。她思考了片刻之后，觉得有些不对劲，直到她看到了昀泽给她留下来的那封信，便没有丝毫的犹豫就进宫了。

那个时候昀泽在殿中遣散了众人之后，为情恸哭，还喝了几口酒。因为他实在是憋得难受，不得不释放一下自己，但他也知道，自己也就只能任性那么一会儿，就要准备出发前往边境了。

枫祈摸进去的时候，冷脸看着他，看了一会儿，气得她一脚就把他脚边的酒坛子踹翻了："你干什么，事情未成，你就想拆伙吗？为什么要把我扔出皇宫？不是说好了一起去北境的吗？你怎么说话不算数啊？"

说到后面，枫祈忽然委屈起来，她心里憋着一股气，一路上，她有了一个可怕的念头，她非得证实不可。

她拿出那封信，捏在手里，委屈极了，声音到后面也哽咽了："你……你把这封信的内容当面念给我听，你当着我的面念完了，我就走。"

原本坐在地上、心碎了一地的昀泽，愣了一下，他脑子还有些发蒙，只是听到了"我就走"三个字，他忽然像从梦中惊醒一般，站起身来，紧紧抱住了枫祈。

"你别走。"

二

后来，情人蛊的事情，是晔舒独自一人做了决断。

殷氏族人还有北境的事情处理完之后，他选择卸掉了自己所有的军职，离开了北境。

无论昀泽如何挽留，晔舒却是铁了心一般，执意如此。

他只是告诉昀泽，北境已安，他能够为昀泽和大渝做的事情，都已经做完了。

如今铸剑为犁，他想要做一些自己想做的事情，他想跟着商队到塞外看看，看看那里的风土人情是什么样的，看看这世上的另一方天地是如何的。

同时也选择，此生不再见枫祈。

至少，这一刻，他没有办法坦然地面对枫祈。

可是那场局中，有多少是刻意安排的虚情假意，又有多少是真情流露，他早已不愿意深究下去。他有过千般心绪，万般思量，心念动时，如水落幽谷，任它倾泻而下。

在那一场局里，他与昀泽从来没有怀疑对彼此这些年来作为亲人的情感与信任，也从未忘记作为掌权者的责任。

唯一的变数与争夺，便是枫祈。

是的，晔舒想要争一争，所以他才会私下里给了枫祈那假死药。

可是现在，枫祈已经做出了决定。

如今大梦一醒，便也不再贪恋、不再执迷。

这世上，有的人，有的事，怀念总是胜过相见的。

相见之时，或许总有着诸多痛楚、诸多顾及；但怀念之时，便像是天上遥遥的月光，就在这天地的那一方，可追，可思，可念。

特别是对于枫祈的选择，其实他也还是松了一口气，因为他也不必在面对她的时候忍受内心那样的不堪、龌龊与凌辱。

用情人蛊得到的爱与眷恋，于他而言，是对他本身和对他的爱最大的践踏与侮辱。

他也曾用一颗千疮百孔的心，开出了一朵破碎的玫瑰，散发着淡淡的幽香，也曾在黎明到来之前，任由碾落成泥。

起码他这一生堂堂正正，以光明磊落的姿态，诉说着他真挚的爱。

或许，遥遥相望，对他而言才算是真正地得到与自由。

他望着她，是自由的，是自在的，心里总还有一片干净明亮的地方，让灵魂得以栖息。

而且，得知所爱之人一生幸福，心中总能获得一丝慰藉。

在某一天的清晨，他没有告诉任何人，悄悄地上路了。

他策马奔驰，身后是旭日冉冉，华光万里。

一别都门三改火，天涯踏尽红尘。依然一笑作春温。无波真古井，有节是秋筠。

惆怅孤帆连夜发，送行淡月微云。尊前不用翠眉颦。人生如逆旅，我亦是行人。

（完）

番 外
别有人间行路难

"江头未是风波恶,别有人间行路难。"

◆

第一章

皇家狩猎行宫。

明轩殿,墨竹阁。

暴雨欲来,乌云沉甸甸地垂落下来,天地昏暗一片,隐隐之间还听得见闷雷滚过,看着这注定是一场暴雨了。

而此时,狂风骤起,墨竹阁外的竹林像是急浪一样,被大风压得起起伏伏,发出一阵"呼啦啦"的裂响,越发显得有些森然清寂。

竹间的鹅卵石铺成的小路上,有两个小宫女提着灯笼匆匆地走着。

现在日光暗,她们要去墨竹阁为晔舒小殿下点灯。

今天晚上是皇家狩猎最后的晚宴,但是小殿下却把自己关在房里,并不打算去参加,因为小殿下又病了。

一个年岁看着十三四岁的小宫女轻轻叹了一口气,她心事还都写在脸上,只是小声道:"现在快到晚宴了。可殿下就这么一直病着躲着,我瞧着,怕是今晚也不能出席了。听闻宴会可气派了,小殿下不去,还当真有些可惜。"

另一名稍稍年长一些的宫女说道:"小殿下这么三天两头地生病,也是没有法子。皇上传话过来了,如果殿下身体还有不适,可以不必去赴晚宴的,好好养着。"

"不过,知末姐姐,又想想,不去或许也好,免得又出岔子。"小宫女睁着一双乌溜溜的圆眼睛,叹息道,"你说殿下是不是在装病,故意不去晚宴的?我总觉得殿下这么做是因为前几天的那件事情呢。如今,鎏云长公主还未归宫,也没个人为殿下做主……"

那名叫作知末的宫女还没有等小宫女说完话,便紧张地捂着她的嘴,随后又向四处看了看,最后只是压低声音呵斥道:"你别胡说八道,这是欺君。殿下病了就是病了。"

小宫女被她突如其来的举动吓了一跳,看着知末,只是点头,"呜呜"地听不清她说什么。

知末松开了手,但是一颗心还被吓得"突突"直跳:"莺儿,你给我记住了,旁人都说殿下病了,殿下也说自己病了,那就是病了。在这个皇宫里,无论你自个儿瞎琢磨出什么来,都给我烂在肚子里。不,最好别琢磨。这样等你到了年纪,才能安然被放出宫去。听明白了吗?"

莺儿不敢再出声了,她来宫里没有多少日子,并不能完全理解知末姐姐那种如行刀尖一般的警觉。

说来或许是运气好,莺儿一进宫,跟着的姑姑都是待人和善的,所以也没多少戒备心,而且她们的殿宇又偏远又冷清,就像知末姐姐说的,这里没有什么前程可言。

没有前程,便少了几许争斗。

说是没有前程,那是因为跟晔舒小殿下的身份有很大的关系。

对于晔舒小殿下,她只是隐隐约约知晓他是先帝的遗腹子,刚出生的时候,母妃便过世了,他自己也得了一种怪病,太医都没有办法根治,少时,幸好有精通巫医与蛊术的鎏云长公主前来照料他。

鎏云长公主似乎对小殿下极为看重,她几乎不允许旁人插手照顾小殿下,也不允许小殿下离开宫殿到其他地方去,说是小殿下需要静养。

在鎏云长公主的精心照料下,小殿下的病情直到六岁的时候才稍好了一些。

不过,也是药罐子不离身。

莺儿记得自己刚来这里伺候,第一次见到殿下的时候,只觉得眼前的人是如此令人心动,又万般可怜。

她从未见过这么好看的孩子,那个时候他穿着一身青色的衣衫,就坐在书房的地上。地上摊开了许多书籍,他皱着眉头,似乎在翻找什么。晨曦从窗外透了进来,金灿灿的阳光正好洒在他的身上,他整个人氤氲在一种朦胧而迷幻的光雾之中,像是从云端坠下来的小仙鹿一般。

只是他的脸色很苍白,身子也单薄许多,在日光里,那小小的一团,看着有些孤单冷清。

平日里,因为小殿下身体不好,不能去别处,先生也都是到殿里来教授课业,所以很多时光都是用这些书本打发的,他也越发沉默寡言。

不能出门,不看书的时候,他就会趴在窗格前望着四四方方的天幕上飞过的鸟发呆,一坐便是很长时间,也不知道在想什么。不过殿下不能在那里待太长的时间,吹了风他就开始咳嗽起来。

那个时候,莺儿觉得小殿下实在是可怜。

特别是当她见到他后背上那些触目惊心的伤痕。

听知末姐姐说,那些伤痕都是为了治病留下来的。

小殿下吃了许多难以想象的苦头,但是他似乎很少叫苦,也很少流泪,实在是痛了,他就只会默默地抠身下的凉席。席子有的地方甚至都被他抠破了,他也只是哼哼几声。

谁看着这样的场景不心疼呢,还是那么小的孩子啊。

所以,等到情况稍好一些的时候,宫里的老太监吉祥便会背着小殿下,到远一点的花园里逛一逛,看看花草,给他捉蚂蚱什么的,只是想让他心里高兴一点,也可以稍稍忘记那些痛苦。

就这么精心养着很多年,小殿下的身子才渐渐好了起来。

这次恰巧又赶上皇家狩猎,小殿下总算可以跟随一起出宫散散心。

这是小殿下第一次出宫,原本是大好事,可是谁知道在前几日却出了意外。

就在前几日,跟随小殿下一起外出的吉祥,莺儿不知道他那么谨慎老成的一个人是怎么得罪了人,被贵人们一脚踹在了心窝,抬回来之后,到现在还下不来床呢。

莺儿以前总是听闻,在宫里要处处小心谨慎,毕竟有的时候,贵人们的影子落下来就能砸死一个人,今天算是真的见识到了。

她心里莫名有些害怕,原本他们几个跟随在小殿下身边,虽然人们常说小殿下不得圣眷,身体不好,恐怕日后也没有什么前程。但是好在正因为如此,她所在的殿宇也比其他地方安泰些,没什么是非,小殿下又是个和善的,如此平淡平安的生活于她而言却也没有什么不好的。

可如今看到吉祥这般模样,莺儿年岁轻、胆子小,又不知道这究竟发生了什么事情,吉祥不提,小殿下也不提。而且小殿下自从那件事情之后,虽然还是行动如常,不见什么异样,但她心里总是惴惴不安,总担心还会发生什么意外。

不过,幸好很快就要回宫了,回到宫里,一切就都能像以前那样了。

这时,知末和莺儿来到了大殿前。

一推开门,屋里暗沉沉的,窗户大开着。

风从大开的窗户呼啸直入,将书房里书案上的宣纸笔墨吹得一片狼藉。

莺儿连忙关上窗户,去整理书案,而知末去点灯。

不过奇怪的是,似乎没见殿下的人。

知末有些担心,正准备寻找殿下的时候,只听见一阵窸窸窣窣的响动,似乎就在刚才有人匆匆忙忙钻到床上去了。

只见那飞舞的纱帐背后,隐隐约约可以看到一个人的身影,他躺在床榻上,衣衫从床榻垂落下来,看得出是小殿下和衣而睡。

知末松了一口气,行了礼,只是问殿下还有什么吩咐。

纱帐后面的人没有说话,沙哑着喉咙,咳嗽了一声,摆了摆手,让她们出去。

听到那个声音后,莺儿觉得有些不对劲,"咦"了一声,她往前走了几步,不承想被知末姐姐拽住了。

知末轻轻摇了摇头,示意她出去。

出来后,知末神色霜寒,她只是让莺儿守在门口,千叮万嘱莺儿不要让人靠近。

知末则是重新进了屋子。

进去后，知末将门关好。

关好门后，知末冷冷地望着纱幔后面的人，后面的人再一次摆了摆手，示意她出去。

知末这下确定了。

她猛地走上前去，一下掀开纱幔，走到了床边。

纱幔后的人显然被知末吓了一大跳，他惊恐万分地转过头来。

两人对视，同时倒抽了一口冷气。

"殿下人呢？怎么是你在这里？"

第二章

这样的天气，真是变幻莫测啊。

方才还是狂风大作，一副要下大雨的样子，可是到了晚上，风停了，云又散去了，月亮出来了。

月光朗照，明晃晃的，天地一片明澈如水。

此时，在一个有些荒废、杂草丛生的小院子里，一个披着黑色斗篷、戴着帽兜的人站在黑暗的墙角里，仔细地观察着这里的一切环境。

他的身量极小，一看便知道是个孩子。

他便是小殿下晔舒。

他今天中午的时候就已经躲到这里，开始布置了，刚刚又吃掉了中午带过来的糕点，现在肚子并不饿。

他来这里，只是为了等一个人。

傍晚的时候，给那个人送了信，想必再过不久，那个人就会来了。

念及此，晔舒深吸了一口气，望着那挂在树上的木笼子，再一次计算着这院子里的布局。虽然在心里预演了好多遍，但他还是没有十足的把握，毕竟这是他头一回做这样的事情。

所以他的心一直突突直跳，整个人都有些惴惴不安。

他不知道自己在害怕些什么，或许是因为害怕失败，又或许是因为害怕成功。

不过无论哪一种，他都没有丝毫想要逃离退却的念头。

毕竟，如今自己这样逼仄窘迫、让人难以喘息的处境，又能够往哪里退呢？

晔舒轻轻地叹了一口气。

他早就知道自己是这皇城中的不祥之人，他出生时母后便因他而死，自己也一直受到奇怪的病痛折磨。谁也不知道他得的是什么病，一直以来，便是鎏云长公主用蛊术来医治他，但那样的滋味半点也不好受。

皇宫是他的家，可是他却觉得那里冷冰冰的，而自己则是无家可归。

或许是因为他没有什么可以真正亲近的亲人，也没有一个朋友。

虽说皇帝是他的哥哥，可皇帝对着他是客气疏离的；鎏云长公主是他的姐姐，可她总是让他有些害怕，不敢亲近。

因为或许比起亲人来，他们更像是高高在上、远远在上的长辈，是用来服从敬重的，唯独不是用来亲近。

唯一与他亲近一些的，只有老太监吉祥。

他还小的时候，吉祥就被皇帝指派到他身边照顾他了，就像他的长辈，像他的亲人。

吉祥虽然待他好，但心里深处的某些情感，却也不能够替代，那里有一片地方，依旧是空荡荡的、是荒芜的、是寂寥的、是失落的。

所以他总觉得自己孑然一身，一无所有，哪怕是这样的看似尊贵的身份，却也犹如沙塔一般，轻轻一推，便散了。

因为在尊贵之中，却又有着严格的等级区别，那些都需要实在的力量与权势的倚仗。

像他这样没有任何势力的皇子，便是其中的边缘人物，也无异于其中的最下等，又何尝不是别人捉弄玩乐的对象。

而这一切，便在前几日再一次通过冀王的儿子疆翀得到了验证。

那件事情，对于晔舒来说是一个噩梦。

前些天的一个晚上，晔舒还没有回到行宫，只是在狩猎营地里四处闲逛时，他来到一处聚着不少宗亲的篝火堆旁。他们在火堆旁，吃着肉、饮着酒、跳着舞，不时还纵酒吟诗，高声大笑，一派其乐融融的样子。

晔舒很好奇，就站在远处瞧着。

他从小生活清冷，从未见到这样的场景，这让他有一种心悸般的震撼感与不真实感。

这时，有人发现了他，他们只是招手让他过去。

眸舒犹豫了一下，这是他第一次见这些皇室同族，想着应该没有什么大问题，毕竟他们只是算得上不太熟悉的亲眷吧，所以最后他还是走了过去。

他们把他拉到身旁，问他叫什么，他如实告诉了他们，他叫眸舒。那群人还有些吃惊，说早就听过他的名字，只是这是头一回见到他。

起初，这一切都还很正常。

可是后来他们喝醉了酒，说话便有些肆无忌惮，不知怎的，他们开始说到他，说到他的母妃，他们不仅拿他说笑，后来还开始拿他的母妃说笑。

他们一只手按住他的肩膀，让他根本逃不掉，张着满是酒肉臭味的嘴，问他是否只知其母不知其父。

这句话，引得一阵哄堂大笑。

眸舒年岁小，挣脱不得，但那个时候他已经明白事理。宫里有过传言，说他要么就是灾星，要么就是皇家丑闻，因为推算日子，太妃怀他的时候，先皇已经沉疴多日了，虽然有过召见，但怕是不能行人事吧，其中便有许多龌龊的猜测，诸如与侍卫私通等言语便在宗室之间流传了出来。

更有甚者说，太妃当年所居住的宫殿里，有一棵老槐树，这棵老槐树早就成了精，他是槐树精的孩子。

但他毕竟是在皇宫里出生，生母又是后妃，为了保住皇家颜面，才按下不提。

旁人说他不过是个闲散之人，供点吃喝罢了，况且他身体看上去不好，谁知道还能活多久呢？

在宫里的时候，这些话只是传闻，没有人当着他的面说出来。

如今，这些话语，像是箭矢一般朝着他扑过来，他避无可避，只觉得好似万箭穿心一般，让他万分痛苦、难以承受。

那是他第一次直面那样的目光、那样的嘲弄，比起耻辱，这更让他觉得恐惧。

他觉得自己头脑昏昏沉沉，竟然连周围的环境在他的眼睛里都有些模糊了，这里的人仿佛变成了一个个狰狞扭曲的怪物。

那个时候，他只是一心想要逃离那里，后来他们还说了什么，他已经听不清了。他满头大汗，身上也是一阵寒一阵烫的。他只知道自己很是狼狈地逃离那里，像一只在森林里拼尽全力逃脱围剿的小兽。

回去后，晔舒一夜没有睡。

而恐惧消失之后，他心里剩下的却只有懊悔和对自己的怨恨。

很多时候，人在事后回想起来的经历，甚至比当时正在经历的时候还要觉得心惊肉跳、屈辱万分。

那这种以旁观者的姿态对自己的伤口进行审视，更是一种严苛到近乎酷刑的自我折磨，又一次的自我伤害。

晔舒躲在被子里，他无法克制地反复想着那些事情，只是默默地流泪。他觉得这样的痛苦比鎏云长公主给他治病的时候还要难以忍受。

而且他心里憋着一股气，不知道能够对着谁倾诉，因此又越发感到孤独。

不过，这样几乎苛责的审视，倒是让他完全想明白了一件事情。

在这件事情上，他没有任何的错，也不该为此受到任何惩罚，包括自己惩罚自己。

自己的出生不是他的错，因为他没有能力去选择自己的出生。

他逃跑是因为没有力量反抗他们，又绝不能再继续受到他们的嘲弄。虽然逃跑的时候有些狼狈，但不应该为此而感到羞愧。就像是他前些日子看过的书中所说，再厉害的将领在遇到困境的时候，都要学会躲避锋芒。所以他绝不应该因为一时气极而选择硬碰硬，让自己去受无谓的伤害。他们人多势众，而且他还只是一个孩子罢了，能够保护自己已经很不错了。

虽然他一时间还没有想到该怎样应对他们，但幸好这次狩猎时间不会持续太久，他不会跟他们打太多的交道，这件事情应该也会不了了之。

想通之后，晔舒心里也没有那么难受了。

他天生似乎就有某种自愈的能力，似乎在上天将痛苦给他的时候，也一并给了他一颗总能开阔疏导的心。

他从床上跳下来，出了自己的营帐，找了一个空旷的地方。他坐到了一块石头上，抬头看着天色，再过两三个时辰天就亮了。

这时是夜最深沉、最寂静的时候，只有虫鸣声清亮，天上星光浮动，雪亮清寒又灿然，可以清晰地看到一条宽阔的星河在天际流动着，浩浩荡荡、壮丽非凡。

而因为四周都是山野，这里的风比宫里的风更冷冽和冷硬，没有半分柔软的姿态，拂过脸颊，粗糙得像是刀子划过一般，反倒是让人神思清明了几分。

是啊，这样的天地真是广阔啊，他无数次想着有一天可以从那高高的宫墙里飞出来，如今他好不容易才出来了。

不过，这里还不够远，不够远。

他张开瘦小的手臂，闭着眼睛，仿佛自己的手臂健壮起来，想着书里曾说的那样，那若垂天之羽的鹏，风穿过他健硕的羽翅，他扶摇直上，翻过云海，翻过山海，没有什么可以锁得住困得住他。

所以，他一定要快快长大才是。

可是，那天晚上的事情，并没有因为他的投降逃跑而就此结束，而只是一个开始。

大人们如此对待他，那些宗室的孩童便看在眼里，他们开始有样学样，因为他们知道，就算欺辱了他，也不会有人来给他撑腰。

况且他看上去如此软弱，甚至逃跑的时候，还显得滑稽可怜。

冀王的小儿子疆狆，那个身材健硕、脾气火暴的孩子，是当中的孩子王，便是第一个来找他麻烦的人。

那天，晔舒出来闲逛。

在狩猎的营地里，白天，大人们出去狩猎了，他们的孩子或者家眷便留在此处，可以在营地外的草地上随意活动。

这里早就被侍卫们清理过了，没有什么毒蛇猛兽，而且里三层外三层围住，也没有什么危险可言。

所以晔舒便带着他的太监吉祥，在草地里捉蚂蚱。这野外的蚂蚱长得很胖，个头比皇宫里的大多了，晔舒觉得很好玩。

吉祥看晔舒兴致很好，便一连给他捉了好几只，一心想让他高兴高兴。

吉祥腰间还挂了一串竹条编的小竹笼，抓到蚂蚱后，吉祥便将蚂蚱塞进小竹笼里，让晔舒提着玩。没过一会儿，晔舒手里便拿着三四个小竹笼了，他用线将它们穿起来，像是一串小灯笼一样。

吉祥跟晔舒说，这是他小时候的玩意儿，自打他进了宫，就再也没有玩过了，如今他年纪大了，还以为再也不会有这样的乐趣。

如今看着殿下高兴，他心里也跟着高兴。

可是就在这时，疆翀带着一群孩子朝着他们走了过来。

晔舒当时并没有注意到，他还蹲在草地上，将新捉来的蚂蚱装进小竹笼里。

疆翀走了过来，一只脚踩住了他的小竹笼，低头问道："昨天皇叔们说的是真的吗？你究竟是不是槐树精的孩子？"

晔舒身子一僵。他蹲在地上，虽然没有抬头，但听声音，他便知道对方是谁。

他也不言语，一动不动，心却渐渐沉了下去。

沉默了一会儿，晔舒只是用手扯了扯那半个竹笼。那竹笼扯不出来，疆翀还加大了脚劲，竹笼已经被他踩得有些瘪了。

疆翀有些得意地俯视着他，又想起那天晚上他被吓成这样，那个样子真是滑稽极了，只可惜疆翀觉得还没有尽兴，就让他跑了，实在是有些可惜。

现在一定要让他趴在地上痛哭流涕，这个粉团子面娃娃一样的人哭起来一定很有意思。

想到此处，疆翀就有些高兴。

更何况，疆翀也的确有些好奇，人们说晔舒的身上有好多像是槐树树疤一样的东西，说明他就是槐树精的孩子。这一回，他逮住了晔舒，非得瞧瞧，那是不是真的。

虽然宫里最忌讳那些东西，可是有的东西传得有鼻子有眼，他就越发想一探究竟了。

现在这机会多好啊。

不过嘛，看着晔舒那瘦弱的身板，若是这个时候，晔舒服个软，保证今后会乖乖听他的话,他也可以大度一点,网开一面。只要晔舒让自己看看,他身上是不是有树疤,自己也就不用亲自动手了。

不过疆翀还没有开口,晔舒却用淡淡的、像是带着几分命令的口吻说道:"抬脚。"

没有等到哀求和恐惧,却是等到了这样一句话,让疆翀有些错愕,他怔了一下。

不过下一刻,他有些生气。他显然认为像晔舒这种处境的人,没有软言伏低,便是对他没有丝毫的敬畏,那就是在蓄意挑衅他。

就在疆翀要作势发作的时候,晔舒身边的太监见状不妙却是急忙跑过来。

吉祥跪在地上,满脸赔笑,双手捧着一只蚂蚱,带着无比恭敬的口吻说道:"公子切莫生气,一只蚂蚱而已,切莫坏了公子的好兴致。公子尽管开口,要多少,老奴便可抓多少来。"

这个时候,晔舒站起身来,去拉吉祥,他并不愿意吉祥跪在那里。

虽然晔舒没有说什么过分的话,也没有做什么过分的事,但在疆翀看来,晔舒怎么配、怎么敢用这种态度来面对他,特别是这个人还是被所有人所轻视、所轻贱的人,还敢当着这么多人的面忤逆他。

被自己看不起的人蔑视,更加点燃了他的怒火。

吉祥见势不妙,忙拦在疆翀面前,方想说话,却不想疆翀对着跪着的他就是一脚,吉祥被狠狠地踹倒在地。

疆翀已经是十二三岁的孩子了,更何况他的体格比其他孩子更加健壮,所以他的脚劲一点都不弱,况且吉祥已经上了年纪,这一脚下去,便口吐鲜血,痛苦地卧在地上动弹不得,直喘气,直哆嗦。

随后,疆翀还是没有消气,他又咬着牙,攥着拳头,发狠一样,一个劲地将竹笼连同里面的蚂蚱通通踩扁。

疆翀再怎么生气,这个时候还是有所顾忌,晔舒毕竟是皇子,算起来辈分上,还是他的皇叔,所以疆翀却也只敢对着晔舒身边的太监,还有晔舒的蚂蚱耀武扬威,还不至于动到晔舒的头上。

人常说，打狗看主人，这已经是对晔舒的巨大侮辱了。

不过，晔舒却没有半点心思去理会还在疯狂发泄中的疆翀，吉祥这个样子，倒是真的有些吓坏了晔舒。

晔舒冲过去，蹲在吉祥身边，想要扶起他："吉祥，你没事吧？我带你去找太医。"

吉祥嘴角流着鲜血，看着晔舒，身子抖得厉害，面容扭曲又痛苦，半个字都说不出口，但他的目光却是急切又担忧地看着晔舒。

晔舒一边伸手去擦他嘴角的血，一边忍不住哭了起来。他力气太小了，就算此时他已经跪在地上，双手抱着吉祥，用力地托着吉祥，可还是根本扶不住吉祥。晔舒颤声说道："吉祥，你撑着，我去找太医来。"

晔舒这样的举动，却更让疆翀等贵族子弟目瞪口呆。在他们看来，晔舒身为皇子怎么会做出如此有失身份的事情，一个主子却跪在一个奴仆面前，这简直是匪夷所思，也简直是丢尽了皇室的脸面。

就在晔舒想要跑去找太医的时候，却被疆翀揪住了后衣领拽了回来。

没想到原本看上去温暾的晔舒竟在此时突然还手了，他握着拳，反手一拳打在了疆翀的鼻梁上。

因为疆翀完全没有想到晔舒竟然敢动手，所以也没有防备，倒生生受了他这么一拳。

拳头打在鼻梁上，疆翀疼得眼冒金星，往后跟跄了几步，不多时，有些什么东西不受控制地流出来。他用手背一擦，手背上顿时血淋淋的一片。

疆翀疼得直掉眼泪，又是慌张地去止血，又是吱哇乱叫着。

晔舒往后退了一步，想绕过他，可是已经来不及了。他被疆翀身边的其他几个孩子揪住了，哪里还跑得了。

晔舒想要高声呼救，引来附近的侍卫，可是没有想到这群孩子也开始大笑大叫起来，掩盖住了晔舒的呼救声，还有人上来捂住他的嘴。他们还围成了一圈，遮挡住了这边的视线。

若是不走近，只是远远地看着，还以为就是一群小孩子在玩闹呢。

毕竟，这几天，侍卫时常看得见皇室的孩子们成群结队地在打闹，这并没有什么值得奇怪的。

疆翀的鼻子好不容易止住了血，这会儿他腾出手非得好好教训一下晔舒不可了。疆翀揪住晔舒，先是往晔舒脸上重重打了一巴掌。

晔舒被这一巴掌打蒙了，他又没有站稳，整个人跌坐在地。他还想起身，可是疆翀已经将他推到地上，还坐到他的身上，一手掐住他的脖子，另外一只手疯狂地扇着他的耳光。

"你个不要脸的小畜生、野孩子，你竟然敢打我，我叫你打我。"疆翀嘴里胡乱地骂着。

晔舒力气小，不能还手，也不能稍微防备保护一下自己，脸上被打得疼还是其次，他现在感到很害怕的是，他被疆翀掐得喘不上气来。

他只是用力地瞪着疆翀，像是一条落在岸上的鱼一样，无力而又绝望地挣扎着。

一旁的吉祥挣扎着想要过来，可是他被人又踢了几脚，他苦苦哀求着，不要再伤害殿下了，但没有人理会他。

万幸的是，就在这时，远处传来了一阵"呜呜"的号角声。

伴随着这号角声传来的，还有一阵急促的马蹄声，看来是皇上带领众人狩猎归来了。

马队从小山坡疾驰而下，旌旗猎猎。

皇室的贵族们也不敢在这个时候再生事端，所以有人便拉开了疆翀，一群人恭恭敬敬地跪在路边。

晔舒这才松了一口气，不过他没有力气从地上爬起来，整个人虚脱地躺在那里，只是大口大口地喘着气。

那马队离他们不算近，只是疾驰而过，扬起了一阵滚滚黄沙，他们直冲营地的方向而去了。

看样子，他们今天带回了不少猎物，收获不小。

疆翀等人便兴冲冲地想要回到营地里去看热闹了，他们对晔舒已经完全失去了兴趣。

疆翀在临走之前，只是警告晔舒不要把今天的事情说出去，否则自己有的是机会教训他。

晔舒嘴角流着血,脸颊也肿了起来,他没有说话。

最后,他低着头,垂着眼,脸上没有丝毫表情,最后只是轻轻地点了点头。

疆翀见状,终于心满意足地走了。

疆翀走后,晔舒抬起眼来。这一次他眼里没有受惊吓后的畏惧,甚至没有恨意,他只是歪着头望着那道远去的背影,在思考着什么。他冷静的面容倒是让人有些害怕,这绝不该是一个十岁孩子该有的反应。

随后,晔舒爬了起来,来到吉祥的身边。他去小溪边取了一些水来,喂给吉祥。

吉祥缓了一会儿,终于能够走路了,晔舒才扶着他去寻找太医,让吉祥好好地养伤。

后来狩猎的几天,晔舒几乎不参加任何宴会了,他说自己病了,身体不好。这本来就是众所周知的事情,所以也没有人觉得哪里有什么奇怪的。

不过,这几日他倒是频频向疆翀示好,拿了好多东西送给疆翀,颇有些赔礼认输的意味。甚至一群人去射箭的时候,晔舒还给疆翀背着箭,俨然一副小跟班的模样,疆翀越发得意起来了。

如今,再过三天,狩猎就要结束了。

众人便去了行宫中住下来,办过几场宴会后,皇帝便要起驾回宫了。

就是在要离开的前一天晚上,晔舒悄悄写信给疆翀,约了疆翀见面。他说自己有一个秘密要告诉疆翀,但是让疆翀自己来。这个秘密,他只告诉疆翀一个人,因为他说他只认疆翀是他的老大。

所谓的秘密,便是关于他是不是槐树精的孩子。

这几日,疆翀早就对晔舒没什么防备和戒心了,而且这些日子这一声声老大,叫得疆翀很是舒坦。疆翀喜欢别人听他的倒是不假,他觉得那都是理所应当的,他也很享受这样的恭维,不过晔舒这么听他的话,让他格外高兴。

因为他第一眼看到晔舒的时候,就觉得晔舒跟其他的孩子不一样。他的气质也好、容貌也好，谈吐也好，做派也好，晔舒比他们强太多太多了。而且跟晔舒相处下来，他发现晔舒很聪明，看过很多很多的书，懂的东西比其他的孩子都多，说什么好像他都能知道不少。能够让晔舒乖乖地臣服在他的脚下，唯他马首是瞻，那绝对是一件心情愉悦的事情。

更何况，疆翀还有一桩隐秘心事，就是关于晔舒究竟是不是槐树精的孩子。

那个时候，疆翀年纪小，正是对这些真假难辨又神乎其神的事情上心好奇的时候。

所以，如今晔舒要告诉他，他自然是激动不已。

不过，疆翀却并不担心晔舒就算是槐树精的孩子就会对他不利，毕竟晔舒在皇宫里生活了那么多年，身旁还有鎏云长公主一直照看，若是他真的有什么危险，皇帝陛下和公主绝对不会留他到现在的，毕竟宫里忌讳这个。可是之前又听人当众议论，所以究竟是什么样子的，疆翀很是好奇。

再者，他的力气和体格比晔舒强太多了，他并不害怕晔舒。

所以，收到信之后，疆翀便悄悄去赴约了。

赴约的地方在行宫的一处废弃宫殿里，这里很少有宫人过来。

这座废弃的宫殿不大，不过就是一个很小的院子。

晔舒在这里等了疆翀许久，原本还有些忐忑不安，担心疆翀会不会因为胆小而不敢前来。

当他看到疆翀的那一刻，终于松了一口气。

疆翀在小院里找了一会儿，没有发现晔舒的身影，原本他有些生气。

可是下一刻，晔舒从墙角的阴影里走了出来，疆翀长长地呼出一口气。

他有些生气，正准备发作。

没想到晔舒倒是机灵，笑着看着他，说道："老大，我在这里等你许久了，我担心有人跟踪你，所以先躲在里面不敢出来。后来我发现你身后没有尾巴，我才出来见你的。"

疆翀咕哝了一句，骂他疑神疑鬼。

晔舒只是一面赔罪，专门挑着疆翀爱听的话说，这些天疆翀的脾气他是摸透了，一面引着疆翀往树下走去。

疆翀听着他这么说，气也消了一大半，但他还是带着几分不耐烦的语气，说道："现在说吧，那天晚上他们说的是真的吗？你身上是不是有很多树疤，还会长苔藓，你让我看看。"

疆翀往前跨了一步，晔舒却连忙后退了几步。他靠着树，藏在黑暗里，说道："那些树疤都是可以作假的，没有什么好稀奇的。"

疆翀有些失望："那你这意思是说你不是咯？"

这时一阵风吹过，此处荒僻，显得有些阴冷，这院子里的荒草树木便发出了一阵窸窸窣窣的响动，月光之下，阴影也随之摇晃着。

疆翀皱起眉头，又看了一眼树底下晔舒那个模糊的黑色轮廓。

一时间，疆翀莫名地觉得心里有些发毛，他也觉得没有意思，便想转身就走。现在得知晔舒不是什么槐树精的孩子，他兴趣丧失了大半，倒是想着回头去宫宴上。

可是疆翀刚一转身，却有一个东西砸落下来，正好罩住了他。

原来他的头顶处，悬挂着一个木笼子，这木笼子突然掉下来，吓了疆翀一大跳。

慌乱中，他想要掀开笼子，焦急地喊："喂，你搞什么鬼，放我出去！"

树影之下，走出了一个人。

那个人是晔舒，可是现在又似乎不是晔舒了。

因为那帽兜之下是一张像被揉皱的纸张一样皱巴巴的脸，枯树皮一样的皮肤，而且五官都有些移位了。此时黑色的斗篷里，伸出两只白骨手臂，白骨手从木笼外面伸了进来，想要抓住疆翀，疆翀被吓得四处躲藏。

"你不是想要知道那个秘密？我现在就告诉你。现在多好啊，我好不容易抓到你，等我吃了你，变成你的样子，就再也没有人知道我的身份了。现在你留下成为我，以后别人就不会因此而嘲弄我了。"晔舒说道。

那只白骨森森的手一个劲往笼子里抓，疆翀被吓得不轻，一个劲地躲闪。他担心晔舒说的是真的，这个槐树精的孩子真的要动手了，他是中了晔舒的计，现在他的小命怕是真的要交待在这里了。

疆翀大喊大叫,他想弄开笼子逃出去,原本他没有抱太大希望,只是想试一试,可是没有想到这笼子竟然真的被他扒拉开了。

扒拉开了笼子,疆翀一刻都不敢停留,连滚带爬地往前方跑去。

晔舒看着疆翀的狼狈模样,冷冷地笑了。

按照他原本的计划,今天晚上的晚宴才刚刚开始呢,这个时候冀王等人应该都去赴宴了,疆翀这会儿回去一定会扑了个空。

疆翀这个笨蛋受了伤,受了惊吓,一定会害怕地大喊大叫,闹得鸡犬不宁。

所以,这件事情一定会很容易被宣扬出去。

现在这个时候,他爹不在,也没有做主的大人在,没有人会给他出主意,将这件事情掩盖下来,不用过多久,肯定行宫里到处传得沸沸扬扬。

他就是要把此事闹大。几年前宫里就有这样的流言,皇帝似乎很忌讳这件事情,为此雷霆震怒,根本没留情面,还差点将那些散播流言的人杖毙了。

后来是鎏云长公主向皇帝求情,最后受了重刑的人又被皇帝流放了,罚去边远的地区做苦役,永不得回京。

从那之后,宫里就再也没有什么流言蜚语了。

晔舒借着疆翀之口旧事重提,也是因为说他是槐树精的孩子那件事情,宗室这群人自己是不会承认的,那里到处都是他们的人。他一个小孩子,不会有人听信他说的话的,而且他觉得自己未必能够说得过他们。

至于疆翀欺辱他、殴打他,还差点杀死了他和吉祥,也不会有什么结果。

因为那天疆翀也受了伤,说不定他们就会说那是小孩子之间的口角争执,那是常有的事,双方互殴,既已无恙,那便是小事,不了了之。

所以,他要借着疆翀把这件事情闹大。

若是皇帝愿意管,那便是极好的;可若是他不愿意,这件事也不是晔舒捅出去让皇帝为难,也怪不到他的头上。而且自古帝王多疑,晔舒早知晓此事皇帝深深忌讳,他们这么做这么大张旗鼓地宣扬一定会惹怒皇帝的。就算现在皇帝隐忍不发,将来也一定会找到一个由头好好整治他们的。

而且，这件事就算疆狪之后把晔舒供出去，晔舒也不怕。他早就说自己生病了，还有人给他做证，他怎么会出现在这座荒废的院子里呢？

那封信他也不怕，因为信是用章鱼墨汁写的，这也是他从书上读来的。听闻民间有人赖账，便用章鱼墨汁来写借条，之后字迹消失，便没了凭证，所以那封信上什么痕迹都不会留下，要查也查不出什么来。

晔舒一边想着，一边转身，三两下地将那个木笼子拆卸掉。原本就不打算真的能够困住疆狪，所以这木笼子做起来不费事，拆掉更不费事。

这里有一个地窖，他把这些拆卸下来的东西往地窖里一丢，与那些陈年杂物混在一起，根本看不出来它之前的形状，如此便算完事了，一点痕迹都留不下来。

就在晔舒拆完之后，准备离开的时候，却听见草丛里发出了一些簌簌的声音。

他顿时警觉起来，不过他没有回头，装作无事发生，整颗心却是悬了起来，密切地关注着那里的一切。

这里会有野猫、老鼠等动物，这他倒是不害怕，但如果有什么人跟上来他没有发现，那可就不太妙了。如果对方是个成年人，那么他完全不是对手。晔舒只想着如何快速脱身，一定不能被对方抓住把柄。

不过，藏在草丛里的人似乎也发现了什么异常，他也想要跑。

只听见"砰"一声，那个人好像掉到什么陷阱里去了。

晔舒又惊又喜，一颗心"怦怦"乱跳，没有过去，正准备抓住时机，顺着进来的那个破开的口子钻出去逃走，却听见身后有人高呼"救命救命"。

听起来像是个孩子的声音。

晔舒站住脚，回过头只是望着草丛的那个方向。他犹豫了片刻，最终还是快速跑过去，去查看究竟发生了什么事情。

原来真的是一个孩子，六七岁的模样。这个孩子不知道是怎么摸到这里来的。

这孩子方才躲在草丛里，一不小心差点掉进一个地窖里。这里有几处地窖，年久失修，遮盖物早就腐烂破烂了，如今又有杂草覆盖，所以很难看得出来下面是空着的，更不要说现在又是晚上，不注意的话，很容易掉下去。地窖颇深，摔下去的话怕是一不小心就要送了命。

不过这个孩子还算机灵，他踏空的时候，正好顺手抓住了一旁的杂草。这里的杂草很有韧性，他又轻，支撑了好一会儿。

晔舒将孩子拉上来。孩子跪在地上，一直喘着气，他被方才的情况吓了一大跳。不过他倒是胆子大，只是努力地平复了一下心绪，也并没有大哭。

那孩子还有些好奇地抬头望着晔舒，眸子清清亮亮的。

被他这么盯着一看，晔舒心中一紧，下意识地想要抬手遮脸。不过下一刻，晔舒忽然想起来，自己的脸上戴着面具，这个孩子应该看不清自己长什么模样，应该认不出自己，而且刚才他又没有透露自己的姓名。

晔舒稍稍放心。

晔舒看着这个孩子，身穿锦衣华服，面容清灵秀雅，一双眼睛乌亮明澈，甚是讨人喜欢。而且他看着自己的模样，只是好奇，却不见有半分的恐惧之色，不像是疆翀方才那副吓破胆的样子，这倒是让晔舒觉得有些奇怪。

晔舒细细打量着他，这孩子也不像是自己之前见过的宗室子弟，也不知道是哪里来的。

不过，见到这个孩子已经脱险了，晔舒也不打算再留下去，他还是要早早离开才是。

看着他要走，那个孩子没有阻拦他，甚至也没有开口说过一句话。

晔舒走到围墙边的时候，又有些担忧、有些好奇地转头望了那个孩子几眼，那个孩子却是笑着朝他挥了挥手。下一刻，那个孩子身后"呼啦啦"跑出一群人来。很有可能是那个孩子方才呼救的时候，或者是疆翀跑出去的时候惊动了旁人，那群人听到了，这才赶了过来。

晔舒吓得一个激灵，幸好他这里黑暗，那些人未必能发现他，他连忙钻出那个墙洞，往自己宫殿的方向逃走了。

他回到宫殿后，却看见知末和莺儿颇有些紧张地守在门口，他便知道她们已经知道了自己不在大殿里。

晔舒叹了一口气。说起来，又怎么能够轻易瞒过她们呢，毕竟这是他身边的亲近之人。

不过，他也并不为此担心。

知末和莺儿看着他回来，皆是欢欢喜喜地迎上来。

晔舒笑了笑，只是告诉她们没事了。

后来，晔舒一直待在自己的宫殿里，哪里也没有去，为回程做准备。吉祥的伤势还是不大好，他想着一定要回宫好好养着才是。

不过中途吉祥被人抬着去问话，晔舒猜测着很可能跟那天晚上的事情有关系。

如晔舒所料，那天晚上疆𤟤闹出来的动静极大，想不惊动旁人都是不可能的。

再后来，晔舒听闻皇帝似乎为那件事情动了怒，对冀王处置得甚是严重，说他胡乱散播谣言，不念骨肉亲情之类的，还说到近日收到很多奏折，都是参冀王的。只是那些事情涉及朝堂，晔舒也听得不大明白。

他只要知道今后如果还遇到这样的事情，不会再有人敢当众侮辱他就行了，也不会有人再敢伤害他身边的人。

皇帝为他出了头，晔舒心里却是另外一番滋味。

他说不好那是一种什么样的感觉，他好像并没有太感激皇帝，而是有些怨恨皇帝。

为什么会恨皇帝呢？

大概是因为有一回，他生病了，鎏云长公主来看他，他睡得有些迷迷糊糊的，鎏云长公主坐在他的床边，又是叹息又是轻声埋怨："你瞧瞧，儿子生病了，老子只顾着处理朝堂的大事，让他来，还总是推三阻四的，来也是偶尔来看看，还摆出一副严肃的模样，这究竟像什么话啊。以前不要他，现在还是不要他。"

这句话晔舒记了很久很久，他早就听闻宫中传言，有说他是先帝的遗腹子，也有说他并非先帝的遗腹子。

不过这些传言一直在明面上被否认，但有的时候他也会疑惑，他究竟是谁的孩子。

如今听到长公主这般说,他却是惊出了一身汗来,那是否意味着他的父亲还在人世?长公主口中诸如"只顾处理朝堂大事""偶尔来看看""一副严肃的模样"的话语,倒是直接让晔舒想到了当今皇帝。

虽然他不知道为何会如此,但并没有因为得知皇帝可能会是他的父亲而感到高兴。相反,他想到自己因为这件事所遭受的苦难,就觉得自己很委屈,委屈久了,便开始生了怨恨。

疆狎的事情闹得这么大,其实他知道,除了他实在是想要教训疆狎,还因为在心底的深处,他在隐隐地挑衅皇帝。

若是他真的是自己的父亲,听到那样的言语,心底又会是何等想法呢?

不过想到这里,晔舒心里比起快意来,却是发现最先被戳痛的还是自己。因为每到这个时候,他又想起了自己的母亲。

关于母亲,晔舒唯一知道的内情是鎏云长公主告诉他的。

鎏云长公主说他的母亲是为他而死的,所以他必须要活下来,这才不会辜负母亲的希望。

为他而死,这四个字分量太重了。

他那个时候还小,并不明白其中的缘由,也不知道这到底是什么意思,但这件事情却一直成了他心底一块抹不去的阴影,有的时候夜里睡觉还会被吓醒,因为他觉得是他害死了自己的母亲。

鎏云长公主告诉他,他不能辜负母亲的希望,他需要变得强大和坚强。

这也成了压在他心上的一块重石。

所以那个时候,鎏云长公主总是不准他哭,说哭泣是没有用的,那是懦弱的表现。

有一次,鎏云长公主来给他治病,他痛得难受。那天晚上下着雨,他很害怕,抱住了鎏云长公主,哭着说让她留下来陪陪他,不要走。可是,鎏云长公主只是将他推开,告诉他不能做一个怯懦的人,不然怎么对得起他的母亲。无论遇到什么,他都要学会自己独自承担,不过是下雨而已,没有什么大不了的。

从那以后,他便有些害怕鎏云长公主,说害怕也不对,而是不愿意与她太过亲近。

因为虽然那个时候鎏云长公主说这是为他好，但这样的好却让他感到无以复加的痛苦。

那个时候他也弄不明白，为什么明明是对他好的事情，都会让他感到万分痛苦呢？

虽然那个时候他还小，但他又敏锐地察觉出他们之间总是隔着什么，她似乎并不是真正地在意他，在情感上他好像永远也无法靠近她，也不知道该如何靠近她。

只是，在很长的一段时间里，晔舒又总是有些不得不依赖她，因为他实在是已经没有别的可以亲近的亲人了，而鎏云长公主是唯一一个会来照顾他的人。

那个时候，鎏云长公主也常常对他说："可怜的孩子，这个世上只有我对你好了，若是连我也没有了，你又该怎么呢？"

这让晔舒产生了莫名的恐惧感。

是啊，若是连鎏云长公主这个姐姐也没有了，他又该怎么办呢？

所以，他不能没有她。

每每想到此处，晔舒心里就慌张起来。

他觉得自己应该听她的话，不能惹她不高兴。

那段时间，鎏云长公主因为要处理身上的蛊王的事情，必须要离开皇宫一阵子，他不知道她什么时候才会回来。

原本这次出宫的狩猎还有鎏云长公主的暂时离开是让他欣喜的，可是现在他是如此迫切地希望鎏云长公主快些回来，那种迫切希望鎏云长公主回来的心情，又超过了他对她的那种无法真正亲近的痛苦别扭之感。

特别是在经历了疆狲这件事情之后。

不过，幸好他终于要回宫了。

这一次短暂的出宫，就这么结束了。

只是他还记挂着一件事情，他有些好奇，那天晚上他遇到的孩子是谁？

为什么那个孩子会出现在那里？

疆翀的事情闹得这么大，那个孩子又在那里，还有侍卫赶了过来，若是皇帝想要调查，不会不去询问那个孩子的，可是晔舒却没有听说关于那个孩子的任何消息。

这让他觉得很奇怪。

第三章

眸舒再一次见到那个孩子，是在回宫后不久的一个午后。

他午睡醒过来的时候，却闻到一股清甜的糕点味道。

他觉得有些好奇，因为这样的糕点味道是他从来没有闻到过的，他应该也从来没有吃过。知末和莺儿的手艺他是知晓的，这些糕点应该不是她们两个做的。

眸舒从寝殿里走了出来，便看到那天晚上的那个孩子坐在桌子前。

他十分讶异，一时间怔在那里。

桌子上摆放着许多好看的糕点，那个孩子双手捧着脸，趴在桌子上，舔着嘴角，眼睛里的馋意藏都藏不住。他只是望着那些糕点，无论有多么想吃，却依然忍住没有动。

那个孩子看到眸舒出来了，便从凳子上跳了下来，他跑过来，拉住了眸舒的手，倒像是与眸舒很熟识。

"小皇叔，你可算醒了，你肯定饿了吧？饿了就赶紧去吃东西吧。我都没舍得吃，一直在等你呢。"他拉着眸舒便往桌边跑。

眸舒在宫里几乎没有遇到过与他年龄相仿的孩子，他没有什么玩伴，突然跑过来一个孩子，与他这般亲近，他的第一反应是有些高兴。

眸舒任由那个孩子拉着走到桌边，眸舒知道他已经馋得不行了，可不能让他吃不到这些糕点。

那孩子先递了一块糕点给他，自己才迫不及待地拿了一块塞到嘴里。

吃过好几块，眸舒才想起来问他："你是谁？你怎么会在这里？"

孩子望着他，笑道："我是昀泽。我喜欢你，所以我来寻你了，给你带来好多好吃的。以后我们一起玩，好不好？"

哗舒愣了一下，听到"昀泽"两个字，他顿时有些惊异，以前他从未见过太子，与太子并无交集，仅仅知道的，只是太子的名字罢了。

他试探着问道："昀泽？你是太子？"

昀泽点了点头，并没有觉得有什么不妥之处："是啊。"

哗舒这才想起来，这小孩刚刚拉他的时候就叫他小皇叔了。

这是他头一回见到太子。

哗舒放下手中的糕点，垂着眼眸，神色也冷了下来，不再说话。

太子察觉到了哗舒的异样，虽然他看不出哗舒在想什么，但他知道自己这位小皇叔有些不太高兴。

太子也放下手中的糕点，走到哗舒身边，望着他："小皇叔，你怎么了？你在生我的气吗？气我没有跟你打招呼，就私自来寻你？"

哗舒望着他，有些犹豫，欲言又止，最后只是问道："那天晚上，你怎么会在那里？"

太子眨了眨眼睛，有些疑惑，为什么小皇叔会问起这样一句没头没脑的话。不过下一刻，他倒是想起来了，说的是那次行宫狩猎的事情。

太子很是诚恳地望着他，好像很担心他会误解自己一样，连忙说道："小皇叔你想知道什么，我都告诉你。"

太子同哗舒说起来。那天的事情，他从其他的宗室孩子口里倒是听到一些风声，毕竟小孩子之间也有自己的消息网，有些事情传不到大人的耳朵里，但在孩子之间却以一种隐秘的方式传播着。

那个时候太子就很生气，觉得疆翀实在是有些欺人太甚。不过后来，他发现了一件更奇怪的事情，就是哗舒竟然跟在疆翀身边，仿佛无事发生，很是言听计从，好像完全臣服于疆翀一样。

不过很快，太子就否认了自己的想法，因为他在偷偷看哗舒的时候，发现哗舒的神色总是那么冷清漠然，哪里有半分被恐吓后的服气。在太子的眼里，那副神态像极了父皇平日里听着朝臣们相互指责发生争执时的模样，父皇面上清清淡淡的，看不出任何的神色，但心中早有另一番成算。

所以，太子便越发好奇哗舒想要干什么，于是在暗中观察着哗舒。

果然不久之后，晔舒的宫里有动静了，太子发现晔舒从行宫里偷偷跑出来了。

之后，疆狲那边也有了动静。

那个时候，太子便猜测晔舒肯定已经设好了陷阱，要抓兔子了。

太子实在是太好奇了，所以疆狲进去之后，他就命人守好，不准外人过来打扰，而且没有他的命令，谁也不许进来。

太子一个人躲在草丛里，没想到会看到那样一场大戏。

原本他想悄悄回去的，可是，不承想，他差点掉到了地窖里。

"我向你保证，我没有告诉任何人，说你去过那里。"太子说道。

这话晔舒倒是相信，那天的事情闹得很大，太子的护卫又出现在那里，如果太子告密了，事情肯定不会就这么善罢甘休的。

看着眼前的太子，晔舒内心五味杂陈，千头万绪的，也不知道从哪里开口询问。最后他只是叹了一口气："你胆子真大，就敢这么跟过去？那群护卫离得很远，万一遇到危险，我就这么跑了，不拉你，你肯定会摔到地窖里去的。那该怎么办呢？"

太子笑了："小皇叔是好人啊，我才不害怕呢。"

他笑得有些得意，小手背在后面，自豪地仰起头来。

其实太子这么做倒不是完全莽撞，他知道晔舒这么做除了为了自己，也是想要给吉祥出一口气。他不是在惹是生非，只不过是想要保护自己，保护对自己好的人，哪怕那个人在别人看来不过是一个无关紧要的卑贱奴仆。

只是，晔舒并不知道的是，就是他回头拉了昀泽那一把，让昀泽信了他一生。

一个在危急关头，在关乎切身利益面前，却选择了良善、选择保护他人的人，又岂会是恶徒呢？

晔舒看着太子，眼前的人虽然年岁比他小，可这是他第一次尝到一种叫作单纯的友谊的滋味。

晔舒很喜欢跟昀泽待在一起，觉得很轻松，那是一个原本只该属于孩童的世界，不用早早地去背负沉甸甸的、那种名为命运的东西，只需要一点点简单的快乐，就能把整个生命填满。

只是，晔舒还没有高兴太久，他的旧疾却在这个时候犯了，他忽然倒在了地上。

这吓坏了太子。

而皇后得知消息后，往这边赶来。

皇后赶到的时候，昀泽还坐在台阶上大哭着。

皇后看着哭得一塌糊涂的儿子，心疼地将他抱在怀中，不断安慰着："昀泽不怕，昀泽不哭了，母后来了。"

皇后安慰了昀泽好一会儿，太医一直在里面会诊。

在太医向皇后汇报了晔舒的病情之后，皇后只是让他们快去煎药，并且派人去通知皇帝过来，她则是走到内室去看看晔舒的状况。

皇后不许昀泽跟进来，因为听太医的口气，晔舒的情况不是很好。

而且昀泽只是看着晔舒晕了过去，便已经吓成那个样子，她不想她的孩子再受到任何惊吓了。

皇后进去的时候，见到晔舒趴在床上，脸色有些苍白，身上只盖着一床单被。

皇后皱着眉头，有些担忧地走过去。原本她是想给晔舒整理好被子，却无意间看到了晔舒后背那遍布的伤疤。

他才是一个十岁的孩子啊。

这该是吃了多少苦头。

皇后抬手捂住了嘴，猛地吸了一口气，心也跟着揪了起来，一时间难受得落下泪来。

她竟然不知道晔舒的身体状况已经到了这般田地。

她是一个母亲，更加看不得这些。她不敢想，若是昀泽如此，她该会何等的锥心刺骨、伤心难过啊。

平日里，晔舒的事情都是鎏云长公主在负责，旁人并不能插手这里的事务。

因为她察觉出皇帝和鎏云长公主似乎对晔舒的事情很是避讳，特别是鎏云长公主，几乎从来不在她面前提起晔舒，其中的缘由她也猜不透。

只是当时她听皇帝说，以前鎏云长公主流过产，曾经也一直很想要一个孩子，她深爱的夫君过世后，鎏云长公主更是性情有些大变。如今她与这个孩子很是投缘，这个孩子是她的皇弟，她想要抚养这个孩子，还方便替他治病。

皇帝怜悯他的皇妹可怜，皇妹又似乎很喜欢晔舒这个孩子，便想着若是能照顾晔舒，或许也能让她心情好一些。

所以，皇帝便放手让她去照料晔舒了。

因为鎏云长公主在这件事情上的古怪脾气，皇后想着既然有鎏云长公主照料，这宫中又无什么短缺，她再一味多问，是否会让鎏云长公主觉得自己是不放心她的照料，从而生出一些误会来。

皇后也觉得鎏云长公主对这个孩子珍视得厉害，鎏云长公主有自己的打算，她更不好去插手什么。

如今见到这一幕，她心头说不出地苦涩，只觉得这个孩子实在可怜，如今鎏云长公主又出宫去了，也不知道何时才能回来，这下也没个人照料。

她只是坐在晔舒身边，守着他，用热毛巾擦干净他额上的汗珠，想让他好受一些。

这个时候，皇帝也赶过来了。

皇帝站在寝殿的屏风外，并没有走进来，只是蹙着眉头，微微探着身子往里面望了望。

皇后走了出来，便同皇帝到偏殿之中说话去了。

皇后将太医的话告诉了皇帝，让他不必担心，晔舒虽然不大好，但是没有生命危险。

皇帝垂着眸，点了点头。在皇帝看来，这个孩子从小便是如此，早已经见怪不怪了。

看着皇帝不说话，皇后犹豫了很久，有些话还是决心对皇帝说："皇上，臣妾想着鎏云长公主因为师门的事情外出了，不知何时才回来，臣妄想把晔舒带回去照料。"

听皇后这么说，皇帝却是目光一凛，脸色沉了下来。因为皇后要照料晔舒，势必要将晔舒带到她的宫里去。

皇帝不说话了。过了许久，似乎他的内心在挣扎纠结些什么，他目光渐渐软化下来，但还是在思量和犹豫着什么。

皇后心里一凉，其实提出这个建议原本是一件再正常不过的事情了，但皇帝有那样复杂深沉的神态，不由得让皇后想起了一些过往之事，一些不可言说的宫廷秘辛。

宫里的秘密太多了，就像是一片黑色的潮水，只看得见翻涌上来的泥沙，看不到水面下的汹涌，光靠凭空揣测，又岂能知晓其中的内情。很多时候，那些秘密只会随着时间的流逝，一代代君主崩逝，一点点地腐烂，都不会有真正露出水面的那一刻。

关于晔舒真正的身份，她不能说完全没有察觉。

皇后自皇帝还是王爷的时候，便已经在他的身边了，不说完全知晓一切内情，但对枕边人总是能够察觉到蛛丝马迹，更何况皇后还是一个极为心细如发之人。特别是太妃生产的日子，往前推算一下，那段时间王爷的动向，旁人不知道，她却不可能不知道。

晔舒很可能不是先帝的遗腹子，而是皇帝的亲生儿子。

只是有些事情，她明白，可永远不能说出口。

皇帝是怎么定性那件事情，那么天下便应该怎么来看待这件事情。

而她，也应如此。

皇后看得出来，皇帝很关心晔舒这个孩子，但同时也很排斥他。

皇后猜测，其中的缘由，或许跟太妃在生产当天死亡有关，传言太妃之死与皇帝有关。

皇后每次想到这事，便心惊不已，她有些惴惴不安地看着自己的夫君。

但是，皇帝此时仿佛陷入了某种久远的回忆之中。

皇后的猜测并没有错，晔舒确实是皇帝的亲生骨肉。

只是对皇帝而言，该不该把这个孩子接回来，放到自己的身边，这个问题,他想了整整十年。

他仿佛又回到了十年前。

那是一个寂静的夏夜,窗外明月皎皎,天气闷热难耐,树上的知了叫得他心烦意乱。虽然夜深了,但是他还在书房作画。不过他的心思半点不在画作上,一幅画画得乱七八糟,他索性搁了笔,闭着眼睛坐到圈椅里去,但还是静不下心来。

他猛地站了起来,不想顾及其他了。

他让人不要声张,只是带了几个亲近的人,便往后宫去了。

后宫传来消息,今晚先帝的后妃生产了,她怀的是先帝的遗腹子。

照理来说,这事应该是皇后前去照料,可是皇后近日病了,实在是下不来床,所以鎏云长公主便前去照料了。

他赶往后宫的时候,太妃已经顺利生产。

皇帝站在寝殿门口,听着屋内传来清亮的孩童啼哭声,这才稍稍松了一口气,他徘徊了一会儿,便打算回宫去了。

没想到,鎏云长公主突然走了出来,看到皇帝,她先是一惊,随后便匆匆走上前来,有些疑惑地问:"皇兄怎么过来了?"

皇帝的目光却是望向鎏云长公主身后的屋子,露出几分担心:"她……她没事吧?"

鎏云长公主这才知晓皇帝的来意,她只是笑着说:"没事,母子平安。"

沉默了片刻,皇帝微微颔首,悠悠地说道:"那就好。"

皇帝正打算走,鎏云长公主却拦住了他的去路,将皇帝拉到一旁,轻声道:"皇兄来都来了,真的不想进去看看孩子吗?"

皇帝愣了一下,目光复杂,有几许期盼担忧,也有内疚自责。不过没过多久,当他重新找回理智的时候,那些情感退去,便只剩下帝王的淡漠威严与冷冽疏离了。

皇帝道:"不了。皇妹,现在事情既了,你便回吧。接下来的事情,朕会派人来接手的。"

鎏云长公主眼中露出了几分困惑:"接手?皇兄想要干什么?"

皇帝看着自己的妹妹，有些事情，他也不想完全瞒她，于是只是平静地说："太妃待产这些日子便已经有流言，如果这个孩子继续留在宫里，那么就永远平息不了流言，无论是朕还是这个孩子，这样的言论都会伴随着一生，但是如果这个孩子不在宫里了——"

"不在宫里了？"鎏云长公主脸色一变，眼中露出了几许愤怒，"皇兄，你是要——"

皇帝打断了鎏云长公主，无奈地叹道："你想什么呢？这毕竟是朕的孩儿，你把朕想成什么人了。朕会安排好这个孩子的一切，让他衣食无忧，将来长大了，也会前程似锦，只是不是皇室的身份。朕也会尽快安排太妃出宫，与这个孩子团聚。"

这已经是皇帝能够想到的最好的结果了。

就在皇帝安排好了一切，决心要离开的时候，屋子里忽然传来一声钝响，有人惊呼了一声："太妃。"

那声音之中夹杂着万分的惊恐。

皇帝心一沉，一种不祥的预感升上了心头，他一拂袖，大步流星地朝着屋内走去。

一进屋子，便闻到了一股浓重的血腥味，他皱起眉头，转过屏风，朝着内殿走去，也没有顾及什么礼法。

那床上躺着一个年轻美丽的女子。

她就是太妃。

可是那样美丽年轻的生命，如今却像极了一朵枯萎的百合花，即将凋谢逝去。

她刚生产不久，虽然极为顺利，但是整个人还很虚弱，原本该好好休养的人，如今却命在旦夕，因为她的肚子上直直地插着一把剪刀，面色惨白，神情痛苦。

原本那双含着泪水如春露一般的眸子，如今却如死灰一般黯然，她抬起有些颤颤巍巍的手，想要抓住什么，满是哀戚地看着他。

皇帝看着那个场景，只觉得眼前一黑，感到有些天旋地转。他深一脚浅一脚,不知道怎么走到了太妃的床边,他一手托着她的头,一手握着她的手。

她的身体抖得厉害,让他的心都抖了起来,皇帝努力让自己平静下来,说道:"不会有事的,不会有事的,你别害怕。"

随后他厉声对着跪在床边瑟瑟发抖的宫女说道:"快去找太医来。"

宫女跌跌撞撞地跑了出去。

"不必了,皇上,没用的。"

太妃摇了摇头,每说一个字好像都让她产生撕心裂肺的疼,大颗大颗的汗珠从她的额头上滚落下来,她疼得似乎连气都喘不上来了,她已经意识到自己所剩的时间不多了。忽然她眸中一亮,像是一把被雪擦过的锋刃,她强撑着最后一口气,抬手抓住他的衣襟,强硬地拉着他看着她的眼睛,不容他躲避。她眼里蓄满了泪水,泪水之下藏着无尽的哀求与强烈的恨意不甘。她说道:"我知道我的身份就是一根刺,可是你……你要好好照顾我们的孩子,别让他再……再受苦了,他是无辜的。"

"好。"

听到这个回答,太妃的泪水终于落了下来。那滴滑落的泪珠犹如一颗天上坠落的流星,像她的生命一样,在那一刻寂然陨落。

那一刻,屋子里安静极了。

这一切来得太快了,甚至连悲伤都来不及。

窗外月光静悄悄地倾洒着,落在高高的城墙上、琉璃朱瓦上,花园里的蝉鸣声依旧聒噪着,风吹着花丛,花影在月光里摇曳着。

好似一切如常,依旧那么热烈而灿烂。

一朵花的凋落,在那样的夏夜里,在这样的天地里,本就微不足道。

他的手心里还捧着她的脸,他看着她,仿佛还是初见的时候,她掀起了帷帽的白纱,望着他淡淡地笑着。那白纱被风吹动着,像是蝴蝶的翅膀。

他不知道她来自何方,可是就这么翩然坠进了他的生命里。

他以为再也见不到她了,可是他与她再一次相遇了,在错误的时间、地点、身份下,迷幻得像是一场梦境,像是一种无法逃避的命运安排,直到最后，铸下了大错。

可是这只蝴蝶已经死去了，她的温度一点点地在他的掌心散去。

虽然她什么都没有说，但他知道她是担心孩子，所以她才用了那样决绝的方式，在他的心底狠狠刻下这一刀。

那一刻，在强烈的悲痛与自责内疚的冲击下，他丧失了理智，决心留下那个孩子。

可是随着岁月的流逝，那些流血的伤口开始慢慢愈合，有些事情，他不得不再一次郑重思考。

他到底该不该留下那个孩子？

可是，这个孩子那样病恹恹的情况，只有留在宫里，让鎏云长公主亲自照料，服用宫里应有尽有的药草补品，或许才能够活下来。

所以，他必须要将这个孩子留在身边。

但是，前段时间的狩猎闹出那样的事情，又似乎一再提醒他，过去的那件事情绝对不会轻易消磨掉，它只会一次又一次反复地被别人以不同的方式提起。

皇帝的神思渐渐从回忆之中抽离出来。

皇帝望着自己的妻子，拉着她的手，目光柔和下来："蓉芳，你觉得我应不应该带他回去？"

皇后望着皇帝，另外一只手覆在皇帝的手背上："皇上，你从狩猎回宫之后，赏赐了昀泽好多的东西，不就已经表明了自己的心意了吗？"

皇帝目光一动，微微一笑。

是啊，他这位皇后聪慧机敏得紧，有些事情她不说，不代表可以瞒过她的眼睛。

其实冀王的儿子疆翀的事情，他早就有所怀疑了，虽然表面看上去找不到任何证据，加上昀泽做证，说那天是他自己过去的，但是皇帝不相信。

如果皇帝真的要查证一些事情，自是不难，只不过不愿意罢了。

他将此事按下，不过也是借题发挥，他早有惩治冀王，以敲打不安分的宗室之心，因为近日他推行新政，宗室之中便有诸多不满。

王朝曾经经历过动荡，多少世家牵涉其中，家族凋零，百姓离乱，而因为动乱的破坏而留下来的千疮百孔的山河朝堂，又岂是一朝一夕就能修复的。

皇帝一心想要重整山河，可是前路并非坦途。

其实他们敢传这样的流言，如此藐视帝王威仪，说宫中有妖物肆虐，便是暗骂皇帝失道失德，这宫中才会妖物横行，暗指需要拨乱反正，凡此种种，目的不过是剑指王朝新政变革而已。

皇帝心意已定，自然不会受到他们的裹挟逼迫。

所以，虽然疆翀一直说是晔舒在背后谋划设计，但有太子做证，说那晚并没有见到晔舒，皇帝就顺势而为，并没有真的去查证。

一来，他原本就要拿此事做文章；二来，因为昀泽是太子，他说的话，自然是分量不轻的，皇帝不能让人扫了太子的威信，便奖赏了昀泽很多东西。

而且，在这件事情中，皇帝对晔舒也有些刮目相看。

只是，这两个孩子，什么时候走到了一起，这般亲近，皇帝却是不太清楚。

这也是一桩好事。

但是，说到底，皇帝还是有些排斥晔舒。

还是因为晔舒的母亲，有传言称太妃是皇帝赐死的。

虽然他觉得这事实在是有些荒唐，但只要涉及太妃的事情，总是让他莫名愤怒和忌讳。而且他不知道这样的流言将来会不会传到晔舒的耳朵里，会对这个孩子产生什么样的影响，所以他处理掉一切流言的来源。

不过无论这个孩子有没有听闻此事，那个孩子看他的眼神总是有些冷冷的、淡淡的，似乎还带着一种莫名的埋怨，这让皇帝有些不悦。

更何况，现在这个孩子渐渐长大了，他的眼睛越发像极了他的母亲，可越是如此，皇帝便越发不愿意看到那双眼睛，那双令他怀念却又深感痛苦的眼睛。

所以，他虽然关心那个孩子，却不太愿意与那个孩子过分亲近。

处理朝政，皇帝总是游刃有余，可是偏偏在这件事情上，皇帝总是感觉力不从心，不知所措。

他望着皇后，似乎想要从她这里找到一些慰藉。这一次他没有避讳什么，只是以亲人的口吻，温声问道："蓉芳，你也认为太妃是我赐死的吗？"

皇后看着他，先是愣了一下，并未想到他会问得如此直接，随后她叹息道："皇上，臣妾不知道，但是皇上可以告诉臣妾，人是你赐死的吗？"

皇帝忽然笑了笑，看着自己的妻子，她虽然看上去温婉柔和，可是他知道她内心坚韧通透得多，他很高兴她没有敷衍他，也没有哄骗他，还这么直接地问出来。

"我没有。"皇帝望着皇后，认真地说道。

皇后松了一口气，脸上终于有了一丝暖意，她并没有选择再去探究其中的细节，只是说道："好，那我信你。"

皇帝带着几分怀疑的目光看着皇后，笑道："这就信我了？"

皇后坐到皇帝的身边，叹息道："说实话，我有过怀疑。你这个人，满肚子算计城府，跟你的外表半点都不相称。可是毕竟你坐在这个位置上，我也无话可说。但是我又想着，凭我对你的了解，你还称得上敢作敢认的人。当年的事情我虽然不知道内情，可是我相信你不是什么心性残忍之人。既然如此，请你不要犹犹豫豫、瞻前顾后的，已经过去十年了，那就别让这个孩子去承担那些不属于他的罪责，也别让他因此毁掉自己的人生，而旁人也不该去毁掉他的人生。民间常言，种瓜得瓜，种豆得豆，切莫来后悔。"

皇后语气温和，仿佛又回到了他们还在王府的那段艰难时光，想说什么便说什么，不必诸多顾及。

其实皇帝的心事，皇后还是能够看得明白，有些话点到即止，皇帝也知道她说的是什么。疆狲那件事情，背后是晔舒做的，这并不难猜测。

晔舒将他的身世流言闹大，又何尝真的没有怨怼之心呢？

这一点皇帝是明白的。

只是在皇后看来，晔舒这个孩子聪慧敏捷，但心有怨怼、不解和误解，这不假。如果只是因为担忧疑心未来未知之事，就选择扼杀这个孩子的前途，实在是有些残忍。况且,他在那样的关头还选择去救昀泽,可见这孩子心性良善、明辨是非。那么为什么不可以为解开这个心结做些努力呢?而不是任由那伤口腐烂到难以收拾的地步。

皇帝没有说话,似乎还在最后思索着什么。

这时,太医来报,说是晔舒醒了。

皇帝和皇后便立刻起身前去看望。

刚走到门口,便听见里面传来昀泽的哭声。

昀泽趴在晔舒的床头。

"小皇叔,你怎么了?你身上为什么那么多的伤疤,你还难受吗?"

"你别哭了,我一点都不难受。你别害怕,这没什么的,要是难受我怎么能睡得着呢?我刚才就是累了,睡了一觉。"

"那你要快点好起来。"

"好。那你不许再哭了,眼睛都哭肿了。"

皇帝沉沉地叹了一口气,没有走进去。他转身对皇后说道:"那便将他们都交给你了。"

第四章

皇后为了更好地照料晔舒,让晔舒搬去和太子昀泽住在一处了。

这样的新生活,晔舒也说不清自己究竟是什么样的心态。

他很高兴,因为自己有了昀泽这样的玩伴,他们还有同样的老师,这宫里似乎再也找不出像他们这样亲密无间的好伙伴了。

可是他又很失落,因为太子向他展示了一个他从未见过的世界,一个或许连梦境里都未出现过的世界。

太子聪慧,学什么都快,性子也顽皮一些。他活泼好动,在皇后宫里总是一阵闹腾,皇后也从来不拘着他,甚至还会陪着他一起玩闹。

这看上去简直是没有一点规矩可言。

在皇宫里,怎么会有这样的相处方式呢?

晔舒有些好奇。

那天,晔舒在角落里偷偷瞧过他们,皇后没有被锦衣华服包裹着那般威严庄重、高高在上,她衣着简单朴素,脸上带着淡淡的微笑,像是阳光落在飞鸟的翅膀上,那般温和可亲。她跟太子坐在树底下,一起雕刻什么,好像……好像是木马。

说起木马来,晔舒知道太子有几匹这样的木马,不过各不相同,都精美得很。

皇后擅长木雕,太子骑着小木马到处跑,手中拿着的小木剑和小木弓,都是皇后亲手给他做的。

他生来没有母亲,也没有父亲,在物质上他从来不会缺少什么,锦衣玉食,可是从来没有尝试过那样的感觉,来自亲人,这样只是单纯出于某种幸福的东西。

/ 273

以前这些长者所带来的温暖，是他身边的吉祥给予的。

吉祥虽然待他好，但有些情感还是不能被填补，更何况，吉祥在被疆翀踢了一脚之后，勉强支撑了一段时间，还是离开了人世。从那以后，他连那样小小的温暖也没有了。

他难过了许久，很多时候他总在后悔，想着自己那天是不是做错了，如果他不激怒疆翀，吉祥会不会就不会死……

他不想有人再因他而死了。

如今看到太子，他又想起之前自己那些关于父母亲人之间的想法，觉得有些荒唐可笑。

之前，他从来不知道孩子跟父母相处是什么样的，他从书上读过一些，不过那些大多是冷冰冰又让人觉得哪里不太对劲的各种规矩礼仪，很长很长。

这便是他对于孩子与父母相处的所有理解，很贫乏。

后来他看到了皇后和太子的相处，这简直像一个巨浪一样打在他的心头，原来孩子与父母相处是这个样子的。

当皇后和太子依偎在一起的时候，就算他们什么都不做，只是望着彼此笑一笑，那一刻所有的美好都仿佛具象化了。

你不需要赞颂它，不需要描述它，只需要安安静静地感受它。

晔舒那个时候常常暗自躲着偷偷叹气，他还发现大家似乎都很喜欢昀泽，就好像他一样。他见到昀泽的第一眼就很喜欢，昀泽的身上总有一种暖洋洋的、想让人亲近的感觉，晔舒察觉到那不仅只是因为昀泽是太子。

虽然他嘴上不说，但是心底还会暗自羡慕，要是别人也像喜欢太子一样喜欢他就好了，可是如何才能让人真正喜欢他，他似乎也从来不知道。

所以有的时候他会想，如果他是皇后的孩子，那会怎么样？或许至少他一生下来就不会那么讨人厌，也不会被人欺辱，不用那么坚强了，也可以随心所欲一些了。

或许他也会有属于自己的小木马、小木弓了，不过他的小木马肯定要比太子的大一些，因为他的个头比太子高。

他想要一匹红色的小木马，最好像是一团烈火一样。他曾经收藏过一幅关于马的画卷，上面跑在最前面的就是一匹红马，漂亮威武极了。那会儿他睡觉都会抱着这幅画，在梦里，他骑着这样的小红马，跑呀跑，快得就像是一阵疾风、一支利箭一样，很威风。

只是现在他还太小，不能驾驭那样的马，等他大一些，就一定可以了。不过在那之前，他想先拥有一匹小木马……

想着想着，晔舒忍不住笑了出来，可是没过多久，晔舒的鼻头就有些发酸，忍不住想哭。他想得越发高兴，之后就越发失落，因为那些快乐与幸福，根本不属于他，也永远不会属于他。

既然不属于他，想之何用呢？

他用袖子用力擦了擦眼眶，在那些泪水还没有流出来的时候，就把它们擦得干干净净，他绝不要就这么落下泪来。

他早就明白了一个道理，像他这样的孩子，哭从来不会得到任何的安慰，反而会觉得你软弱，从而越发嘲弄你、欺辱你。

他攥了攥拳头。

很快，他就没有这个念头了，不喜欢就不喜欢，何必要去讨好呢。

就算他天生不讨人喜欢，那又怎么样呢？于他而言，要的是谁都不敢再欺辱他，谁要是再敢欺辱他，他一定会让那个人后悔。

所以，他没有再偷偷看下去，而是一个人默默跑掉了。

他似乎已经忘记自己是来这里吃晚饭的。

后来，太子来寻他，问晔舒早就从太学回来了，为什么不去母后那里吃饭，他们一直在等他。

晔舒躲在书阁里，将书本举得高高的，遮住了脸，瓮声瓮气地回答道："我不想吃饭，你们不用等我了。"

说完这句话，晔舒便没有再理会太子了。

过了好一会儿，屋子里已经静悄悄的。

晔舒将书本放下来，看着屋子里空荡荡的，太子应该是已经走了。

晔舒叹了一口气，心里有些空落，还有些发苦。

"这是你新学的本事吗?还能倒着看书。"太子不知道什么时候摸到他的后面,趴在他身后的书架上,跟他说话,趁机把手从书格后面伸过来挠他的胳肢窝,得逞后还做了一个鬼脸。

这倒是吓了晔舒好大一跳,他直接从地上蹦了起来。

太子觉得很好笑,在书架后面笑得前仰后合。

太子正在换牙,门牙缺了两颗,如今又这么开口大笑,显得很滑稽。

晔舒看着他的样子,也忍不住笑了出来。

"好啊你,敢偷袭我。站住。"晔舒绕到后面想要抓住太子,他的坏心情早就烟消云散了,可是太子滑得像泥鳅一样,根本抓不到。

晔舒没有什么玩伴,所以他很珍惜与太子的友情,他似乎从来不会生太子的气,而太子似乎总能不让他那么生气。

两人倒是一路追一路闹,最后到了皇后宫里。

后来,晔舒才知道他躲在那里看到的那个小木马就是皇后与太子专门给他做的。

这是他收到的第一份礼物,晔舒拿在手里,心里很高兴。他抬起头来,看着皇后,带着几分期许:"我想要红色的马,可不可以?"

皇后一边笑着,一边给晔舒舀了一碗汤,说道:"当然可以,这是属于你的,你想怎么样都好。"

晔舒那会儿便想着,属于他的,他想怎么样都好,他心里忽然有些甜滋滋的。

他想着除了这批小木马,将来他一定还会拥有更多更多的幸福。

在皇后宫中的那两年,是晔舒生活那么多年中,最自在的两年。

皇后待他很好很好,同昀泽一样好。

而且,那两年晔舒的身体似乎也调理好了,几乎很少再犯病。

晔舒便慢慢地怀疑鎏云长公主是不是真的在为他治病,为什么越治他仿佛越发依赖她,不过那些都是后话。

可是,这世间行路,总是困难重重。

那样欢愉的日子总是短暂的,这样的平静很快就会被打破。

因为很快鎏云长公主回来了，在不久之后，他将得知他的身世和殷氏族人的一切消息。

还有当年太妃产子的真相。

真正的鎏云长公主早就已经死了，现在的鎏云长公主不过是殷氏的后人，殷氏一族在动乱中覆灭，她留下来，就是为了给殷氏复仇。

不光鎏云长公主如此，他也是如此，为复仇而生。

当年，鎏云长公主从宫外带进来一个孩子，就是为了确保当年太妃生下的孩子一定要活下来，而且要是一个男婴，那将会继承皇室的血脉，也是整个殷氏族人的希望。

带进来的那个孩子是殷氏的后人，他将会换掉太妃的孩子，成为皇子。

原本只是将太妃的孩子换出宫外去，但太妃的孩子没有活下来，所以他取代了那个孩子活下来。

对于这一点，晔舒是信的。

因为后来，他长大了一些，曾悄悄地去查证过，他身上确实带有殷氏特有的标志，那证明着他就是殷氏的儿孙。

所以，他必须守住秘密，否则若是皇室的人知道他并非皇室血统，那么一定会想办法处死他的，就像当年皇帝为了掩盖宫廷里的那桩丑闻，想要处置掉那个孩子，包括那个孩子的母亲，是她全力将那个孩子保下来的，或许应该说是将那个被换掉的孩子保下来。

当时皇帝想要杀死那个孩子的时候，鎏云长公主说不如把这个抉择交给上天，如果皇帝用他的法子杀了这个孩子，这个孩子还能活下来，那么就说明这个孩子命不该绝。

晔舒在被喂下药之后，竟然没有死，是因为鎏云长公主事先在他身上种了蛊，所以他才没有被那碗药毒死。

后来很多年，他都深受那种毒药后遗症的影响，身体也一直病恹恹的，他看上去是如此虚弱无力，仿佛随时都会死去。

鎏云长公主说，这或许就是因祸得福，这样的话，不会对任何人产生威胁，他才能好好长大。

原来真相远比他所认为的还要残酷。

知道真相的那一刻,他心中悲愤不平,怨恨难熄。

难道他就这么不该活在这个世上吗?

就不配得到一点点的幸福吗?

不过,对于鎏云长公主的话,晔舒渐渐平复心绪之后,细细琢磨,其实并不全信,比如说那个孩子,究竟是没有活下来,还是被人动了手脚?

又比如那些蛊物,当真是全都是为了他好吗?就没有一点点的私心吗?

可是有的时候,他又不得不信,因为皇帝不喜欢他,他也看得出来,皇帝似乎曾经动过将他送走的心思。这一点,晔舒也是能够感受到,毕竟他早就发现皇帝对他亲近却又排斥,想要栽培他却又不完全信任他。

除此之外,关于殷悦雅所说的复仇,一旦这个念头在他脑海里升起来的时候,他总是会想起皇后,想起昀泽来,到后来征战四方时,那些累累白骨,破碎山河……

那个时候他总是会惊出冷汗来,他又时常犹豫着:当真要如此吗?

眼前迷雾重重,总是让他看不明白,想不明白,困惑不已。

但尽管如此,他也明白,无论他也好,还是殷悦雅也好,为殷氏复仇,成了他生命之中另外一个必须要完成的任务,他身上似乎背负着太多的希望与责任。

他必须为了任何事而活,却唯独不能为了他自己。

它们像是一重又一重厚厚的茧,将他密密地包裹起来。

他抬起头,所看到的,就是他整个世界,整个人生,灰暗得透不出一点光芒来。

让人如此窒息,不得挣脱,为死方休。

他并不知道,那种他曾以为无法挣脱与掌控命运的东西,不过是一张早已在他出生之前就已经编织多年的网,终于在他出生之时结下了最后一环……

第五章

鎏云长公主有一处不为人知的暗室。

每当她又做那个噩梦的时候,她都会进入这间暗室里。

其实,她很少做噩梦。

换句话说,有什么噩梦真正能够值得她去恐惧的呢?

在她看来,她原本就生活在一个名为"人世间"的噩梦之中。

殷氏被流放的时候,她已经开始记事了。所听、所见、所闻、所感,比起那些所谓的噩梦,皆是有过之而无不及。

有的时候,人其实不需要通过死亡才能看见地狱。

只要行走在人世间的谷底时,便能够看到地狱的模样。

很多人终其一生,在这片地狱里生,在这片地狱里死,都不得见一丝光明。

唯有她,因为机缘,爬出了那片地狱。

可是,她虽然爬出了地狱,心却永远没有办法从那片地狱里爬出来。

既然她爬不出来,那么就索性让她所行所到之处,皆成地狱好了。

所以,很早的时候,她就告诉自己,绝不要再带着恐惧而活了,她要成为世人的一个噩梦,该恐惧的是旁人才是,也该让别人去尝尝那样的滋味。

不过,这么多年来,她觉得自己早就心如铁石一般了,没有什么可以触动她了,可她还是会困在多年前一段可怕的记忆里。

而这个可怕的记忆的源头便藏在这间暗室里。

暗室里供奉着两块石碑,一块空白的石碑,石碑旁有一支珠花,珠花上带着淡淡的陈旧的血迹,还有一把带血的剪刀。

另一块石碑上写着"殷悦雅之墓"。

幽暗的地室，她站在石碑前。

闪烁的火光之下，一个美艳又如枯木死灰一般的人。

鎏云长公主身穿一袭黑色的长裙，披着头发，用黑色的发带束着。

她燃了三炷香，点在香炉里。

随后，她掏出了一把匕首，习惯性地将自己的手掌划破，任由鲜血落在香炉里。

鎏云长公主叹了一口气，望着那支珠花，不知不觉中，泪水便落了下来，从她那冰冷死寂的眼眶中流了下来，一滴滴落下，没有悲伤，没有痛苦，甚至没有一丝温度，像是冬日的雨滴，下一刻便会结成冰。

她喃喃自语："我是你姐姐啊，我们是这世上唯一的依靠了。你别怪我啊，你那么信任我……我知道你最怕疼了，可是你心肠太软太软了，我知道你舍不得那个孩子啊。可是，已经没有办法了。而且我不给他喂毒，我担心皇帝会把他送出宫去。我没有办法了，没有办法了……"

是啊，没有办法了，早就没有退路了。

她只有眸舒一把刀，所以她一定要把这把刀磨得锋利些，再锋利些……

她要握着这把刀，在这王朝撕开一道口子……

后 记

　　写这个故事的时候，起初并没有什么明确的方向和构思，只是起源于一个模糊的片段、一个偶然、一时的心绪。

　　可这些偶然的相遇，不正是一个故事的开始吗？

　　我看着他们，好奇他们究竟是什么样的人，经历了什么为何会如此，究竟想要走到什么样的远方，会成为什么样的人？

　　说起来，无论是写故事的过程，还是塑造故事里的人物，本就是一场未知的冒险旅途。

　　你不知道在前方的路途中究竟会遇到什么，你在翻越面前那座山的时候，不知道会遇到怎样的阻碍，不知道自己会不会中途放弃，会不会偏离航道，也会想着山的后面是江河湖海，还是锦绣花木，不知道最终得到的是满足还是失落……

　　其实不管如何，最重要的是最终到达终点。

　　到了最后，我看着笔下的人物与故事，回溯着他们的一生时，也会在想一个问题。

　　你是否得到了自己想要的，这一生是否还有遗憾？

　　或许你得到了自己最初想要的；或许你最终得到的不是开始旅程时最想要的，可就算你最终得到的不是最开始所预想的，也不必失落伤怀，就像现在的你站在此处回看过往的时候，你现在所得到的，也未必不是你一路所追寻的收获；又或许你得到了你所想要得到的，却不是刚开始的心境了，那些遇到的困难与磨砺，那些失意与彷徨，那些欢愉与满足，那些释然与和解，就像是孤悬九霄的云化成坠落人间的雨，慢慢浸透到你心底深处,呼唤着沉睡的种子,最终滋养出满地的春花艳艳,成就了这红尘滚滚……

初始的波涛汹涌思绪万千,到最后的会心一笑,归于宁和。

我看着那个勇于战斗,聪颖果敢,明媚热烈,拼尽全力护住自己想护住的人与家园的枫祈;看着那个坚守本心与初心,永远积极主动与维持破局姿态,无论何时何地依旧如日东升般蓬勃与明亮的昀泽;看着那个历经磨难,哪怕在污泥中也要开出残破的花,不肯污浊自己的灵魂,到了最后自由如风,终于褪去枷锁的战神晔舒;看着那个温暖坚毅,令人安心,守护着边境安宁的阿姐……

或许这一路并不容易也并不完美,但终究是幸运的,是高山流水得觅知音,是有情义者得遇惜情义者,是未曾辜负他人,更未曾辜负自己。

无论如何,请继续走下去。

这世上没有一帆风顺的路途,但是朝着远方继续走下去,到前方看看,总能走出自己的一片天地来。

愿心里有爱,眼中有光,常怀期许,寻有所得。

芸芸